≡ 行走记 ≡

远道书

刘大先 著

时代出版传媒股份有限公司
安徽教育出版社

图书在版编目（CIP）数据

远道书：行走记 / 刘大先著. —合肥：安徽教育出版社，2018
 ISBN 978-7-5336-8779-3

Ⅰ.①远… Ⅱ.①刘… Ⅲ.①散文集－中国－当代 Ⅳ.①I267

中国版本图书馆 CIP 数据核字（2018）第 244643 号

远道书：行走记
YUANDAOSHU:XINGZOU JI

出 版 人：费世平
质量总监：姚　莉
责任编辑：王竞芬
装帧设计：吴亢宗
责任印制：陈善军

出版发行：时代出版传媒股份有限公司　安徽教育出版社
地　　址：合肥市经开区繁华大道西路 398 号　邮编：230601
网　　址：http://www.ahep.com.cn
营销电话：（0551）63683012，63683013
排　　版：安徽时代华印出版服务有限责任公司
印　　刷：合肥市宏基印刷有限公司

开　　本：650×960　1/16
印　　张：21.25
字　　数：280 千字
版　　次：2019 年 9 月第 1 版　2019 年 9 月第 1 次印刷
定　　价：42.50 元

（如发现印装质量问题，影响阅读，请与本社营销部联系调换）

序:作为复数的生活

我和大先年龄相仿,又都是在江淮之间的安徽的一个小地方长大。那里不南不北,不东不西,徽州安庆的温婉蕴藉与之无缘,阜阳淮北的好勇斗胜也有些陌生,这种面目模糊的地方性,使我总不大能有什么故土之思和乡党之情。家乡最出名的是两个人的事迹,楚霸王和刘禹锡,却都不是本乡人,一个于此地自刎,遥谢江东父老,一个被贬于此,写《陋室铭》以自遣。所谓穷途末路,有时候并非是在蛮荒边塞,而是在一片无明显特征可言的此地。

所以读大先这本《远道书》里的文章,时常令我感到亲切的,是他在四处行走中自身所拖带着的那个江淮子弟的世界。从中,我仿佛重新见到那个一心要从平庸乡土的泥泞中振拔上行的少年,见到他的坚忍与敏感、质朴与精明,以及对于生活极强的适应力,当然,还有捕捉命运契机的能力。对于陌生的读者而言,他们从这本书中能领略常人难以企及的四隅八荒的风情,但对熟悉和喜爱大先的读者而言,这本书里或许暗藏着他的来处。

大先有写日记的习惯,流荡在这些文字中诸多真切可触的细节,也得益于此。而这种记录一如他对行走和美食的喜爱,都源自他近乎强悍的生命热情。人生实难。大先说,"像我这样生于70年代末年的乡村少年,从最底层的暗夜泥路中走来,不免磕磕绊绊、一步三滑,真正意义上的两眼一抹黑。所幸,偶然迸发的光亮,让我们免于跌落到冰冷的泥淖浊水之中",而这样的光亮,更多时候其实是他自己给予的。

这本书里有他少年时的窘迫,异乡拼搏的无奈,以及感情生活的跌宕,但他并无意沉溺于感伤和细述平生,相反,他是带着他的心事积极投身于他者的世界,去阅读和写作,去见识万物,大快朵颐。他写最初在北京的生活,"坐公交车到地铁站,从四惠坐到苹果园,横贯东西整个北京城,再转车到偏远的门头沟去代课。那时候的精力非常旺盛,从早晨七点半到下午一点半,结束的时候,我甚至有闲心在附近的镇上逛一逛";写某个春节时独自的岭南之行,"在南方如同春暮尚寒的空气中望着远处金鼎的层峦叠嶂,心中隐约想起一些不愉快的事情。此次出门而不回家,就是不想面对一些令人烦恼的事情。一个人的生活非常简单,每日就是读书写作,用一周的时间基本完成了写作。正好天已放晴,局蹐一室数日,觉得天仄地隘,便出得门来,骑着自行车循凤凰山麓往北……";在《时间的飞地》一文中他记录自己兴之所至的南昌之行,和朋友在山寺闲逛,偷几颗僧人晾晒的红枣大嚼,"我们的日常生活充满各种程式化的套路,无数次乘地铁或者开车去上班,搭经济舱到某个陌生的城市开会,参加必要或不必要的应酬酒宴,但是到最后留在记忆中,偶尔会翻滚出来的可能反倒是这种无意义的瞬间……玩耍非常重要,它让在平常机械重复的自我恢复到独一无二的状态,以避免进一步的自我厌恶的产生"。

于是,这本书也可视为大先在日常学术著述之外非常重要的"玩耍"。它使我们得以窥见一个优秀的学者如何平衡"作为复数的生活",在书斋和田野之间,在主体和他者之间,在有意义与无意义之间。而在有效的平衡之余,作为同侪,我可能还暗暗期待大先能有一种积极的融合,这种融合使得那些看似分裂之物不再满足于一种对抗性的平衡,使得生命的激情不单单服务于对日常生活的安慰,而是共同朝向一个更为饱满和奇特的整体。如此,尚未经历的远方,已经走过的道路,和此时此地的书写,才真正构成一种复数的生活,也是面向整全的生命。

　　大先嘱我为他新书作序,这实在是令人惶恐之事,唯有拉杂几句闲话,聊与大先共勉罢。

张定浩

2017 年 5 月 30 日

目 录

第一部分 天下繁花

- 3　同学少年多贫贱
- 24　河湟四叶
- 39　拉萨的日夜
- 45　流动的象牙塔
- 51　大涉水
- 70　班佑河畔
- 77　时间的飞地
- 87　岭南之春
- 99　从钟鼓楼到长延堡
- 107　阳朔的表面
- 112　四方街头坐两夜
- 118　尘世南逢开口笑
- 123　异乡人的都市
- 130　南京碎片

第二部分 田野走笔

- 139　湘西行
- 153　北仑河两岸
- 164　三省坡上
- 175　百色纪行
- 194　贡桑诺尔布亲王往事
- 198　何谓边缘的活力
- 203　救赎与自救
- 209　"印象"的生产与符号经济

	214	哈密的文化融合
	219	在喀什遭遇"香妃"
	226	重返喀什
	231	哈萨克的人与歌
	238	安顺屯堡的想象与现实

第三部分　滋味中国

	243	春夏秋冬的味道
	247	滋味的真爱
	251	弗洛伊德之鲀
	255	羊大为美
	259	大鹅豪放
	263	木瓜羹之味
	270	何味包容
	274	上得了正席
	278	海纳百川腊八粥
	282	杂忆杂嘎
	286	桃花雨中尝鳍花
	290	麦地和光芒的情义
	293	在鄂温克旗吃牛排
	297	冷雨烈火坨坨肉
	300	欢乐杀猪菜
	303	恩施乡味
	307	晋南吃面
	311	秋风响，蟹腿痒
	315	江右厨房
	319	每个好孩子都有糖吃
	323	大国小鲜

后　记　　329

第一部分
天下繁花

同学少年多贫贱

已经过去的时光,就是平行宇宙中的暗物质,它们虽在我们身边,我们却看不见。某个机缘巧合,我们会搭上通往那个异质空间的通道,道路曲折幽深、歧径丛生,只能用碎片去拼接,可最终也不会有一个完整的图画。它们构成了由无数节点连接的网络,结撰出遗忘的巨大黑洞,黑洞映照的节点慢慢形成不甚清晰却又隐约可见的来路,是一个自我塑形与时代变化交织着的痕迹,而那些被记忆打捞出来的波光粼粼的碎片就是我们存在的证词。对于一个生于20世纪70年代末的人而言,他所目睹的稍纵即逝,摧枯拉朽,极具戏剧性起伏的社会裂变,名与实之间的疏离和暗通款曲,让记忆更加支离迷幻。曾经稳固的信条一夜之间就会改头换面,而残损的个体在艰难的重建过程中步履维艰。无论幸与不幸,我也是这波人中的一员。我们看过太多那些符号化的记忆,也听过种种关于已经过去时代的言辞,但那些不过是抽象化约了的可以消费的景观与意象。我宁愿相信,无数如我这样的乡镇青年的成长是一种野蛮生长,他们的教育是自然养成性的,不仅仅来自于校园,更多来自成长的氛围、环境和种种因缘际会的经历——它就像浸泡在液体中未曾显形的底片,埋藏着我们时代最为鲜明的形象。

路与星辰

车子经过黄台路口的时候,我和二弟都没有注意到,结果开出去三四公里我们才发现回家的那个岔路口已经错过了。我们下车往回慢慢走,记忆中的路标黄台小学不在了。我上小学一年级的时候,那里曾经是全村最重要的集会地点。那时候农村已经包产到户六七年了,黄台已经从一个自然村变成了一个行政村,但人们还是习惯于用大队来称呼它。

黄台小学是大队唯一的小学,只是当 2011 年春节我和弟弟经过的时候,它已经荡然无存——整个黄台村只剩下 6 个学生,都被归并到郭店镇的学校去了,更多的孩子随着他们的父母到了上海或昆山、无锡的郊区,在那里寄读。黄台小学的遗址如今是村部的所在地,又是个四方

祖母走在已经废弃的老屋背后的土路上,2013 年 3 月

汇集的路口，所以聚集了几户人家和3个杂货铺。此时我刚刚从美国回来，二弟则从武汉到天津再到北京，都有近三年没有回乡。没有想到变化这么大，甚至我们所走的乡路都已经在"村村通公路"的政策中变成了水泥路，而我最后一次走的时候还是泥泞不堪的黄泥地。

黄泥是我关于家乡记忆最为深刻的意象。老家地处皖西六安的郊区丘陵地带，没有山，也没有石头，只有起伏不定的贫瘠土地连绵蔓延。这是一个几乎没有任何特色的中部乡村，春夏季节草木葳蕤的时候，村庄掩映在一人多高的茅草与杂树之中，秋冬之际则是收割后荒凉的大地和裸露出枯枝败叶的灰褐色田野。许多年以来，它似乎一成不变，就像那经过数千年耕种依然不动声色的黄泥地。

这种半封闭的环境，并没有形成外出经商的思维，倒是有着尊重文化的传统，春节前后在很多人家的对联上都可以看到"诗书传家久，勤俭继世长"的句子。这倒也未必是耕读传家的古风犹存，只因在外出务工兴起之前读书是农民子弟唯一的出路。村里曾流传着两个家族打官司的传说，因为其中一个家族不识字而落败，被对方嘲笑：三代不读书，不如一圈猪。我的舅舅和姑妈是在恢复高考后第一拨考上大学的人，这可能影响到了整个家族的风气，家里砸锅卖铁也要让孩子读书，很小我就在耳濡目染当中意识到上学离开故乡是一条自然而然的道路。然而，20世纪80年代中期内地乡村的教育实在是乏善可陈。黄台小学的师资基本都是民办教师，他们自身的水平也顶多是中学水平，学校的硬件设施更是完全谈不上。学校是土砖砌墙茅草覆顶的泥房，像任何一户农民家的住宅，板凳需要从自己家里带，而课桌则是用麻秆和黄泥搭建的。黄泥揉匀抹平之后晾干，在儿童的油汗长期浸润之下，变得油光可鉴，一点也不比木质桌子差。

我清楚地记得一年级刚开学的时候，全班做的第一件事就是在班主

水牛在已经机械化的乡村也所剩无几，2013年4月

任的带领下，集体到学校旁边的池塘里挖塘泥糊课桌，因为有几张土桌子在学生打架过程中被踢倒了。对于小孩来说这不啻是一种游戏狂欢，我那时候才6岁，完全没有开智，兴高采烈，丝毫没有辛苦的感觉。我只在这个小学待了一年，是一个平庸无奇的孩子，最光华夺目的记忆都凝聚成那个午后秋阳下的欢歌笑语。冬天下雪，表哥背着我走过一段段积雪消融的小道，他上五年级，体壮如牛。我在他的背上，陡然觉得自己高大了不少，却也眺望不远，只有眼前兜兜转转的田埂和夹杂着蒿莱枯茎的小道。恍惚间暮色降临，天狼星已经悄然升起，虽然只是孤零零地立在那里。如果那时候天空有一双眼睛，它会看到在七零八落、形状各异的水田与旱地的无边崎岖之间，两个小孩蹒跚的背影。有时候泥烂路滑，妈妈也会来接我，来校时间早了，就站在教室外面的窗户边。她的个子很高，我抬头能看到她冻得红红的鼻子。

第二年我就去新安镇上和爷爷奶奶一起生活，当时7岁，重新开始

日暮乡关何处是，安徽六安，
2014 年 7 月

读一年级。从黄台到新安只有三十多里地，但彼时交通并不方便，需要从黄台村走八里路到郭店小集，坐清晨 7 点钟的唯一一班公交车。爷爷那时候还没有从镇上的农技站退休。早上四点多钟起来，人还是迷迷瞪瞪的就上路了，仲夏的小雨还是淅淅沥沥的，两个人打着伞一前一后摸黑赶路。泥路的表面被雨水泡软沤烂，又黏又滑，沿着灌溉旱地的引水渠堰，小心翼翼地行走，一会儿就走得背心发热。走了一多半路程，正是黎明前最黑暗的时间，影影绰绰的路几乎都看不清了。我撑着伞，有些心虚气喘，恍惚间忽然发现旁边的路变得平坦了，就要往那边走。"哧——"的一声，一束火光亮起来，是爷爷点了一支烟。我才赫然发现，那条平坦的路不过是浑浊的渠水在我惺忪疲倦的眼中形成的幻觉，我差点掉了下去。

那个曾经在雪天背过我的表哥，因为家里贫困甚至都没有读完初中。许多年以后，他在上海开了家婚纱厂，我们在昆山夜间喝酒，聊起来我们还是同学，他已经全然记不得了。这也正常，他的日常生活中充满了各种成本核算、销售与盈利,一定没有我这样的闲工夫。回想起1985年那束黑暗中的火光,熠熠如同过往的星辰,虽然不是那么耀眼,却在瞬间照亮了我的路。像我这样的乡村少年,从最底层的暗夜泥路中走来,不免磕磕绊绊、一步三滑,真正意义上的两眼一抹黑。所幸偶然迸发的光亮,让我们免于跌落到冰冷的泥淖浊水之中。

我比两个弟弟要幸运,因为跟爷爷到了镇上,但爷爷无力再资助更多的孙子。父亲是个志大才疏、时运不济的人,可能因为自身的不如意,所以对孩子毫不用心,简直称得上不负责任。上学的时候他没有给过我和弟弟一毛钱,我都不愿意回想那些无钱交学费的屈辱瞬间。二弟说起他和三弟在马店小学上学时,就十几块钱学费,父亲自己留着买烟抽,让孩子空手到学校硬扛。他们俩无法进校,只好坐在大河边上相对无言。这些心酸的瞬间,多多少少会让一个成长期的孩子心存自卑。性格强硬点的,也需要多年的努力才能化解掉。在上初中的时候,他们俩是在离家十里地的丁集中学上学,他们每天早上5点钟起床,带上饭,走一个多小时,赶到学校。有时候家里没有菜,中午只能吃白饭。其实二舅是那个学校的老师,住家离学校也不远,但是他们从来不去他家吃饭。他们太要面子了,为了交学费已经借了二舅家钱,再不愿意去打扰他们。下午上完课再走十里地回来,父亲从来没有想过给他们买自行车,他们就这么走了三年。后来我走路从来都走不过他们,因为我在新安镇读书,没有每天走那么多的路。好在我们经历了那么多的羞辱、责骂、痛打,还没有变成没有自尊心的无赖。我们都比较好强,讨厌抱怨和悲悲戚戚。事实上,在努力挣扎的生活中,根本就没有闲情逸致和精力去感伤。2004年春节,我回家用第一年工作的工资将家里多年的欠账还清,到这个时候,我和弟弟从心理上才算在回家的路上真正抬起头来。

当我和弟弟在外面读完博士，留学，在北京工作，再次走在童年的路上，已是另外的季节。从水泥村道下来，回家路上的积雪化尽，但还没有干紧绷实，竹林背阴的荆棘旁还有泥洼。过河时才注意到水泥预制板搭的桥上，护栏一个都不剩了，1995年的时候至少还有一根——之所以有这个印象，是因为那一年老家刚刚通上电，而我家则盖了两层的楼房。我当时在新安镇读高中，星期天骑自行车回家运米到学校交给食堂。雨水过后的桥面有一层薄薄的淤泥，非常滑，我一不小心就从那个断栏豁口处连人带车和几十斤的米一起摔到桥下，晕过去，摔断了一只胳膊。

桥的南边河上修建了大约50米的如葡萄架一样的水泥天棚，盖在河面上，后来我才明白那是为了支撑两岸日渐倾圮的土堤。这条汲东干渠是"大跃进"时代的成果，对于两岸农田的灌溉曾经发挥了至关重要的作用，它人为地将河两岸的居民分成了"河上人"与"河下人"（河上为东，河下为西），甚至影响到他们的性格。如今种田的农民日少，饮水也以家中自己凿的砖井为多，但是这条水道在每年春夏播耕之时依然很重要，它通往北边寿县的正阳关，所以水利部门才会加以维护。

堤坝至少在我幼年时代还是郁郁葱葱的，没有如此严重的水土流失，河道也没有淤积到如此窄小。那时候，河堤高大宽阔，遍布数不清的低矮灌木、洋槐、椑柿、梧桐和藤草。农民行走在它们中间自然形成曲折蜿蜒的小路。植物如此蓬勃，以至于那些小径往往只可供一人行走，有些地方，半夏和树莓会蔓生跨过路面，搭成一个凉棚。我小的时候还在河堤西坡的大桐树下捡过桐子，随便扔在屋边的猪圈旁，它后来居然迅速发芽成长为一株亭亭玉立的乔木。但是这些植物在20世纪80年代后期被清除殆尽，从"包产到户"中觉醒过来的人们还没有商品经济的意识或者外出谋生的念头，他们只是希望从仅有的土地中发掘最大

汲河古称灭水,此为东汲河干渠,属于淠史杭工程,始修于 1958 年,2005 年 7 月

的可能性。在一阵风似的疯狂开荒中,河埂上的树木藤萝被清扫一空,土地用铁锹翻整过来,再用犁铧钉耙打碎,种上黄麻、棉花或芝麻一类旱地作物。与它们同时被清除的还有成片的松林,它们原本在丘陵地带杂生于略微平坦的水旱田之间,林中野兔出没、松鼠往来,还有在雨后会发出的美味地衣。松树林被桑树林取代后,那些伴随松树存活的动物都逃走了。这样的开荒热潮并没有持续很久,人们很快就丢弃了新翻的、还泛着新鲜的紫色的泥土,远走他乡,进入了各类工厂与工地。但是留下的是在春夏的大雨中不能够再自我保持循环的田野,泥土从高岗斜坡随水流汇入河道,土堤也逐渐被腐蚀成了如今的样子。

过了河,抄田塍走近道,小路被毁坏得厉害,多年前光洁清晰的"担百田"边的畎道因为行人稀少长满了爬埂草,现在被不知何人砍伐的乌桕与枇树枝丫阻住，许多地方只能下到芝麻田里走。之所以叫"担百田"，是形容其大，大到需要一百担种子才能种满这块田地。现在成了荒草慢坡，人们都已经远离家乡。记得有一次与《十月》杂志的宗永平同行在飞机上聊天，说到20世纪70年代后生人可能是最后一批有着真正意义上乡土中国经验的人，我们携带着这种经验来到城市，两种经验的叠加也就是中国当代40年改革开放的进程。我们所受到的教育土洋结合，带有一种城乡接合部的转型色彩，这一切与早先知识青年上山下乡的准精英式视角不同，也是根植于都市的"青春文学"所无法涵盖的，但是我们似乎还没有见到描绘出这种经验的厚重密实的作品。

芝麻田的泥土只是表面被风干，虚壳下面是松软的湿泥，我的鞋子很快就沉重起来，在草上踏了半天也没有把那些泥巴甩干净。快到家的时候，有些近乡情怯。我到拐弯的野店买了包烟，坐下来歇一会。店主应该是父亲认识的人，不过我从小离家，他只当我是外乡人，并没有攀谈。店面狭小，门口两边各摆了一条板凳，已经坐了一对男女，可能是在等人。女人说话特别粗糙，半生不熟的普通话夹杂着听不出地方的方言味儿，一口一个"操"字。话语中尽是拜金的调调，听得我想给她一个嘴巴子让她闭嘴——她可能代表了大部分初中毕业进城的打工妹的状态：穿着黑丝袜，染着恶俗的红头发，高跟鞋的边上还沾着她家门口的黄泥巴。

每个人的鞋上都粘着黄泥巴，只是有的人后来洗掉了鞋上的黄泥巴，但是洗不掉心里的。大部分人一生都走不出他的童年，黄泥巴像是胎记烙刻在他精神的底色中。

打台球

很久以后，我才知道我少年时代打的台球就是斯诺克，那时候我们更多叫它"康乐球"，不知道这个地方性称呼是怎么来的。斯诺克一般被视作是一项室内高雅运动，在电视上可以看到球手穿着西装马甲白衬衫一本正经的样子。这种印象一度让我产生错觉，以为斯诺克和台球是两回事。我记忆里的台球是风尘滚滚的街头游乐厅里面或者直接露天摆放的几个球桌，打球的也多是些无所事事的不良少年——这种舶来运动的本土化，颇具有当下中国的时代特色。

爷爷奶奶家原先在新安小镇南头，正对着新安中学的育才路，由于离学校近，是无数荷尔蒙旺盛的少年集聚的地方。那里自然而然除了一些苍蝇馆子之外，还有简陋的游戏机厅和录像厅，供父母够不着的住校孩子们玩乐。奶奶家附近就有个"青苹果乐园"，后面是一个烧酒厂，中间放录像，前面便摆了两张台球桌。每天烧酒厂那种热烘烘、温嘟嘟的酒糟味儿，让周围空气都弥漫着一种醉醺醺的气息。小镇上的痞子有时候会有哗众取宠的举止打扮，我记得有一个矮胖子叫"傅红雪"，他这个外号来自古龙的《边城浪子》，因为他总是很冷漠，并且随身扛着一柄长把朴刀。他打台球时不用台球杆，而是倒持着刀，用刀柄捣球。这些印象，使得台球也带上一种醉生梦死的洒脱不羁的意味，在少年的心中甚至有种浪漫之感。我们都是一样的来自乡村和小镇的少年，所有的精神启蒙和道德教育都来自于"说岳说唐"、《三侠五义》以及金庸、古龙的通俗小说，有种粗鄙的朴素，但不令人讨厌。

那时有个初中同学叫章明，比我大几岁，在青春期的时候大几岁就意味着个子可能会高出一个头。但是他性格倒是很大气，一帮人在一起玩时，常常是他扮演大哥那种角色。有时候，我们一群个头年纪小点的会合伙打他一个，他再回头——报复。记得有一次，他就追上我硬塞了只死麻雀到我嘴里，恶心得我恨不得把舌头都吐掉。这位仁兄后来高中没有考上，在母亲的主张下去当了兵——他母亲是一个精明能干的村干部，以前每次我们那里发大水，外界有捐赠旧衣服的，他总能分到最新看上去也最时髦的衣服，比如某件针织衫，就是他母亲作为拥有优先挑选权的村干部带来的福利。他性格中的大气和干练，部分应该来自这位村干部母亲的遗传和潜移默化。

等他从云南当兵回来，我已经上了高三，假期在小镇，夜间无事还会约上一两个以前的老同学玩。他已经在镇上派出所当了警察，每天的事可能就是讹诈一个三轮车司机几块钱，或者吓唬吓唬镇郊来卖自家地里蔬菜的乡民。小镇上总会彼此遇到，他就约我晚上和另外一个打工回来的同学去往中学走的路上的澡堂子旁边的台球室打台球。台球室里没有什么人，球桌上方挂着一盏昏黄的白炽灯，我们有一杆没一杆地打着，说些废话。他在昆明谈了个女朋友，说，你们知道吗，亲女孩子脖子最香。我那时候还从来没有拉过女孩子的手，而他其时已经与那个不知名的女孩分手了。

高三考完试，分数还没有下来，自己其实也不在意。暑假就和读粮食技校的同学王兵一起去上海打工——技校毕业如果没有过硬的关系也根本找不到工作，住在闵行的一个小镇肖塘。厂子就在黄浦江边上，也不忙，对于18岁精力旺盛的少年来说，简直称得上很轻松。从厂子到住的地方大约有三四公里路，有时候骑自行车，有时候就一路晃回去。那时候的肖塘并不比我长大的小镇繁华多少，马路两边还有水稻田，过江靠的是慢吞吞的轮渡，地铁根本还没有影子。小镇上有录像厅，也有台球室，在那种用塑料编织布搭在马路边上的棚子底下摆上两个球案

《后会无期》剧照

子,旁边或许还有一个冰柜和一堆西瓜。我和王兵有时候下午也去打台球,慢慢悠悠地打,就是消磨一下无聊的青春。那种情形,具体的细节完全记不得了,它们被时间过滤成了一个场景,像《后会无期》中袁泉所在的那个小镇台球室或者《最好的时光》里舒淇与张震打台球的场景。漫不经心,有点忧郁,却又不那么强烈,总之一切都是散淡的,可以挥霍的。

偶尔,我们在夜路中徘徊,不知该去往何方。水面掠过来的风,鼓动着我们宽大的白衬衫扑打着身体。恍惚中似乎看见漫天的繁星像烟火般绽放,冰凉无声的热闹,距离很遥远,感受不到热量,隔着黄浦江的上海也是一样。它们构成了两个乡下少年在迷离都市的自我感受和自我教育。

十年以后,王兵在苏州成了一个小康的油料商,我到北京工作了,大家的路渐行渐远。我们和章明已经再无联系,只是听说他中间曾经跟着我们一个发达了的同学也到了北京。那个发达的同学的公司已经开到了全球三十多个国家,公司总部在建外 SOHO。他可能是去做保安或者司机。我们这些从小一起长大的小镇少年，在剧烈的阶级流动中其实已经分化。章明成了发小的打工仔，也没有做多久又回到家乡小镇了。我猜想，也许是当年的大哥成了小弟，大家都不自在吧。他回到小镇开了个游戏机厅，据说也不顺利，就慢慢变得愤世嫉俗了。

这些都是我后来听说的，我也没有再同那个大老板同学联系过，只是在网上看到他去哈佛商学院讲学的新闻。二十多年来中国社会的巨大变革，在我们这些近乎从最底层出来的乡镇青年身上体现得最为明显。有人能一下子跃升为富豪，但大多数人则只能永远沉在那里，沤泡在生活的黏稠汁液中辗转不得。偶尔还会想起很早时候打台球的那些夜晚——那黄色的灯光下，一切都晦暗未明，前途未知，大家依然生机勃勃。那些离开了的人，其实我从来没有忘记，他们如同青春本身融进了我的内部。

中午去理发，走过铁路桥底下，忽然想起张枣的诗句："只要想起一生中后悔的事，梅花便落满南山。"我不知道为什么会想起来，可能初夏北方干燥的空气让我有些心烦意乱，也可能是这半年来工作上各种来自上司的有意无意的龃龉，让我有些郁悒不乐吧。自然而然生起的一些近似于感伤却又不那么迅猛的情绪，在无意识中找到了现成的语言。我接着往前走，这是北京昌平区下属的一个小镇，G6高速与一条县公路交叉的地方，交通堵塞是常态，运送附近工地渣土的大卡车，各种颜色的私家车，还有跑私活的黑色低档轿车，攒集到路口，有的司机不耐烦地摁着喇叭，更多的人踩着刹车，让汽油缓慢地燃烧，它们交织起来的嗡嗡噪音足以让人心浮气躁。

过了马路是一个接一个的店面，大多数不知道是做什么营生的，门口则连缀着各种各样的路边摊，卖烤玉米、卤鸡蛋，还有水果和劣质儿童玩具。它们的主人绝大部分是和我一样从四面八方来到北京的街头，每个人背后应该都有不足为外人道的故事。张枣的诗在这个时候是最不应景的，却又最合适。这就是一种日常中的悲伤——年少时候无数激动人心的梦想、一些多年后想起来还心绪难平的时刻，终归像铁砂被磁石吸附一样，被各种各样的制度、习俗和惯性归束起来，聚集成当下的平凡生活。

> 我曾经跨过山和大海
> 也穿过人山人海
> 我曾经拥有着一切
> 转眼都飘散如烟
> 我曾经失落失望失掉所有方向
> 直到看见平凡才是唯一的答案

朴树的这首歌最初听到很不以为然，听了几次反倒成了一个萦绕不去的旋律。它本身的旋律就是那种向下沉的、连绵不绝的坠落感，无休无止又毫无办法的感觉。打台球也是这样的感觉，撞来撞去，有的跳杆，还有的可能打错了对方的球，大部分最终落袋，极少数也有被击出球框之外。

卑贱的街头

决定一个人日后成就的因素有两种广为流传的说法，一种认为基因最为重要，另一种则倾向于后天环境和教育的影响。各有看上去确凿无疑的论证，却终究是个无法证伪的命题。因为具体到个体，先天的个性禀赋与后来因缘际会的偶然性太过千差万别，无法一言以蔽之。我从情感上倾向于基因论，因为对于大多数活着本身就已经筋疲力尽的人来说，他两手空空，无所依傍，只有赤条条的自己，如果能够获得世俗意义上的"成功"，那一定靠的是天赋的敏感与坚忍。

一般而言，小镇出来的成功人士在回首往事的时候容易变得咬牙切齿，张爱玲笔下佟振保的那种咬牙切齿——那个过程确实辛苦，吃过太多苦的人，一般来说心会硬一些，也更容易自恋。就像我那位已经跻身真正意义上富人阶层的同学，虽然都在北京，但我们从来没有见过，最主要的是我不喜欢他的咄咄逼人。章明在他的公司待不下去，多少有这方面的原因。小学时候他就那样，小孩之间嬉戏打闹，他都憋着劲地回击。他很小就失去游戏的天性，一直铆着劲活着。这可能跟他的家境有关系——他的父亲不成器，母亲丢下他和弟弟跟别的男人跑了，所以他的自尊心特别脆弱，反向激发的性格也一直好强。上中学的时候，他一直是理科班的优等生，参加各种竞赛，大学考上了清华。毕业后娶了税务局局长的女儿，放弃自己的物理专业，到一家猎头公司做助理。当2008年我博士毕业的时候，他已经创业成功，参加了当年的博鳌论坛。我后来陆续从同学那里听到了一些其他的新闻，比如他在镇上给他爷爷立了个等身铜像，在我们中学捐了几百万元的奖学金。这个白手起家、衣锦还乡的故事，听上去就像我们时代其他那些成功人士的励志故事，但是我知道背后一定有我所不知道的内容。比如，捐款这种事情，除了竭力塑造自身形象的目的之外，其实某种求得认同的自卑感依然存在，甚至还有着潜在的商业意图，因为他是做劳务输出的，绝大多数考不上大学的学弟学妹将会是他潜在的客户。

我们那个中学坐落在小镇街头，说起来是一座不错的市重点，但其实大学录取率主要靠二本三本。1996年我考大学的时候，所在的文科班四十多人，录取了14个，一本的也就三四个，能够考到清华大学的已经是凤毛麟角。老师大多数不过是平凡的市民，自身能力与见识有限，即便想不敷衍了事，其实也并不能提供教科书和参考书之外更多的教益。我们这些学生很多都处于懵懵懂懂的状态，能考上大学的都是自我约束力比较强的。我后来走遍中国所有的省份，观察到这样的情形是遍布中国的成千上万个小镇的常态。他们身处卑贱的街头，绝大多数浑浑噩噩，当然，那种浑浑噩噩中也蕴藏着某种混沌未开的能量，只是没有用在主流的社会流动模式（比如考大学）之上。

大部分同学住校，那种二三十人住一间的上下床的平房宿舍。院子里尿骚逼人，地面在夏天的烈日下结着一层白白尿碱。有些同学为了有个清净的学习环境，租住学校周边的民房，其实更多时候不过是方便了玩耍。整个镇子民风彪悍，闲散青年也常常与学校里的强横同学勾三搭四，一起玩游戏，看录像，打架滋事。现在回想起来，小镇上的文娱活动实在是迹近于无。无处释放的精力一定要找到出口，所以即便学校夜里11点锁了门，也常常有同学攀着梧桐树从墙头翻出来去抽烟喝酒，满大街鬼哭狼嚎。有时候晚上九点半下自习，镇上的同学纷纷往家走，远远就能听到"嗵嗵嗵"地有人跑过来的声音，回头看时，一个人影已经掠过，后面追过来几个手持钢管和西瓜刀的青年。我亲眼见到一个哥们跑得慢，背后被砍了一道斜长大口子，白衬衫迅速就被血染红。路灯下，那个被划开的衬衫里绽放出奇异的色彩，仿佛带着光，然后那人就扑倒在地。碰到这种事情，不认识的人不敢管，匆匆避开，也不知道后来结果如何。

残酷青春是一个具有普遍意义的人生母题，当时惊心动魄，再回首时也不过云淡风轻。人们在习惯性的自我浪漫化中往往夸大其词，但真正的苦楚是无法虚张声势的，它们只会在厚实的生活底部沉积下来，或者成为养料，或者发酵为毒素。我那时寄居在爷爷奶奶家里，不敢惹是生非，学习还不错，因为从小在镇上长大，多少也认识一些辍学的社会青年，也喝鸡血酒结拜过几个兄弟。这套模仿江湖的套路，主要来自于日渐兴起的港台武侠剧的影响，底色里也是本地民风使然。这些兄弟说起来比较够义气，但是那种平淡生活中又能有多少恩怨是非，不过是平时吃吃喝喝，找个地方兜风闲逛。我曾经和一个外镇的同学发生冲突，打架时候头被那家伙抱住往墙角撞，撞破流血了。后来被我一个结拜弟兄知道，找了几个人在他回家的渡口堵住一顿打，逼着他大声高唱《水手》，因为那里面有两句词："他说风雨中这点痛算什么，擦干泪不要怕，至少我们还有梦！"这个黑色幽默的桥段，我毕业之后才知道，在酒桌上说起这段往事的主谋"咯咯咯"地笑着，乐不可支。不过，他们也算有原则，我高一时候上课看武侠小说被语文老师没收了，当时找他们替我出头揍老师，反倒被一顿骂，说再怎么也不能打老师，就算他是个无能的混蛋。这件事情其实给了我一个类似于底线的教育，它体现了一种底层的伦理，对于知识和文化哪怕仅仅只是一个象征性符号的信仰，这种信仰内在地安置着对于现状的不满和对于美好的渴望。

我在新安那个城乡结合的小镇从 7 岁长到 18 岁，这里曾是我少年时代的乐园，老单位的后院、长满蒲草的荒地、中学后面的池塘、粮站的大院子、麻厂、小鬼塘、一起长大的那些失散了的朋友……计划经济时代的一切都已经无可挽回地过去。回首二三十年的变化，其实这也是中国城乡变革最为急剧的段落，它极大地改变了一个原本可能比较封闭地方的外在风貌、社会组织、人口构成乃至情感与精神结构。2007 年当我回到新安时，到处都在拆迁，断壁残垣，让人不由得凄惶。爷爷奶奶就是要在这一次大拆迁中搬走。老单位的大院子就只剩下两户人家的房子没有拆，院中搭了个大帐篷，是拆迁工人临时的居所。他们养了一条丑陋的大狗，见到我就狂吠，一个面目模糊的男人抱了个饭碗出来打

我长大后的新安小镇街头，2015年2月

狗，我瞥见里面杯盏狼藉。爷爷奶奶都八十多了，不过身体还挺好，这是让人欣慰的。我和弟弟去澡堂子洗澡，刚泡好，起来冲水的时候，雾气朦胧中听见爷爷喊我名字，赶紧跑过去——原来爷爷一个人来洗澡。平时人家不敢给他进，怕他年纪大了出什么意外，他就趁此次孙子们都在，赶紧也来了。我们护着他下到水池子里，给他洗头。搓背的是个独眼的壮小伙，主动跑过来给爷爷搓背，大约是对我们孝顺举动的赞赏吧。洗完澡出来，躺着休息，我给搓背小伙一支烟，看到他那个没有眼珠的眼眶里的黑洞，还有他胸口巨大的伤疤，估摸着是打架的结果。这个外表凶悍的男人，让我想起以前的同学，他们在鄙陋中恣睢，内心里其实不失赤子之心，在根底上他们是前现代乡土中国的精神根系所在。

傍晚和二弟去中学散步——这是每次来新安的必修功课。我们共同上过的中学变大了，面积翻了两番，门口的路也拓宽了，几乎有占了半条街的势头。以前我还会去更远的老漯河边走一走的，现在也没有时间去了。这些年人事消磨，心也粗糙了。新安这样一个地方，维系了多少年少时代的故事与回忆、梦想和荒唐，如今在急剧变化的社会中却已经无法承载一丝一毫怀旧的情绪。我居然在街头偶遇那个打破过我头的同学，他正开着一辆中巴拉客，彼此还认识，也仅限于客客气气打个招呼，曾经的暴烈荡然无存，反倒有些羞涩之感。我准备在学校门口买一个充电器，到一个店里问。那个看店的年轻人没个好声气，二弟说10元钱太贵了，他就横来一句："那你到人家那去买。"我说，你做生意讲话怎么这么冲？他睥睨着我说，我就这样子。这样的人就是小镇青年的代表，有种地头蛇的横霸之气。但我已经过了那种为了一句话就血气上涌、拔拳相见的年纪，日常生活的重量正在加紧脚步向我们走来。更主要的是我在他的身上看到了自己中学时代的影子，身上沾染了阴暗残暴的东西，这些东西会在漫长艰苦的生活中自我软化。

怀旧与乡愁是伴随着现代性的主题，它与自我的建构和想象密切相关，然而吊诡之处在于，在现实与想象之间的落差总是会让归来者与返乡者面临尴尬。因为总有失落与不甘，我们对于自己最初成长的地方往往饱含着一种爱怨交织的情绪，难免夹杂着忆念中的温馨片断和龃龉瞬间，它在过去与现实中的卑贱与粗鄙会被放大，成为那些在"博士返乡"的"人文关怀"中时常出现的悲悯性对象。很久以来我一直都无法认同新安的民风，周围乡镇的人几乎都颇为忌惮新安人的可恶之处——凶悍好斗、冥顽不灵、软硬不吃、睚眦必报。我想，无法认同曾经成长的环境，甚至厌恶，是由于不堪的过去或失意的当下双重夹击下产生的自我憎恨。其实也是一种不愿意面对真实自我的回避和逃遁，冲突本来就在那里，只是当时懵懂不觉。无论是无知无识的恶还是在无知无识的恶中所受到的伤害，在时间中只是被浮灰遮盖，却并没有消失。只是许多年后，有的人能够有勇气去面对，有的人则很难与过去和解。

高中的时候，我从图书馆无意中借过一本《麦田守望者》，我和弟弟都非常喜欢这本书。不知道什么原因，也许是在我们晦暗的青春和不知不觉的成长过程中，还有些始终无法抛弃的纯真。读过很多遍，我始终记得那个老师对霍尔顿说的话："我想象你这样骑马瞎跑。将来要是摔下来，可不是玩儿的——那是很特殊、很可怕的一跤。摔下来的人，都感觉不到也听不见自己着地。只是一个劲儿往下摔。这整个安排是为哪种人做出的呢？只是为某一类人，他们在一生中这一时期或那一时期，想要寻找某种他们自己的环境无法提供的东西或者寻找只是他们认为自己的环境无法提供的东西。于是他们停止寻找。他们甚至在还未真正开始寻找之前就已停止寻找。"我们都没有停止寻找，是想要找到那些我们未曾经历过的狂欢与欣喜、忧愁与悲伤、安宁与怅惘，也许我们每个人终其一生都是在自觉或者不自觉地寻找。几乎没有人能够很早就看清楚自己的命运，它的晦暗未明直到人生终结也未必会敞开。

虽然我后来年纪日长，经历渐多，但这种挥之不去的迷惘一直笼罩在生命的上空，如迷雾般萦绕在心头。多年后在智识中重返少年时代，却能够从中发现它依然能够持续不断地提供动力。从穷山恶水的贫贱中出来的孩子，同样孕育着钟灵毓秀的种子，这大约是中国大地上数不尽的小镇的困窘与激情的隐喻。它们贫瘠的命运起伏不定，在外部社会变迁中载沉载浮，被狂风暴雨击打得七零八落，必须要靠顽强剽悍之气守护浮沫里的一丝微弱的赤子之心。生于当代中国的小镇少年都无法摆脱这种先天的结构性宿命，这是我在贫贱的街头所见。贫贱让他们带上伤痕与阴影，却也以其靠近生命源头的野蛮与宏阔，使人不至于堕入柔弱与猥琐。

事实上，贫贱的街头一直欣欣向荣，自然而然，包含着自由人性的力量。之所以看上去粗鄙甚至凶狠，我想是因为他们的灵魂不愿意去修饰，从而转变成粗鄙、世故与无力。他们的贫贱决定了必须竭尽全力去拼搏，根本无暇顾及那些生命中的细枝末节，不会在纤细的事情上小题大做、大惊小怪。他们"活在这珍贵的人间，泥土高溅，扑打面颊"，"生存无须洞察，大地自己呈现，用幸福也用痛苦，来重建家乡的屋顶"。这是贫贱的街头给我的原初教育，一种最为素朴的道德与品质，多年之后才让我认清楚它真切的面孔。它根植于更为久远的历史沉淀下来的自然与传统，就像锻造铁器的炉火，斑驳、隐约、连绵不绝又热力内蕴。命运的炉锤敲击着我们性格与遭际中的铁屑，而来自生命原初的火烧去杂质，让根底里的精粹更加锋利尖锐，又沉稳坚韧。

河湟四叶

路边的歌手

有几年的时间,我去了很多次青海,几乎走遍河湟一带,然而印象最深的倒是一位在黄河边上唱《花儿》的洗车工。

那是 2012 年的夏天,我从甘肃临夏一带蜿蜒西进青海,沿路调查东乡族、撒拉族、保安族的民间文化。炎炎烈日中崎岖的路途让我疲惫不堪,那时正是封斋期间,饭店不好找,在积石山勉强吃了简单的午饭继续出发,途经康吊村,过大河家渡口。大河家早年为重要贸易集市,就像张承志曾经写的"它把青海的柴禾和药材,把平特角的藏羊和甘肃的大葱白菜,把味浓叶大的茶——在轰鸣滚翻的黄河水上传递"。

如今世事流转,大河家已经湮没无闻,却是值得行走的地方:"壮游无止,这是中国的古风。与其随波逐流,不如先去大河家住一阵。去看甘青两省,去看黄土高原和积石山脉的分界,去看那造雾的滔滔大河,和真的经过险境的人一块。"一路上可以看到黄河上游积石峡明显比水电站处清澈许多,过了韩平沟隧道走了不到 500 米,因为修路道路

青海海南藏族自治州一座无名小寺，
2006 年 7 月

忽然断了，也没有标示，车子只好下到河边走，距离黄河最近的时候大约只有 20 厘米。积石关天险，两岸峰峦如怒，从乙赛村隧道出来过河，只有一个单行道索桥，车子在上面晃晃悠悠。过了黄河，岔过孟达天池，转奔塔沙坡，青海的循化已经遥遥在望——当然，是望见它四周赭红色的山。进入青海境内，立刻感觉比临夏的暴土扬尘要清爽许多，路边刚刚收获的麦田堆起像日本武士般的垛子，头戴黑纱的农妇牵着白羊缓缓走过。这样的景象，有时候会让人产生一种超脱于身体的幻觉，仿佛行走在一个完全陌生的国度，肉体的感觉消弭，只有精神游走在黄土巉岩之间。

就是在这条路上，我一路打听找到了那个歌手。我见到他时，他正在偏远公路的野店门口，拿个水龙头洗刷一辆表皮布满坑洼的吉普车。他长了一副西北草根农民少见的洁白清癯的面孔。这位年纪并不比我大多少的兄弟听到我的来意之后，面露羞涩，说结了婚的歌手一般不再唱《花儿》了。我想也许是因为那些歌颇具淫猥佻荡的色彩，与年龄和身份不符。不过他并没有坚持，而是让我到洗车棚远处的柳树下等他工作结束。

夏天正是黄河汛期，昏黄奔涌的河水淹没了茅草和许多柳树的根部，默默地向东流去。狗尾草的穗子上偶尔停驻着一只蜻蜓，我们远离人群，他拉开了嗓子。我其实听不懂歌词，但是瞬间就被那苍凉悠远的歌声打动了。这是一个天才的歌手，天生有种忧郁悲怆的气质。我无法复述当时的感受，就像我无法复现曾经在喀纳斯河边听一位哈萨克族大叔弹着冬不拉唱情歌的情景。反正此前此后，我再也没有听过如此浩渺的歌声。我想起《陇头歌词》："陇头流水，流离山下。念吾一身，飘然

东乡族民间歌手，甘肃积石山，
2007 年 7 月

旷野。"这是无奈之处,我这样的所谓知识人已经无法直观地来表达自己的情感,只能借助于知识和记忆。

他的歌声萦绕着我,一直到循化县城,整个人似乎还笼罩在那种无以名之的情绪之中。这是个幽静的封闭小城,聚居人口按照撒拉族、回族、藏族、东乡族、汉族依次递减。住了一晚,早晨在类似 *Inception* 或者 *The Other* 那样充满回环重叠剧情的梦中醒来,我心中怀疑这个宾馆以前发生过无法破解的谋杀。事实上,这个小城过于空旷,整个宾馆可能就住了我一个人。从房间窗口往外望去,是杳无人迹的庭院,几株高大的向日葵默默无语。一点点细微的雨,让空气变得更令人惬意。我忽然明白自己为什么喜欢到大西北来了,那是一种体验的不同,用焦虎三兄的话来说就是,山河是一种慢。

白天艳阳高照,去锁子镇的骆驼泉访问民间艺人韩占祥,听他口若悬河、舌绽莲花地讲撒拉族人如何从撒马尔罕东迁至此。饥渴难耐。正午的院落,寂寂无人,偶然在院中发现两棵李树,心中狂喜。摘了一把李子,坐在门口一边吃一边看街上偶尔走过的二三孩童,道路两侧白杨垂立,涧水潺潺,觉得心远地宽。

跑了一天,满怀希望地从尘土飞扬的乡下赶回宾馆洗澡,却赶上停水,打电话问前台何时能来水,被一句"我怎么会知道"给憋了回来。电话网络不通,只好又跑去问前台。姑娘说:"我们这里没人懂!"她真是横得可爱,理直气壮。照此逻辑,我离店结账时说一句"反正我没有钱"撒腿就走,不知道会不会被打死。不过,我的心情并没有被破坏,因为我听过了世界上最荡气回肠的歌。

彩虹夜酒

许多年前，我第一次到西宁的时候，有个空隙去爬北山道观——当地人称为土楼观。那是个集佛、道、儒三教文化特色的宗教场所。道观位于城北的土楼山，背靠大墩岭，西临湟水河，建筑规制类似于山西的悬空寺。

在祁连路路边的亭子里休息的时候，遇到一群中年人在那里吹拉弹唱。走过去，问了其中一人，唱的是平弦。平弦是青海地区的民间说唱艺术。因其主要伴奏乐器三弦的定弦格式属于民间定弦法中的"平弦"而得名。主要唱腔为"赋子"，俗称"西宁赋子"。唱腔属于联曲体，除"赋子"外，尚有"背宫""杂腔""小点"等，以杂腔曲调较多，包括《离情》《凤阳歌》《罗江怨》等，有《平沙落雁》《楚王宫》等十几支器乐曲牌，内容多取材于元、明杂剧。传说故事及历史演义。平弦没有专业艺人，都是由业余爱好者演唱，俗称"好家"，他们在业余时间去茶楼酒肆或好友家中结伴自娱或应亲朋相邀在婚礼、丧葬、喜筵上演唱。这些人就是下班了没事来休闲消遣、自娱娱人的。

正说话间，一个瘦矮个提了瓶酒走过来，捧着盘子，盘上平放两杯斟满的酒。他说："朋友，来喝一杯。"我很诧异，这是个陌生人啊。我回头看他是不是找错人了，他笑了："我们青海人喝酒，见到朋友都要邀请喝一杯的。"我就端起来，一口喝下，是青稞酒，辣味儿"刷"地把一股热劲带到了肚子里。他看我喝得痛快，非常高兴："来，再来一杯，好事成双。"我就又喝了一杯，他乐坏了，一定要再来个六六大顺。拗不过他的盛情，我只好干了，然后坚决不喝了，再喝估计就不能爬山了。他一再嘱咐我，说在这里等我，等我下来继续喝。后来，我数次遇到类似情形,才明白青海人的爽快热情不是个例。

我在甘肃、西藏都喝过青稞酒,但是人往往如此,如果走过的地方很杂、经历的人事足够多,回忆往往触类联想,叠加混合在一起,就记不清具体的场景了。不过说到青稞酒,自然是青海互助土族自治县的"天佑德"最为著名。祁连之南、湟水之北,是彩虹部落。互助土族自治县县城便在威远镇,鼓楼树立街道中央,吐谷浑的后裔居于此。我曾三次住在"天佑德"酒厂,每次一开窗户就是浓重的酒糟味,这让酒厂整天洋溢着一种乐观向上的精神。在房间里可以听到,不知道什么地方从早到晚放着"裁一朵溜溜的白云/给你做一件梦的衣裳",要不就是"你有一个花的名字/美丽姑娘卓玛拉",声震寰宇,我估计都能越过达坂山,传到大通。

土族是吐谷浑的后裔,来自西亚,从他们的服饰看来,同回族很像,男子头戴白帽,女子面裹纱巾。但是因为历史上受过吐蕃的统治,所以吸收了许多藏族和蒙古族的习俗。从礼仪上来说,一般客人进门就会有姑娘小伙子唱歌迎接,献上哈达,同时端着三杯酒来敬客。如果不胜酒量,就可以用无名指蘸酒向天空、地下和对方弹三下表示敬天、敬地、敬人,这就融合了藏族和蒙古族的风俗。我后来在青海省博物馆查到土族的源流,原来他们的祖先就是战败的慕容氏,领袖中居然真有慕容复这个人,与金庸的《天龙八部》里一心复国的江南翩翩公子同名,当然两者基本上没有什么共同之处。

互助土族自治县有个著名的纳顿庄园,"纳顿"在土语中就是"玩"的意思。纳顿庄园是个民俗风情园,有土族婚礼、"安昭"舞、"轮子秋"等表演。从民俗学或者人类学来说,这都是"伪民俗",不足为道。但这可能只是表明学者的刻板想象,无视少数民族的"同时代性"——它们也是处于消费社会和符号经济的时代。从民族文化的宣传角度看,

土族老太太与她的孙女，青海互助县，2006年7月

这样的民俗符号不过是一种符号资本的利用而已。纳顿庄园的老板是一个中年土族妇女，很漂亮。同她攀谈才知道，原本她是准备考艺术院校的，结果嗓子长了息肉，只好放弃，不过舞还是跳得很好。我不愿意看庄园组织的程式化表演，要她带着我跳，她欣然下场，教我"安昭"舞。这是一种古老的土族舞蹈，在此地依然很流行。每当欢度佳节、庆祝丰收和举行婚礼时，人们都会聚集到庭院里或打麦场上跳。跳舞时，男女相间围成一圆圈，由一位能歌善舞的高手领唱领舞，后面跟随的人伴歌伴舞，一唱众和，气氛和谐而热烈。舞蹈动作是先向下弯腰，两臂左右摆动数次，然后高跳一步向右转一圈，转圈时两臂上举。动作周而复始，我很快就学会了，融入他们当中。这时候因为脱去了表演的刻意，就可以得到本真的快乐。

土族纳顿节带有军傩性质，原先是军队训练及娱乐二合一的军舞，这一点同贵州安顺屯堡地戏有些像。有一次我在民和回族土族自治县官亭镇参加了一场土族农民自发组织的纳顿节，依然可以感受到它曾经具有的壮怀激烈和杀伐之气。不过那个面具真是要命，我试戴了个关二爷的，里面的香粉气味简直让人窒息。这种"愠羝"式的恶感直到进县城喝了酒才解除。

陪我调查的是青海文联的一个朋友，瘦长条的憨厚人，与我同岁，相谈甚契。我们住在一起，在饭店吃完饭回房间，他忽然像变魔术一样从裤兜里掏出一瓶青稞酒邀我接着喝。我说："没有菜，喝什么呀。"窗外大雨，夜间街道上的商店都打烊了。他在房间左右找了半天，发现了两瓶矿泉水，"嘿嘿"笑着说："我们就着这个喝吧。"那个夜晚，我们一口酒一口水，生生喝完了一瓶高度酒。第二天，我去官亭，经下马家、巴州镇、西沟乡、杨家店、旱台子、米拉沟，看到胡麻的时候，他发来短信说："哥们，保重。"

几年后，一天夜里我在北京忽然接到他的电话，说调去做公务员，从此告别文学了，还让我到网上读他最后写作的小说。我清楚地记得他在挂电话时候说的："数年徒守困，空对旧山川。龙岂池中物，乘雷欲上天。"这是《三国演义》中刘备吟的诗。

隆务神会

2006年在热贡做调查的时候，当地人曾特意为我们举行了一场祭祀法会的歌舞表演。热贡就是黄南藏族自治州同仁县地区，这是个回族、撒拉族、土族、藏族等多民族聚居地，其中藏族最多，占总人口的百分之七十有余。本地一年中的盛事之一就是农历六月十七的"六月神会"。按照当地居民卡尔泽杰的解释，六月神会的功能主要有三点：纪念战场上阵亡的英雄；让天神和龙神高兴，以求雨获得丰收；标志旧的一年结束,新的一年开始。

热贡地区的神佛谱系分为两层:佛处于高一层次,佛手下的是神。神一般就是地方神、山神,他们也是世间神和家神,如果说佛更多掌管人的来世——超越性的境界,神则在世俗层面满足人们的需求,比如孩子求学、老人治病、战争占卜等,更贴近村民的日常生活。因此一般家庭总会既有佛堂,也有神龛。神界内部也分等级,夏琼神是最尊贵的善良之神,可化身神鹰铲除邪恶,它的下面是阿尼牟洪(一般称为二郎神)和玛卿、知哈尔、德龙、年钦四大高神,他们都是佛的护法。这些神的品性各个不同,比如拉仲、年钦、阿尼牟洪狰狞凶悍,喜欢血祭。当然,随着时代的变化,祭祀也出现了一些新的变化,血腥的意味减少了。不变的是,村民对于神的虔诚和信仰。

隆务镇是黄南藏族自治州同仁县的首府,这里的丹增本平时就是个小店业主,但是到了六月神会的时候就成了沟通人神的法师。法师是经

"六月神会"娱神表演,青海同仁县,2006年7月

过煨桑、诵经、吁求显灵、在活佛面前附体等程序共选出来的,其实并没有什么特权,但是他在祈神的时候有权决定有关村子全局的大事。

一般六月神会包括三天,都是村民自发组织的。先是"拉羌嘎",即请神敬酒,妇女不准进入神殿,由法师将神带到各家各户。然后,全村集体上山祭"拉卜泽"。这个祭祀源自吐蕃时期,程式包括洒酒、煨桑、抛撒"风马",以纪念战争亡灵。在神会期间,会有村民自编自演的九种神舞,包括男子集体舞、(献神)龙鼓舞、少女手捧哈达的集体舞、咕嚅舞、阿扎拉舞、大型海螺舞等,大约会有二百多人参加演出,村里其他的人则负责辅助工作和做观众。舞蹈反复表演,中间还会夹杂小丑戏,那是一种带有道德色彩的惩恶扬善的滑稽戏。当天带有集体狂欢色彩的神会结束后,秋收就开始了。

火辣的阳光下,这个小型的六月神会开始了。几十个村民头戴手巾,穿着藏袍,戴着面具,列队敲响法器,伴随着燃起的香料,一丝不苟跳了近一个小时。高原的干热让他们汗流浃背,却全然没有敷衍。这里还没有被商业开发,我看到的都是原生的景状,复杂的心情无以表达,只能一再说"扎西德勒"。

在一个唐卡艺人家里,我还看到几个七八岁的学徒在一笔一笔照着样本画佛像。年轻的主人为我泡上砖茶,邀请吃一种巨大的面饼。他说自己从小在寺庙里跟喇嘛学画唐卡,现在已经出师带徒弟了,徒弟们平时上学,放假的时候来。才学了一个多月的小学生画的观音像,笔法细腻,细节上已很见功力。唐卡是先用铅笔勾勒底子,然后上色,工序很繁复,需要耐心,因为每个细部都有精心设计的章法线条。那么小小的孩子居然能耐住活泼好动的天性整天坐在那里作画,这跟他们内心的宁静大概不无关系吧。唐卡是宗教艺术,但在城市小资那里被过度圣化了,蒙古族导演哈斯朝鲁拍过一部叫作《唐卡》的电影,就是把它当作一种刻意的精神象征，反倒不如这里天然自在。

我不忍打扰画师们的宁静，赶往另一户藏族同胞家里吃饭。吃的是糌粑、杏子、烩菜和手把羊肉。那是我第一次吃糌粑，学着别人示范的样子，把青稞面粉中加入酥油茶和黄油搅拌，然后用手捏，居然很香很好吃。然后用刀子解大块的羊肉吃，鲜嫩异常，平时在北京吃的羊肉简直不可以相比较。烩菜是用牛肉、粉条、萝卜加香菜炖制而成，我连喝了三大碗，才意犹未尽地放下碗，已经大腹便便了。此地藏族人给我的最大感觉就是不造作。你要是和他照相，他就照，也不扭捏；你要给他钱，他也不拒绝，但是不会主动向你要。

那户粗豪的藏族大哥还会唱"拉伊"，这很让我意外。山歌在卫藏地区称"拉噜"，康巴地区称"噜"，而在青海安多地区则称为"拉伊"。我记下了他唱的两首歌：

> 这条道路我不太熟
> 从哪里进来最好认
> 这条河流我不太熟
> 从哪里舀水才好认
> 这位姑娘我不太熟
> 如何开口才能成知音？
> ……
> 看见辽阔的草原
> 想念我年轻的野马
> 经过宽畅的大路
> 看不见野马，我心里悲伤
> 看见辽阔的村庄

想念我温柔的姑娘

经过山间的小路

看不见姑娘，我心里悲伤

在这样的歌声中，神性和世俗有机交融、并行不悖，神性已经成为日常生活的一部分，因而并不需要太多的解释。

黄河的青春期

苏珊·桑塔格在《论摄影》中写道："摄影作为一种娱乐，已经变得几乎像色情和舞蹈一样广泛：这意味着摄影如同所有大众艺术形式，并不是被大多数人当成艺术来实践的。它主要是一种社会仪式，一种防御焦虑的方法，一种权力工具。"那些旅行的人长焦短距地全副武装，他们的相机就好像金角大王的宝葫芦，试图将异乡的人和物简化为风景一并收容进去。他们其实是脆弱的人，为了转嫁现实中的压抑和抵抗精神分裂。

到海南藏族自治州的时候，我没有带相机，所以把那里的一切都印在眼中与心里。那些原本一闪而过的形象反倒获得前所未有的如生命般的活力：拉鸡山裸露出白垩纪般的心胸，狼毒花夹杂在油菜花的周边，孤绝的牦牛如石头一样散布在海西的草甸之上，黄土没有一丝水分。在颠簸的路上，我想起一个以前认识的西宁女子，想起她离开了之后，从此再也没有人和我说话。我想为她写一首诗，诗的第一句是"黄昏走过格尔木"。

但我其实并没有去格尔木，而是到了贵德。这就是照相机和心灵之间的距离。贵德地处黄河谷地，上有龙羊峡锁关，下有松巴峡守户，四面环山,平川开阔,土地肥沃,青海人称其为"高原小江南"。我住宿的河阴是贵德县城西边的边缘地区,满街都是门户紧闭的灰白马头墙建筑。晚饭后,日落尚早,沿着空旷的道路走个5分钟,迎面也许会有一个头戴白布小帽的回族老爹骑着小摩托慢吞吞地驶过,一个漂亮的藏族阿姐蹲在马路边上用鹅卵石敲碎杏核。十几只不知名的野鸟结队飞过空荡荡的大街,在街道的尽头伫立着恢宏壮大的山脉,如同上天的神祇。

"天下黄河贵德清",这里是黄河的源头。上游西河滩林的河边有个黄河少女的塑像,正是静如处子的黄河青春期的绝佳隐喻。六月的汛期之后,可以看到半清半浊的奇观,濯缨与濯足两相宜。纵然艳阳高照,河边的树荫下也是凉爽一片。不远处就是文庙、玉皇阁和关岳庙,为明清的建筑。汉式和藏式建筑错落有致地交织在一起,可以想象现代"民族"观念未起时期的多族群融合共生的样貌,而"中原"与"边地"之间的差别并没有那么明显。

黄河与昆仑这样经典的中华民族文化意象,说起来都在如今青海——所谓的"少数民族地区"。数年之间,我曾经四去青海湖、三上塔尔寺,感受最深的倒是如今为了消费主义和文化资本的需要,而刻意生产出来的差异性,即将原本水乳交融、血脉相连的族群杂居之地,人为地区分出某种"特质",而忽视了悠久的历史渊源。这就是所谓的"以今束古",用后见之眼的认知框架对文化遗产和现实削足适履。这种思维实际上已经影响了相关文化传播中的青海形象。在大众媒体、文学作品尤其是诗歌中,我常常读到已经被固化了的"库库淖尔、德令哈、藏文化"符号,这些符号无形中是简化了的青海。

而青海是多么丰富呢?今人把穆天子会西王母的瑶池就附会于此,那个经典的神话在我看来,就是不同氏族部落或民族之间交流的象征。《山海经·西山经》载:"西王母居住在玉山之山,其状如人,豹尾虎齿而善啸,蓬发戴胜,是司天之厉及五残。"这种历史神话化的记载显示了,西王母可能是个衣冠不同于华夏民族的异族首领。周穆王自然是华夏远祖,他西征昆仑,越过漳水,行程九万里,以观四荒,北绝流沙,见到西王母,又驱驰阴山、蒙古高原、塔里木盆地、葱岭等地,其实隐喻了华夏民族与周边民族的碰撞、开拓与交流。

相传天下有龙脉二十四,昆仑、祁连占其九。祁连山脉一系的梅茨山就是其中一处。我曾专门去梅茨山寻找遗址,爬上山头,回望处是青田断脉的遗址。"青田"指的是明相刘伯温,民间故事中就是他在朱元璋定都南京后派人将此处观察到的几座呈龙与凤形象的山脉挖开了豁口。陪同我去的某作家言之凿凿,指出几个山垭就是切断龙脉的地方,并且非要坐实。我说这不过是口头传说,当不得真。可惜此君不读书,明代此地实际控制在鞑靼人手中,刘伯温怎么可能亲赴此地呢,并且即

青海湖畔的喇嘛,2014 年 7 月

便是《明史》材料本身也大可质疑，更何况是文人墨客夜雨秋灯、小豆瓜棚时候的扯淡。

　　但是，在三江源头的青海，神话与历史、虚构与真实、幻想与现实之间界限用不着那么清晰。就像黄河的青春期，清浊激荡，兼容并包，不同文化支脉彼此混融，长天大地，万古江河，又有谁能分得清彼此呢？

　　相传西王母在穆天子告别时曾赋歌一首，曰："白云在天，丘陵自出。道里悠远，山川间之。将子无死，尚复能来。"人生不过百年，隔着悠远逝水，数千载的光阴让这首原本苍凉的歌带上了永恒的色彩。尔汝恩怨、现世悲欢在逝水汤汤中涤荡无几，这种共通的命运感超出了空间和时间，让一切现世的差异都变得不重要了。重要的是，再次来到黄河清澈的源头，在昆仑与祁连之间让思想凭虚御风。我想，这可能也是青海之所以让一个异乡人向往的心理动因，它排摒琐碎，让大美无垠充实心胸。

拉萨的日夜

西藏在近一百多年来的文化传播中已经成为一个硕大无比的符号，符号自身又具有了衍生性，外人接受的大多数是关于西藏的符号的衍生物。它具有的精神性指涉足以形成一个自成一体的世界，让心存向往的

拉萨西郊的罗布林卡，2015 年 8 月

人沉迷其中，参与到关于神圣的信仰和心灵的洗涤。我数次进藏区，从卫藏到康巴，从香格里拉到安多，各有因缘。

2007年夏天，我第一次去拉萨，住了一个月。它是这样的一个地方，特别适合懒散的人。城市并不大，半个小时就可以从新旧城交接地的布达拉宫走到绕城的公路，路边就是拉鲁湿地。艳丽的阳光让水草中间潋滟的水波有一种透明的幻觉，水面以下是暗黑的，白云仿佛从水底下无尽幽深处浮现上来。顺着白云的缝隙渐渐显出一座山的轮廓，抬眼往前，就是形态缓慢又敦实的山峦，它们漫不经心地牵连在一起，像一个无所事事的游人的心情。

事实上，我几乎没有见过拉萨的清晨，太阳出来得晚，有时候还有蒙蒙的细雨，而更多时候我都在睡觉。我就这么虚度了一个月，那时候正在写博士论文，准备到西藏搜集一些材料，或者仅仅感受一下藏地的生活——我相信这种直观的体验比读无数间接材料更有意义。一起来的藏族朋友旦曲一进城就没了影子，原本我们约定一起去堆龙德庆和墨竹工卡做一些田野调查，但是在此后的近30天中，我再也没有见过他。

八廓街头，2007年7月

我的藏族朋友大部分都有一种慢吞吞的底气，不慌不忙。今生的事情做不完不要紧，也不着急，还有来世呢。

有一天逛到色拉路，百无聊赖地到一个甜茶馆喝茶，古旧的热水瓶装满一瓶要付5元钱，自己一杯一杯地喝。我并不喜欢甜食，但这种甜茶是一种清淡的甜，在苍蝇的嗡嗡声中显得更加宁静寥廓的下午，才配得上这样的清甜。老板是安多人，虽然同样是说藏语，但安多藏语的发音和用词与甘南那边的藏语不太一样。此时小店好像只有两个客人，男人肤色黧黑，牙齿很黄，瘦高的个子，在不紧不慢地喝啤酒抽烟，他旁边的胖妞很开朗，乐呵呵地与跑堂的女孩说话。那个小姑娘是乡下来的，有些呆头呆脑，手很粗，看上去刚进城不久，不太会应答，显得颇为迟钝，她的脸蛋红扑扑又有些粗糙，像一个荒山上的野苹果。胖妞看着我笑，说了一句什么，三个人哄然大笑。我听那个词的发音是"信布多"，回头问一个朋友是什么意思，他说"信布多"就是好的意思，夸你帅啊。胖妞用生硬的汉语说："再来找我玩啊。"我挥手笑了笑。

傍晚才是这个城市一天中最有魅力的时候。这时候灼人的日光渐渐温和下来，行人的脚步变得从容，市声喧嚷，成为动人的夜生活的前奏。八廓街的上午人头攒动，陌生的面孔充斥在四通八达、曲里拐弯的巷子里，让我想起广西的阳朔西街，都给我一种被过度开发的旅游城市的感觉。琳琅满目的各色摊铺，将具有特色的建筑几乎完全遮住，只能在蜿蜒曲伸的偏僻小巷子里才能偶然见到一些普通的拉萨居民的日常生活——这种日常生活也正在被旅游业所侵蚀。八廓街又叫八角街，给我的感觉像是一个迷宫，无数的道路像蜘蛛网一样。大多数这样的巷子都布满了卖工艺品和纪念品以及藏式特色产品的小商店，有一特别好的地方是公厕随处可见。拉萨与遍布在这个地方的各种中小城市的面目一时模糊起来，而绝大多数游客除非带着强烈的心理暗示，否则不会觉得它

布达拉宫一角，2007年8月

们之间有什么不同。可能我们这些游荡的人，从来不会走进这个城市的内心，甚至根本就不关心。

  下午我会在漫无目的的闲逛之后，窝在"我家"客栈小酒吧的沙发上。我并不住在这里，但是这里有在布达拉宫广场认识的几个陌生人。阿又将茶杯一溜排开，默默地抽烟、喝茶，长长的头发遮住了他的脸，让人看不清他的表情。他是一个瘦高的甘肃人，原先可能是学美术的。据说他是准备从尼泊尔搞一些"麻古"去东北的酒吧歌舞厅卖，5角钱一丸到那里卖5元钱。这是一个非法的勾当，也不知是真是假，不过也没有人追问——这是旅途中的默契，每个人都小心谨慎地不去询问对方的来历，即便睡在一个房间，连名字可能也只是一个代号。阿岫躺在角落里看书，我凑过去和她说话，她的头发乌黑，发丝柔软，就像是午后拉萨街上的风。她是一个读旅游专业的湖南学生，一个人到西边来，似乎想踩踩点，为以后带团来做准备。小回也没有言语，他在读《易经》，或者一根接一根地抽烟。这个上海大个子男孩倒有种憨厚劲儿，他的话最少。大家都是安静的人。

只有小B和一个不知名的吉林大姐在下围棋，不时会说笑几句。我和她下了一盘，输了，下楼买了两包烟作为大姐的彩头。福建的小个子小笛来了后房间才热闹起来，他总想吸引女孩子的注意，所以不停地把外套脱下又穿上，把墨镜戴上又摘下。老匡则用鄂北口音的方言和女孩子们调笑。那些年轻的女孩子吃吃地笑，出去又进来。

放音乐的男孩，在重复播放一首歌——《拉萨的酒吧》："拉萨的酒吧里呀，什么人都有，就是没有我的心上人。她对我说，不爱我。因为我是个没有钱的人。都市里的酒吧呀，什么酒都有，就是没有我的青稞酒。一杯两杯，我也不会醉。因为我是个大酒鬼！外面的世界里呀，什么歌都有，就是没有我的这首歌。一首两首，谁也不会红，因为我们是流浪歌手。"简单快乐的歌，听得时间长了，就像听和尚在念经。

夜晚终于来临，我们一起出去。拉鲁桥下的河水浑浊宁静，悠悠流走，就像这一天的时光。有人提议，去太阳岛吧。又有人说，去巴尔库路吧。最终哪里也没有去，去了一家安多人开的酒馆，喝青稞酒，吃糌粑，还有酥油茶。大家都挺高兴，不停地和不懂汉语的老板比画手势，邀请他抽烟。

回去不能太晚了，太晚了不安全，据说有强蛮的康巴汉子，有的人为此送了命。小笛说，我们送你到小昭寺路吧，明天搬过来一起住。之前我在药王山下面一个酒店住了一天，又到著名的"八朗学"和"吉日"尝试着住了两天。"吉日"的老板好像是一个尼泊尔人，服务态度让我很讨厌，所以搬到了小昭寺路一个台湾阿婆开的"妙吉祥"。

夜里我突然想抽烟，踱到门外。寥廓的北京东路一个人也没有，更别说有开门营业的商店，只有昏黄的路灯和习习的夜风。转回来，发现院子里还有几个外国人坐在那里聊天，二楼的走廊上有男人沉默地坐在黑暗中。

突然下起了雨。寂静的夜里，雨声显得很大，就像敲在我的心上。我想，窗户没有关吧，但是也没有心思起床去关。雨夜让人顿生前尘往事刹那皆空的错觉。全世界的雨都好像落在这个陌生的街道上，"噼啪"作响又不疾不徐，执着又坚定地下着。我躺在床上，听到这样无边无际的雨声，心里空空如也。这场雨是如此久远漫长，仿佛把整个世界的灰尘都洗去了，把我的骨头都洗干净了。

凌晨时分，我梦见了一位以前的朋友，不知道发生了什么事情，她的表情很伤心，是她一贯的倔强负气的表情。我在忧伤中醒来，透过窗户看到雨水顺着隔壁房檐的椽子滴下来。我就这么一直看着雨打在玻璃上，不知道过了多久，头脑里一片混乱，仿佛失去了思考的能力——这一个月在西藏都是如此，凭着本能生活，拒绝思考，就像是船只在河流的某处搁浅，四周都没有停靠的地方，左顾右盼，只能原地不动。

不久，艳阳高照，天空湛蓝如洗。新的一天来临了。

流动的象牙塔

不久前,我到华中师范大学开会。师弟裴亮刚从日本九州大学留学回来,在武汉大学任教,约我到武大校园转一转。许多年前,我去在华

始建于1930年的老斋舍是武汉大学早期的学生宿舍,2014年12月

中科大读书的二弟那里时,曾经和陈水云教授逛过武大。陈水云刚从台湾中山大学回来,几个人约在珞珈山上的老斋舍碰头。故地重游,忽然想起,这里正是《女大学生宿舍》的拍摄地。

1983年,导演史蜀君根据武大中文系女生喻杉同名小说改编的电影《女大学生宿舍》可谓风靡一时。那是恢复高考后不久,大学生被称为"天之骄子"的时代,因为影片主题是关于历史的反思、青春的意义、未来的追求,所以这部电影放映后引起了广泛的影响。让我印象深刻的是,电影中的大学生将对于人生、社会、时代的思索,以及个人的命运与更广阔的社会背景联系在一起,而不是像后来的一些校园电影精神收缩,只关注个体情感和成功学式的奋斗。

同一年,另一位女导演黄蜀芹根据王蒙1953年写作的同名小说改编的电影《青春万岁》也是校园题材,不过说的是一群20世纪50年代即将步入大学之门的中学生。原作中的序诗"所有的日子,所有的日子都来吧/让我编织你们/用青春的金线和幸福的璎珞/编织你们……"被改编成杨蔷云在晚会上的朗诵诗。这首诗基本上代表了影片的情绪,那是中国在社会主义初期人们对生活的热情、未来的确信、美好的向往,就像一切都是崭新、昂扬、激情澎湃的年轻共和国一样,那个时代的青年也饱含着单纯、热情、执着和信念,满怀着对国家的信心和自己的理想,无私地把自己献给祖国。他们有抱负,有理想,畅想为了美好的未来而燃烧灿烂的青春。

这两部都是"新时期"之初的电影,实际上继承的是社会主义革命的信仰与理想主义传统。其最直接的渊源就是1959年作为国庆十周年献礼片的《青春之歌》,这个根据杨沫自传式小说改编的电影,讲述了一个小资产阶级女生如何在身世浮沉中逐渐丢弃小我,走向大我,找到青春的信念与归宿的故事。

不过，今天说起来"大我""小我"之类，难免让人嘲笑迂腐。因为在生产方式和社会结构大变动的当下，集体主义式的理想目标已经遭到质疑。个体从断裂式的时代社会中剥离出来，向内转为个人主义式的自我观照和自我抚慰，不再关心超越于情感、肉体和世俗意义之上的成功，而注目于在消费社会中的价值诉求。比如《致我们终将逝去的青春》那种怀旧式的青春感悟，这种感悟本来是一种充满各种可能性的成长的开始，只是在我们这个时代的价值观下面，多样的可能收缩为一种，那就是"中国合伙人"式的在资本社会中如鱼得水的功成名就。当那些早年的"屌丝"乘着市场经济的东风，从校园的青葱懵懂少年，在社会上历练搏杀为老谋深算的各界要人，再回眸《睡在我上铺的兄弟》《那些花儿》时，不免带着一种沧桑过后的沾沾自喜和志得意满。

事情的另一面是，在宏大叙事解体后的个体命运必然沦为碎片式的遭际和感伤，那种在20世纪80年代曾经短暂兴起的凭个人奋斗和能力改变命运的高加林式道路已然终结。比如在2013年一部不出名的影片《今天　明天》中，我们可以看到聚集在北京北五环外唐家岭的大学生"蚁族"，他们的雄心勃勃在资本运营的时代显得无能为力。这一方面造成了"小时代"式的对于金钱和权力顶礼膜拜的恶劣价值观——在那里，我们看不到大学之于莘莘学子的濡染培育，只见到资本逻辑以其毋庸置疑的绝对优势浸染熏陶着年轻人的心灵与肉体。另一方面，则是感伤主义的盛行，这实际上是在现实的残酷面前闭上眼睛，逃避到纯洁无瑕的想象式忆念之中，而校园在其中成了一个飞地。比如由高晓松的歌曲敷衍而成的电影《同桌的你》——它掺入了美国轰炸中国驻南联盟大使馆、中国加入WTO（世界贸易组织）、"9·11"事件、"非典"等重大事件，但片中人物的个体命运与时代的大变局是割裂的。影片中的一个场景极富象征意味——周小栀将林一从游行的队伍中拉出去，两个人抽离在时代之外。

这是一个从"大时代"到"小时代"的过程,在电影美学上表现为激情洋溢的青春向零碎哀怜的忆旧的转型。1985年,张暖忻在《青春祭》中讲述下放知青的岁月,将高扬的"青春无悔"转化为平淡日常的逃逸岁月,已经显示了这个苗头。1993年,谢铁骊在《穆斯林的葬礼》中对殒命的燕京大学学生新月的描写,则标志着青春之死。虽然这个故事的时间与《青春之歌》相去无几,但是重要的不是故事里讲述的时间,而是讲述这个故事的时间。那些曾经被慷慨激昂讲述的故事,如今成了一曲月落长河的挽歌。

在这样一个年代,重读华裔作家鹿桥完成于1945年的《未央歌》,那群抗战时期流落昆明的西南联合大学的学生们在边地的象牙塔里歌哭欢笑,不免有恍如隔世之感。象牙塔在浪漫想象的人心中似乎是世外桃源,但事实上它从来都不是自外于社会,而是其有机的组成部分。曾经有"华北放不下一张平静的书桌"的时代,如今则是在喧嚣市声中,象牙塔也无法平静。它始终是流动的。

英国教育家纽曼(John Henry Newman,1801—1890)在其著名的《大学的理念》中阐述了他关于理想大学的观点:它的唯一目标是要使学生精神上成人,"是教授全面知识的地方……是心智性的,而非精神性的……是对知识的普及和扩展,而非提高"。在他看来,大学精神就是博雅教育,是为社会培养良好的社会公民。它旨在提高社会的益智风气,修养大众身心,提炼民族品位,为公众的热情提供真正的原则,为公众的渴望提供固定的目标,充实并约束时代的思潮,便利政治权利的运用和净化私人生活中的交往。

这种精神在如今的中国校园不是没有,但至少是稀缺的。许多同学在原本应该敞开心胸、吸纳一切营养的大学时代,过早地世故化,汲汲于学分、考证,以及各种社会化技能的培训,努力将自己打造为将来职业道路上需要的人才。这就是简·雅各布斯(Jane Jacobs)所说的"集体失忆的黑暗年代"的高等教育精神的失落:文凭被提高到教育之上。这种大学经历我将之称为"目的论的大学理念",即大学教育被当作将来求职的明确目的的处所,一个技能培训班。我倒并不是要全然批判这种想法和做法,只是觉得应该有更为丰富和开放的大学理念。这种理念我称之为"过程论的大学理念",即将大学教育当作一种人生经历,职业素养和能力的形成固然是其重要的一个方面,但更主要的应该是在大学中树立一种博雅的精神,对于未知事物的好奇,对于广阔的社会和他人命运的关心,对于深远的超越于世俗层面的探求和热情。毕竟人生也就是一个过程,并无一个可以抵达的终极目标。所谓的目标,都是人们自己设立的。

《三傻大闹宝莱坞》(3 Idiots, 2009)中皇家工程学院的怪才学生兰乔与模范学生"消音器"之间的对立,就是"目的论"和"过程论"两种大学理念究竟哪种更能取得成功的问题。当然,电影毕竟只是电

印度理工学院即《三傻大闹宝莱坞》中"皇家工程学院"的原型

影，在严峻的现实中，仅仅凭靠理想主义的激情显然是无本之木，经不起真实世界的轻轻一击。而根据真实人物改编的《风雨哈佛路》（*Homeless to Harvard*：*The Liz Murray Story*，2003）则给那些底层寒门子弟一个励志的答案。莉兹出生于贫民窟，父母都是瘾君子，妈妈患了精神分裂症，双眼失明，后来死于AIDS（艾滋病）。她从来没有一个像样的家，身边的人也多是遭遇同侪暴力、性虐待和精神疾病的苦难者。她似乎活在一个绝望的世界，却通过执着的信念和顽强的毅力将自己从生活的泥淖中超拔出来，改变了自己的人生。现实中每个人都是渺小的，即便那些拥有"拼爹"资本的人在整个社会中也不过是一粒微尘，但是渺小的个体可以通过努力改变自己，进而改变世界。而上大学对于她而言，一开始并没有明了的规划，而是一个朦胧的概念。我们大多数人都有着类似莉兹的处境，虽然没有那么极端，但上大学无疑是一个转折点，指向生命中一条崭新的道路。这样的道路又怎么能够仅仅是职业规划所能涵盖的呢？

从武汉离开后，我又去云南参加一个会议，期间正赶上昭通学院举办云南省第二届校园文学大赛，有幸充当了一次颁奖嘉宾。那是一个充满仪式感和神圣性的夜晚，我在那样一个边远、偏僻，只能称得上是三流的大学中看到无数充满梦想的面孔。那些面孔让我们明白，中国好青春从来就不存在于电影中，而是存在于中国好同桌的记忆里。当下的中国青年虽然生逢小时代，却依然在大学中保留了象牙塔的一丝精魄。我在他们身上没有看到《小时代》中的扭曲灵魂，或者《同桌的你》中哀感顽艳的自慰，而是看到一个个年轻人在自我追求中弥漫着整体中国青年的蓬勃精神。这让我既感佩又兴奋。流动的象牙塔既在变迁，也葆有了它不变的一面。

大涉水

一

夜宿土城镇古滋客栈，白天响晴的天气骤然下起雨来。客栈中听雨，难免有些说不清道不明的惆怅。雨从高空中若隐若现地淅淅沥沥而来，却又没有落地的"啪啪"声，似乎一直盘旋在半空之中，萦绕不去，就像似有若无的怀旧情绪，不会在某件具体的事情上落脚。这种丝丝缕缕让人难以入眠，拉开窗帘，昏黄散落的路灯中偶尔夹杂着几处红绿霓虹招牌，那是已经歇息的店铺。暗淡的灯光背后是蔓延硕大的幽蓝苍穹，并没有形成雨线，只看到断续的银丝消失在黑暗中，地面发出黑黝黝的湿亮，仿佛融入天宇深处的思绪。

土城的老街沿着赤水河而建，如今虽然只是遵义市习水县的一个小镇，此前却是川盐入黔的重要码头。"古滋"这个名字至少在宋朝时候就有了，那时它是领承流、仁怀的州置所在。赤水奔流，地理沿革，滋州成为千年土城，在20世纪因为红军的到来再次成为一个醒目的所在，"四渡赤水"这个战争史上的奇迹就是在这里拉开了帷幕。在这黑暗间

习水土城镇街头，2016 年 4 月

歇的闪亮中追忆历史，白天所见的片断反倒逐渐清晰起来，那是城东十里地外的青杠坡。

青杠坡与石高嘴、尖山子、老鸦山、猴子垭都在土城郊区，形成互成犄角的山头。暮春初夏，日光下青草依依，高架桥横跨其间，凸显出山脚中间的一块坳地。站在青杠坡头上，俯视而下，葫芦形坳地是一片由紫莹莹的薰衣草与马鞭草构成的花海。四周已经盖上了整齐精致的小楼，成了婚纱摄影的基地。宁静的正午，四野无人，只有偶尔飞过的蝴蝶在野花上翩翩飞起又落下，一片祥和安逸的景象。如果不了解历史，谁也无法想象，80 年前这里却是枪声震天、血流成河的战场。

1935 年，中央红军从江西瑞金经过 4 个月的辗转，占领了黔北的遵义。不久，蒋介石调集川黔滇湘桂数十万大军从四面八方向遵义地区合围，阻止中央红军与红四方面军和红二、红六军团会师，想在乌江以北、长江以南的川黔地区围歼红军。中央红军在遵义召开会议，总结了第五次反围剿失败的教训，改组了军委领导，将此前同敌人"决一死战"方针，改为"避强攻弱、避实击虚"的方针，决定经赤水河西岸进入四川，在重庆以西过长江。大兵压境之时，红军情报局获悉川军郭勋祺、潘佐的2个旅4个团向土城这边包抄过来，并抢占青杠坡、永安寺、寒风坳等高地，企图围歼中央红军。周恩来、毛泽东、朱德得此情报后立即召开紧急会议，部署战斗。1月28日，战斗打响了。彭德怀、董振堂分率第三、第五军团在青杠坡首先向郭、潘两旅的结合部发起攻击，战役随之展开，双方激战于青杠坡四周的高地。川军占据南部更高地形拼命抵抗，战斗异常惨烈。红军经多次冲锋，终于攻下郭旅第八团阵地，随即向永安寺推进，但强攻三四个小时并未能扩大战果。郭勋祺亲率第九团和特务营、机炮营以猛烈火力袭击红军，突破了第五军团阵地，一直打到白马山军委指挥部前沿，步步向土城逼近。

川军兵力实际上是6个团，作为劲旅"模范师"，战斗力也远强于黔军。由于情报有误，红军的决战兵力不够，战斗形成拉锯和消耗的局面，双方都伤亡惨重。这个战役是红军历史上堪称千钧一发的一仗，这一仗如果打不好，后果不堪设想。毛泽东当机立断，命在赤水的林彪速调第一军团陈光的2个师跑步回援。营连干部组成的干部团在陈赓、宋任穷率领下，也向敌人发起猛烈攻势。但敌军增援部队又有4个旅蜂拥而至，各方围剿兵团也从四面八方围聚而来。毛泽东在土城镇背后东北面的大埂山顶透过大雾，望见对面尖山一带红军放火烧山，才压制住敌军。当时朱德总司令在撤退时，遭到敌人火力突然袭击，仅有一个排掩护。在军情万分危急的情况下，毛泽东召集政治局和军委会议，改变遵义会议原定北上计划，撤出青杠坡，避开强敌，从土城渡河西进，以保存实力。当时土城渡口水面宽200米，水流湍急，要在一夜完成几万人的渡河并非易事。但因为群众基础好，在周恩来指挥下，当地群众积极

遵义的红军街，2016年4月

支持，天亮前就架好了浮桥。1月29日凌晨，红军大部队分左、中、右三路，从元厚镇（当时叫猿猴镇）、土城镇向西渡过赤水河，即四渡赤水的第一渡。

赤水古称大涉水，唐代时候称赤虺河。赤虺即红蛇，因为每当降暴雨的时候，山上矿物质红土被冲入江中，水就呈现出红色。赤水源于云南镇雄县的鱼洞乡，曲折北流至威信县转折向东，在仁怀县小河口进入贵州，至茅台镇后转向西北，到赤水市再转向东北，于鲢鱼溪进入四川，在合江县汇入长江。这个蜿蜒曲折的形状，也正是蛇的蜿蜒逶迤之态。一渡赤水之后，红军改向敌人设防薄弱的云南扎西地区（即威信一带）进军，决定在川滇黔边境发展根据地，以粉碎蒋介石在长江以南的围剿计划，并争取由黔西向东发展。2月中下旬，红军回师黔北，在四川古蔺县的二郎滩、太平渡二渡赤水，再次攻占遵义。蒋介石急飞重庆督战，计划以堡垒主义和重兵进攻，南守北攻，压迫红军在遵义与鸭溪的狭窄地带，进而围歼。红军主力在遵义西南地域持续地机动作战，让蒋军产生了错觉,以为"红军徘徊于此绝地,乃系大方针未定的表现。这一段长江两岸多系横断山脉,山势陡峻,大部队无法机动,今后红军只有化整为零,在乌江以北打游击了"。但是到了3月中旬,红军却突然北进,经茅台第三次渡过赤水,向西再入川南。

三渡赤水之后,蒋介石又误判局势,以为红军要北渡长江,命川、黔、湘、滇军齐出,打算再次合围。中央军委审时度势,指挥红军秘密于3月下旬再次经二郎滩、九溪口、太平渡东渡赤水,迅速调头南下,从数十万敌军的空隙间穿插急进,南渡乌江,佯攻贵阳,威逼昆明,5月初巧渡金沙江。据说,两天后国民党军队赶到江边时,渡口空空荡荡,只捡到红军留下的破草鞋。3个月间来回奔波,四渡赤水,红军将运动战发挥到了极致,一路带着敌军跑,每次在间不容发时都能从细小的裂缝中躲过追击,乃是战争史上的绝妙之笔。回首历史,几段文字的概括不免显得轻飘飘的。中国西南那三个多月上演的大戏,其间曲折、

赤水大瀑布位于风溪河上游,2016年4月

第一部分 天下繁花

去往赤水市元厚镇佛光岩的路上，2016年4月

血泪交错、乐观与悲愤、气急败坏与无可奈何，任是如椽大笔也难以尽绘红军的勇敢与机智，以及在排山倒海般的狂涛中如何镇定自若地掌握住了中国革命的船舵。

数万条生命像飓风中的候鸟，无情地折损在峡谷、草地、沃野、荒原。那些生命都曾经有着自己的经历和故事、梦想与希望、奋斗与激情，他们长眠于异乡，只剩下伫立在天地之间的一座纪念碑。在时间的洗刷中，血色渐渐淡去后，想要进入彼时彼境已经很难。在青杠坡的纪念碑前，我看到一队身穿迷彩服的中年人敬献花圈，花圈上的落款是某个地方的科级干部培训班。他们在讲解员的解说中肃穆而立，脸上有一些迷惘。那些无名的红军逝者，为着理想喋血于荒草乱石之间，是什么支撑着他们不畏强敌呢？而国民党军，又为了什么要对自己的同胞死死相逼？在生死存亡的关头，对于领导者来说，又是在怎样艰难的情境中做出了决断呢？这样的问题不光充斥在我的心里，也一定埋藏在这些人的心里吧。

这样的问题里其实隐藏着中国革命为什么会成功的秘密。我在遵义会议纪念馆看到当时参会人的照片。这些人面目消瘦、憔悴，衣服着装也完全没有国民党军队那么光鲜正规，但是一个个精气神都十足。一眼望去，你会在他们的眉宇之间看到勃发的英气，他们的眸子里放射着犀利的光华。那时候，我心中升起的只有感慨：这是一种青春的力量和生机。红军长征时，距离中国共产党建党才短短13年，遵义会议中那些决定了后来中国命运的精英们都正处于人生韶华。毛泽东当时42岁，年纪最大的朱德也没到50岁，周恩来等大部分人还只是三十多岁的青壮年。他们大多数是辛亥革命、"五四"新文化运动影响下的青年，是革命的一代人、青春的一代人、早熟的一代人。作为时代与制度的不满者、叛逆者和改造者，他们豪情万丈，决不妥协，一种共同的精神结构和燃烧着的信仰，使他们从五湖四海聚集在一起，被动又主动地进行着人类历史上最为波澜壮阔的远行。

他们在中国社会的实践中认识到社会发展的必然，接受了先进的理念，意识到如果要推翻封建主义、帝国主义、殖民主义和资产阶级的压迫，必须要彻底打破旧的世界，建立一个新的世界。建立新世界的乌托邦赋予了这些人以坚定的信仰，如果没有这种信仰作为支撑，很难想象在那样前有堵截、后有追兵、缺乏给养、兵困马乏的艰难环境中能够坚持下去。这群只有小米加步枪、衣衫褴褛的未来领导人面对的是排斥、逃亡、疲惫，却从来没陷入萎靡和绝望。因为他们有着内在的神圣激情，知道自己是站在最广大的人民的一边，代表的是最广大人民的利益，象征着正义和历史的必然趋势。他们从南到北、自东向西，在中国大地上奔走游牧，在广阔的大野乡泽之间掀起反抗的狂飙，播撒希望的种子，采撷收获革命的果实。如同磁石吸附矿粒的同时又磁化它们，水滴融入江河的同时又充实了它们，共产党与红军在长征中与人民联结成真正的命运共同体。

二

贵州本来就是"天无三日晴，地无三尺平"，崇山峻岭林立的穷乡僻壤在统治者的横征暴敛中，老百姓"人无三分银"，几乎无立锥之地。红军到达黔北的时候，到处是一片凄凉景象，穷人们衣不蔽体、食不果腹，自称"干人"。他们迫切地希望改变自己的命运，红军让他们看到了可能性。哪怕那时候只是茫茫草原上的一点星星之火，也会让濒临绝望的人充满温暖的想象。在欢迎红军的标语中，穷人们写道："红军到，干人笑，绅粮叫；白军到，绅粮笑，干人叫；要得干人天天笑，白军不到红军到，打倒军阀，妙！妙！妙！"在这种鲜明的情感对比中，可以看到红军与人民之间的血肉关系。在长征途中即便自己身处困境，红军也不忘竭力帮助当地的民众，而不像国军那样去盘剥，因为他们本身绝大多数都是来自于处于同样困窘中的穷人们。

进入遵义以后，中央批准红军战士可以在市里流通"红军票"。"红军票"是在中央苏区发行的中华苏维埃政府的纸币，战士们用它买牙粉、肥皂、茶缸、雨具和打草鞋的麻绳等物品。红军的物质条件非常艰苦，从战士到总司令都没有津贴费和薪金，只是每一个人每天有一角三分钱的伙食费。这一角三分钱里包括了粮、茶、油、盐和柴草。在要离开黔北的时候，为了不给当地老百姓带来损失和麻烦，红军决定通过把没收官僚、资本家的盐巴便宜卖给他们，以收回"红军票"。当时贵州的盐巴非常贵，一块银圆只能买到二三两。钟有煌在回忆录中记载了当地传说的一个故事，可以看到穷苦百姓对盐的珍重。说有一户农家四口人，好不容易弄了一块小盐巴，用线拴住，吊在饭桌中间，吃饭时眼睛盯着下饭。只有初一、十五和年节时，才取下来放在菜或汤里蘸一下，然后立即又挂起来。有一天，两个孩子忍不住取下盐巴来泡水喝了，差点被父母打死。在吃盐比吃粮食更难的情况下，听闻一元"红军票"可以买一斤盐巴，整个城市都轰动了。

二郎滩街上的人们至今还记得红军开仓分盐的事。二郎滩本身是一个盐岸，自贡的盐沿着赤水河上运，就是从这里起岸，用人背马驮的方式运到遵义、贵阳、毕节等地。穷人们为了讨生活，往往一年四季都在外背盐巴。常年不在家，儿女有时候到了三四岁都不认识自己的父亲。即便如此，因为"斗米金盐"，他们还是吃不起盐。二渡赤水的时候，红军来到二郎滩，盐商及盐务军都被吓跑了。红军跟当地农民宣传，红军是共产党领导的工农子弟兵，与穷人是一家，共产党领导穷人打天下，劫富济贫。当时就打开当地官僚地主开设的四家盐仓，将盐巴分给穷人们。当地的农民杨俊枢多年后还回忆起，后山住着一位八十多岁的老太太，行动不便，红军战士主动将盐巴送到她家中。老人十分感激，就在自家门口摆上桌子，用缸钵装满茶水，供来往运盐的穷人们解渴，逢人就讲红军送盐上门的故事。在这种彼此之间的信任、依赖、相扶相助中，生动地体现了军民之间"鱼水情"的关系。共产党承诺一个平等、公正、没有压迫的世界，正是这个最初的梦想让他们百折不回、殒身不恤，也吸引感染了更大的人群。

遵义郊区的山上，有一个当地老百姓自发修建的红军坟。红军离开遵义的头一天下午，一个农民苦苦哀求卫生员去抢救他父亲。卫生员请假离开部队，背上红十字包跟着农民走了，第二天再也没有回来。他被国民党军抓住，牺牲在桑木垭。老百姓厚葬了这个看病治病不要钱的无名卫生员，并且立了一块"红军碑"。许多人自发前来焚香烧纸，表达哀思，寻求保佑，影响日益扩大，不仅黔北各县有人来，云南四川也有人来，惊动了卷土重来的国民党当局。他们要挖红军坟，老百姓就起来抗争，费心尽力终究保护下来，直到后来全国解放，才迁到遵义红军烈士陵园之中。2006年，一座高约4.5米的红军"女卫生员"雕塑树立在红军山上，被当地百姓尊称为"红军菩萨"。这个"红军菩萨"的原型应该就是来自红军卫生员的传说，它被赋予女性的形象，寄托着对红军博大、温情与包容的集体记忆。那些流星般的光华划过阴霾的夜空，献身于超越个体事业的青年，他们的生命从短暂与偶然走向了必然与永恒。许多年后，身披红绸的女菩萨还是每天香火不断，可见在当地老百姓朴素的情感记忆中，只要为人民做过事，是不会被忘记的。在茅台镇的时候，我参加"赤水河之声音乐节"歌唱大赛颁奖晚会时，听到一首歌——《在百姓心上》，背景的MTV就是红军女卫生员。这是那晚唯一让我动容的歌曲，老百姓心中有一杆质朴的秤，无论谁只要真正将他们的幸福放在心上，就会得到他们绵延不绝的回馈，永驻在他们的心上。这是辉煌绝伦的荣耀，涤荡着人世的公心。

很多年以前，我还在读小学的时候，学校请了镇上硕果仅存的一位参加过长征的老战士做报告。他显然是一个文化程度不高的农家子弟，加上年迈，讲述不免含混断续。现在只记得他讲到的一些地名，年幼的我那时候无法理解他为什么会离开皖西老家跑到那么远的地方去吃苦受累。如今循着红军的步伐一路走来，才渐渐明白，那是一种宿命。我不知道他参加红军的具体原因，但最根本的原因一定是他想改变现状，并且相信跟着共产党能够过上好日子。他被革命的号角唤醒，从虚幻性的苟安日常中窥见不得不超越的必然，于是毅然放弃了原先的生活，奔赴更为开阔的人生。渡过湄河，其实也是渡过了人生中的一条大河，要在

丙安古镇的吊桥，2016年4月

河对岸寻找光明。无数个普通的红军战士应该都是这样吧？他们可能并没有精英们的理论自觉，只是在朦胧的对于未来的美好向往中，义无反顾地跨越他们生命中最重要的河流，走上了革命的道路。这一去，前方有无数的河流需要他们渡过，很多人就再也没有回来，家乡小镇上那位老战士还是幸运者，不知道他当年是哪一路军，有没有来到赤水河畔。

赤水市丙安古镇夹江修了一座吊桥，两岸翠竹苍苍，壁立千仞。过桥后往山上爬，因为台阶陡峭，我很快就气喘吁吁，不得不走一会儿就歇一下。回首瞥见一群白鹭盘旋在林间，来回游弋，轻盈而迅捷。恍惚中，我感觉那就是一些烈士的精魂，留恋着这个曾经战斗过的地方。那都是一些年轻的战士，他们感召着自由与平等的曙光，满怀火一般的热情，不约而同地从四面八方聚集起来，抛家别业，背井离乡，居无定所，却从不会放弃，只为一个共同的美好未来。他们在峰峦如怒的怪石巉岩间踽踽而行，看到高天层云，会不会有大好河山的感慨呢？在密草深林中摸索前进时，从叶间缝隙里射下的斑驳光影，会不会让他们感到心头一热呢？在寒风暗夜里站岗放哨，偶尔抬头望见遥远天幕中点缀的繁星，会不会凛然升起一种自豪感呢？他们用双脚丈量着大地，在荆棘丛生的地方开榛辟莽，从没有路的地方走出路。绝大部分人的生命永远停留在了青春韶华，经历生活的悲壮，如同英雄般死亡，无法亲眼见到那个未来。"公无渡河，公竟渡河！堕河而死，将奈公何！"我们这些人正是因为有了他们的牺牲，才能乘着车、踩着修葺好的石阶来这里观光。

从土城老街与赤水同向北走，最先看到的是中国女红军纪念馆，这

土城的女红军街，1935年蔡畅、邓颖超、贺子珍、刘英、李坚真等曾在这里住过一周，2016年4月

是中国唯一的以女红军为主题的纪念馆，展示了红一、红二、红四、红六方面军的40位代表性的女性。现在的土城老街有一条顺堤坡而下的女红军街，就是当时邓颖超、贺子珍、金维映、李伯钊、危秀英等人住过的地方。虽然没有精确数字，但总体上约有四千五百多名女性参加了各路红军的长途跋涉、组织、宣传、医护和战斗。这些当年的"异端"，除了与男同胞要承受同样的辛苦劳累、浴血搏杀之外，还有柔弱体质、生理期，乃至怀孕生产等更为细碎的磨难。她们中绝大多数被历史的烟尘埋没了姓名，能够进入纪念馆的是少数者，更多的人将她们的热血洒在了渡口，留下了无尽的怀念，成为民众心间口头真正的菩萨。80年过去，她们未竟的遗志则为后来者开辟了深重漫长的道路。

这条道路从新中国成立后一直绵延至今，经历过不断的尝试、失败、试验、再出发，迈过数次如同四渡赤水时候一样的险滩暗流，再一次到了新的渡口。这些日子，黔北这个老区各县市正在紧锣密鼓地准备着即将到来的旅游发展大会。带着我走遍习水古城近五里长老街的女孩小俞，就是旅游发展大会筹备工作中的一员。她是四川合江人，去年来到这里应聘做讲解员。这个长着微小雀斑的90后女孩脸红扑扑的，对未来信心满满，一路上非常敬业地介绍着沿街的红军遗址。说土城有十八帮："相传十八帮，群龙又聚首。细细数来看，有盐就有盐帮，帮办帮老船帮，布帮戏班和木帮，袍哥石帮和油帮，茶帮米帮账房帮，酒帮马帮经纪帮，药帮铁帮和丐帮，还有筋果糖食帮。"语音清脆，连正午时分的燠热似乎也因此散去不少。她天天带人在老街走，这里几乎人人都认识她，她不时停下来与路边的老人打招呼。老街上人并不多，老人们三三两两地坐在街边谈天、打牌，或者仅仅是坐着。较之于那些曾经在这里住过的红军，他们无疑要闲适自在得多，是不是因此才有闲情回忆往事呢？九重葛那酒红的花朵从楼台上垂落下来，在风中披拂，在蓝天的背景下更显鲜艳夺目。小俞在老人们的眼中大概就像那九重葛吧，宁静中的一抹红，焕发着喜气洋洋的劲头。她是红军的重孙辈了，想来红军也喜欢看到这样活泼灵动的重孙女。她也像前辈一样渡过了赤水，为了改变自己的生活，进行了新一轮的长征。

三

新长征是在全球化时代的再出发，三十余年前参加过长征的老战士邓小平曾经有过一句著名的话："摸着石头过河"，用来概括改革开放的摸索过程。那是在新的语境中，中国向市场经济迈出的征程。这个意象是如此鲜明地表征了大涉水中人们对未知前途的信心和实践的信念，不知道他在讲这句话的时候，是否回想起当年四渡赤水的经历。两者尽管不同，目标却都是为了让人民过上更好的生活。为了这个福祉，共产党人一次又一次在激浪滩头灵活机动地迂回迁转，正是四渡赤水那种不拘一格出奇兵精神的继承和发扬，整个中国因此再一次更换了面貌。如今改革开放进入了深水区，各地纷纷以自己的方式加入到新长征的路途中来。一向交通不便、地瘠民贫的黔北也发挥自身的优势涉入创意与文化产业的开发中。

从务川到湄潭，从仁怀到赤水，从播州到习水，万峰插天中到处都在大兴土木，一派繁忙兴旺的景象。洪渡河在山间形成高逾百丈的狭长峡谷，俯身望下去，溪流似乎静止不动，像一块亘古不变的碧玉。仡佬族的龙潭古寨在群山环伺的苍松翠竹间愈加显得古色古香。一群乡民在山头平地芟除杂草，锯断树木，搭建九天母石的祭台。电锯刺耳的声音在空旷的山间居然显得没有那么讨厌了，可能声音很快就弥散在空气中了，而空气里弥漫着的是草木的香气。这种气息是自然的味道，来自于

湄潭茶海，2016年4月

草浆和剖开的木料，纯正清新，中和了电锯的纷扰，让人想起童年那散淡无稽的时光。湄潭的茶海是一望无际的碧绿，茶垄随着山势起伏，如同波浪延伸到目力所及之处，同远方的山峦与白墙黑瓦构成了天地间造化神奇的泼墨水彩。走在去往佛光岩的小径上，四周满目尽是绿色，槭树、紫檀树散发着清气，蕨类植物的叶子在湿漉漉的岩石映照下，叶子绿得发黑。桫椤招展，在细雨迷蒙和涧水奔涌中亭亭玉立。世界在这里仿佛刚刚创世时的洁净甜美。这样的地方总会让人产生返璞归真的感觉。路上随时可见修葺登山石阶的民工和背着石料的妇女，为这个空谷幽林的地方增添了时代的气息。

红军一渡赤水的时候，是在冬季的枯水期。一个战士在晚年回忆道，他们从土城桥过河，发现水平如镜，清得连河底的石头都纤毫毕现，历历在目。有意思的是，不知道哪一支部队撤退时丢下了枪支在水里，拜清澈的河水所赐，被后来的红军看到，他们欣喜地捞了出来。这大概是在奔波劳顿的征程中为数不多的轻松美好时刻，那澄澈透明的流水似乎也洋溢着抒情与乐观的气息。我到来的时候，雨季刚过，上游下来的水流不大，却混浊奔涌，像是烈士经年的热血泛起的波涛，赤水河又恢复了它的红蛇之态。江边推土机嗡嗡来去，堆砌土石，工匠们搭起脚手架修复那些已有一百多年历史的老房子。木板壁在岁月的风雨中变成了暗褐色，廊柱涂过厚厚的桐油，在淡黄中沉淀着时间的质地。地上的青石台阶在长久的踩踏中已经光洁可鉴，与旁边的红泥墙搭配，便是一幅色彩错落的图画。一艘废弃的铁船倾斜地嵌在河谷的淤泥中，红锈让船帮上的油漆斑驳，暗示了它曾有的沧桑。几束洁白的野花却倔强地从船舱中冒出头来，时间的流逝从来没有掩盖住生生不息的生命，来来回回的机车提醒着一个新时代热火朝天的场景。一切都在变化着。

遵义县的苟坝在1935年1月迎来了一批重要的客人。中央红军在这里召开会议且成立了由周恩来、毛泽东、王稼祥组成的三人团，完成了改变党中央最高军事领导机构的任务，确立和巩固了毛泽东的领导地位。这个生死攸关的转折，关键在于对僵化路线的改革，开辟了中国特色的革命道路。但开始时并不顺利，虽然在1月的遵义会议上毛泽东已

仁怀市茅台渡口的红军四渡赤水纪念塔，2016年4月

经进入党中央领导核心，协助周恩来指挥军事，但是红军两次被动渡赤水之后来到苟坝时，国民党中央军、川军、滇军正从四面八方合围过来。按照绝大多数人的意见，都主张在"万急"的时刻主动出击。毛泽东则计划将滇军调到贵州腹地，避而不打，绕弯跳出大包围圈包着的小包围圈，北渡金沙江会合红四方面军。因为意见不合，会议一度僵持不下，甚至出现了举手表决撤销毛泽东的前敌司令部政治委员的局面。但他并没有气馁，深夜一个人打着马灯去说服周恩来。后来的历史证明，毛泽东的选择是正确的。我走在他当年夜行的小路上，想象当时他在被孤立的情况下坚持自己的判断，内心一定激昂澎湃着必胜的激情和冷静的思考。现在正在进行的新一轮改革，无疑也是秉承了一切从实际出发而坚持到底的精神。现在苟坝成了新农村的典范，黄泥墙、木板屋换成了窗明几净、白墙红瓦的小楼。附近的花茂村，更是因地制宜，以陶器制作闻名，走在村头巷尾，扑面而来的是积极进取、刚健有为的风貌。红军来了，带来了一种求变革新的精神；红军走了，将这种精神留了下来。一路上陪同我们的是遵义文联的王力东和李勇，他们大多数时候都在默默地做事，很容易让人忽略他们的存在。临离开的时候，李勇说的一句话却让我久久难以忘怀："追寻红军足迹，传承长征精神；体验青山绿水，感受日新月异。"

何谓"长征精神"？可能不同的人有不同的理解和想象，我觉得最根本的是不拘一格、艰苦奋斗、实事求是地追求美好生活的精神。长征起于反围剿的失败，在战略转移中并没有刻板地遵循共产国际脱离实际的指导，而是在实践中、在与人民的血肉交融中，走出了一条适应中国革命的胜利之路。四渡赤水就是其中最大的转折点，在新时代的经济征程中继承长征精神，同样也需要根据实际情况制定针对性的政策。这番新的大涉水，无数人为此付出了艰辛的努力，基层百姓和官员更能明白当地的资源和需求。黔北各地发展文创旅游业就是这样的道路，因为此地其他资源有限，但红色文化、茶文化、酒文化、多民族文化异常丰富。在离别赤水的最后一个晚上，与当地宣传部的一个叫孔令雄的小伙子吃饭，他说茅台酒现在人人皆知，但晒醋其实也同茅台酒一样，早在1915年就获得过巴拿马国际博览会金奖，是用米和加了数十味中草药的曲麸，曝晒二三年酿造而成，馥郁柔酸，遗憾的是外界很少有人知道。他一再推荐我多尝一尝，希望能够帮忙多宣传。那些热情而又真挚的话语，让我看到了一颗热爱家乡、谋求发展的拳拳之心。这样的普通人就是我们这个时代的长征者，他们急于在全球经济大潮中找到自己的道路。

鳛鱼是古习国的图腾，
2016年4月

新的大时代早已经悄然而至,即便最为偏僻的山间客舍也有了无线网络,年轻人离开村寨到城市和风景名胜区谋求生路,天南地北甚至海外的游客陆续到来。世界似乎是平的了,大家都加入到这个全球资本、信息、技术快速传播和融合的一体化进程之中,姑娘和小伙子的时髦衣服和发型已经同大都市别无二致。但是世界又是不平的,因为地理和历史因素,区域间的不平衡依然存在。毛泽东在当年红军攻克娄山关后曾写下了壮丽的诗篇:"雄关漫道真如铁,而今迈步从头越。""从头越"的新开端,赤水河两岸的人民面临着红军一般清白而贫瘠的起点,而在他们身上,可以看到如同当年红军般的影迹,他们有勇气也有信念,也不拘于刻板的教条,以实际的行动在改变着今日赤水的面貌。在可以想见的未来,这番新的大涉水必然会带来更璀璨的景观。

赤水在最早的时候也被称为鳛部水,因为以土城为中心的赤水河中游在商周至春秋战国时代就形成了一个较大的部落联盟,秦始皇统一六国后,在此地设置鳛部县,汉朝时封地为鳛国,因此得名。鳛国后来泯灭于历史,长久默默无闻,但此地产有一种长翅膀的鳛鱼流传至今,已经成为一种图腾。习水古城各种标志和文化产品中,鳛鱼已经成了代表性的符号。传说它在激流中纵横穿越,奋勇直上,搏水千年,终于褪去鳞甲,化身为飞龙。这也是赤水河两岸历史与未来的隐喻和期待:孤独千年,在逆流中击水搏浪,赤鲴终究会一朝化为红龙。

班佑河畔

很早以前读过王愿坚的《七根火柴》和《金色的鱼钩》，前者写的是红军长征经过大草原时，暴雨如注，一个生命垂危的无名战士把精心保存在怀里的党证和夹在党证里的七根焦干的火柴交给战友，请他转交给党组织；后者写的是炊事班老班长接受组织交给的任务，照顾三个生病的小战士过草地，想尽办法钓鱼煮汤给他们吃，自己只吃草根野菜，

若尔盖草原姜冬村的七根火柴雕像，2016年8月

最后因身体过度虚弱而逝去。

小时候读这样的作品并没有太多的感触,儿时的感动也不过是出自本能的同情心,彼时的心性和识见尚无法真正能够体会这些故事中包含的信念、利他、友爱和牺牲精神。成年以后,这些故事已经被符号化,成为抽象理念的象征,它固然以其动人的故事与细节展示了崇高与悲壮,却因为社会与时代场景的远离而很难让一个当代读者感同身受地理解,因为我们已经远离了战争、逃亡、饥馑、沉重的苦难和难以想象的疲惫。

必须回到历史和故事的现场。

很多人应该和我一样都读过这两个故事,但没有几个人到过其原型的发生地——四川阿坝藏族羌族自治州若尔盖草原上的姜冬村。从若尔盖县城出发沿着213国道线东南三十多公里,就是姜冬村。红军当年走过的时候是一片片的红柳林,现在已被砍伐殆尽,变成了低洼的牧场。蓝天白云,远山巍峨起伏,随处可见草地上道路两旁残余的一簇一簇低矮但蓬松的柳丛,班佑河就从柳丛中蜿蜒而过。

80年前,从瑞金、大别山、大巴山以及东南地区等地方汇聚而来的红军,经过千辛万苦来到班佑河边。但是,过了阿俄垭口的七八百名士兵最终没有跨过这条并不宽阔的河。据当时任红三方面军军长王平的回忆录记载,主力部队已经往西北方向进发,伤病残弱的尚有一部分在后面。王平当时属彭德怀率领的后卫部队,奉命带十一团返回班佑河接应掉队的战士,隐隐发现对岸的战友们背靠背坐在那里,等他们走到近前,才发现他们相互依偎着,已经静静地死去。这种坚忍而宁静的牺牲比影视剧里面流行的戏剧化死亡更加让人动容。

我之前参加了"重走长征路"贵州一段的路程,走过娄山关、务川、湄潭、仁怀、习水、赤水等地,已经感觉山高路远,艰辛无比。此

唐克乡的黄河九曲第一湾，2016年8月

次再走红四方面军的路线，主要在川东北的巴中、通江、苍溪，川西北的汶川、理县、阿坝藏族羌族自治州到甘肃迭部、陇南一带，是最艰苦的一段路。媒体中经常提到的红军长征"爬雪山过草地"主要说的就是这一段。长征途中除了红二方面军1936年4月在云南丽江渡过金沙江，翻越玉龙雪山，更多的雪山和草原其实是在这条路上。1935年6月12日至7月7日，中央红军部队翻越夹金山、梦笔山、雅克夏雪山、昌德山、打古山，途经的毛尔盖、若尔盖草原全在高原上，地高天寒、沼泽遍布、居民稀少，衣物粮食的补给都很困难。国民党反动派各路军队一路的围追堵截，长期的战斗、疲劳、饥饿、伤病，加上高原地区恶劣的气候与生存环境，给红军带来了巨大的困难和损耗。

红原的月亮湾像天地交接的一面镜子，在正午的烈日下平静无比，清风和畅，白云四合，远方的牛羊在草滩上安详地啃食青草，已经丝毫没有惨烈悲壮的景象。但是，只一会儿工夫，忽然就狂风大作，下起雨来——这片开阔的茫茫草原其实泥潭密布，危机四伏，气候变化无常，即使是仲夏季节，也会忽然寒流滚滚，暴雨倾盆，狂风、冰雹、风绞雪随时可见。日干乔沼泽现在越来越多成为可以放牧的草地，这个汉语意为"大山沼泽"的地方早先积水经年，泥潭深达三四米，曾经一次就陷落了九百余名红军战士，大自然的绝美与残酷正显示了"天地不仁，以万物为刍狗"的本色。长期南北转战的红军在这里要面对的敌人已经不再是因为意识形态对立的各方势力，而是自然界本身。他们衣衫褴褛，缺乏粮食，靠挖野菜、煮皮带和棉絮、喝凉水等抵抗饥饿，吃一切可以填充肚腹的东西充饥。白天在泥淖中艰难跋涉，夜里寒气逼人，他们只好挤在一起抱团取暖。《七根火柴》里的无名战士和《金色的鱼钩》里的老班长就是那些埋骨荒原的无数战士中的两名。

1964年，曾经参加过长征的肖华将军，在长征组歌《过雪山草地》中写道："雪皑皑，野茫茫，高原寒，炊断粮。红军都是钢铁汉，千锤百炼不怕难。雪山低头迎远客，草毯泥毡扎营盘。风雨侵衣骨更硬，野菜充饥志越坚。官兵一致同甘苦，革命理想高于天。"这里面充斥的革命激情来自亲身经历者的乐观主义，年深日久也不能被磨灭。那些光明俊伟的先辈英杰几乎每个人都经历了生离死别的痛苦，然而这只会让他们以更强硬的意志来完成未尽的路程。苦难只会击倒弱者，但对于强者来说，这只是命运的磨炼和考验。我上大学那会儿正是红色经典盛行时，再听这些祖辈的歌曲依然洋溢着崇高敬仰之情。那时候也有一些新的红色流行歌曲，但总感觉缺了点什么，比如我也会唱的《大头皮鞋》："穿上大头皮鞋/想起了我的爷爷/走过雪山草地/踩过敌人的肚皮/这双大头皮鞋/传给了我的爹爹/跨过鸭绿江边/冲破了三八防线/嘿哟嘿/我们英雄的祖先/天不怕地不怕勇往直前/嘿哟嘿/革命传统不能变/不能变不能变一年又一年。"它的音乐本身有种疲沓的气息,歌词也比较空洞。红军、长征、革命传统……已经失去了它们原本的血与火、激昂与壮烈,蜕化成了一个个词语,转化为可以无所用心消费和娱乐的能指。

  我们这代人对于长征和中国革命的认识几乎都是来自间接经验——纪实文本、虚构小说、音影立体呈现的影视作品,这些东西自然可以丰富我们的知识,带来理性的认知,但唯有身临其境,才会有真正的理解和感悟。参加长征的战士平均年龄不到 30 岁,也只有这样一支充满青年的朝气与热血的队伍才能不惧艰难、勇往直前。他们中绝大多数人死于华年,没有能够见证胜利时刻的到来,也没有享受到他们理想中美好家园的幸福,却留给了我们这些后来者丰厚的遗产。他们的牺牲,让我

若尔盖花湖曾经是一片大沼泽,如今水已经减少很多,2016 年 8 月

们得以过上安宁的生活，时间久了以为就是理所当然，以至于将那段历史传奇化、浪漫化、抽象化了，只有双脚真正走在红军曾经踏过的土地之上，才能真正体会到中国革命胜利的得来不易。

过了班佑河往西北，是著名的国家自然湿地保护区若尔盖花湖。无数的草湖连在一起，点缀着青翠的水草和野花，野鸭和水鸟星星点点，遇到人走近时骤然飞起，高天上的流云倒映在清澈的湖面，给人一种远离尘嚣之感。远山以温和的曲线衬托出高旷的天空，仿佛世界刚刚诞生一般洁净。观光者在这种美景之中也许会浑然忘我吧，壮丽山河也许会让他们油然而生对于祖国大地的深情吧。但是，那些我们在后来的历史视野中看来已经曙光在前却终究没有走出草地的红军前辈，他们也许不会这么想。事实上，仅仅10年以前，若尔盖花湖还是名副其实的苍茫的泥湖；再倒退70年，红军战士们走过之时，满眼所见，皆是似曾相识的草泽大野。这种空旷辽阔，只会让他们感慨路途的无穷无尽吧。他们在历史的黑暗角落踽踽前行、左冲右突，抗争不公正的命运，寻求自己和中国改天换地的未来，已经再无回头之路，无论如何也必须奋然前进。

即便吃饱穿暖，乘坐汽车在这片草地上奔驰，连续几天下来，我这样健康壮硕的身体都感到相当疲倦，在经过像黄河九曲第一湾那样海拔最高近4000米的地方，跑快一点都会感到呼吸不顺。也就是在气喘吁吁中，对于红军当年的艰苦卓绝与坚忍不拔才有了更为深刻的体察。在没有退路、前途未卜当中，是什么支撑着他们走下去呢？我想，这些人都是人类中最精英的那部分，虽然可能许多人大字不识。但是识字并不能代表什么，他们有着本性中那种对于压迫的不满，并且有勇气起于蒿莱，反抗那种绝大多数人习以为常的制度，并为此殒身不恤。身处历史中的人，并不能看到未来会是什么样子，但是一定有一些先进者能够洞彻历史的迷雾，想象一个更美好的未来。那种想象本身就是一种实践，他们要用自己的双手创造一个未来，哪怕这条路辛苦迢迢，遍布荆棘。这种对构建未来的向往并且以大无畏的决心实现它，就是鼓舞他们走下去的原因，这也是信念。

信念赋予了原先蒙昧的农家子弟、山寨野民以坚定的信心，让他们获得了超越于个体的集体性的名字——红军。毛泽东曾经说过"长征是宣言书，长征是宣传队，长征是播种机"，确实，这个25000里的征途正是这样一个熔铸冶炼、播撒理想、团结凝聚的过程。他们行走在大地之上，即使危险而可怕，但有着无与伦比的潜能，如同水中的鲶鱼，搅动、激活了如死水微澜般浑浑噩噩的中国，又如同黏合剂，将原本割据自守、百年孤独的地区、族群和团体粘在一起。他们在追寻真理的道路上遭受磨难、挫折和悲剧，然而他们没有畏缩，矢志不移，战胜虚无和恐惧，终于走出社会与自然的牢笼，以星星之火引燃革命火炬，摧毁整个旧的世界。

班佑河畔的故事只是这个过程中一个惊心动魄的插曲，经过无数次类似的奉献与牺牲，红军和中国共产党才走向成熟，一步一步以百折不挠的韧性让中国改天换地，再谱新篇。生活在21世纪的我们是幸运的，因为先烈们已经奠定了国家的基础，免去了我们经受他们那样的磨难，但同时在新的生活和征途中也有新的挑战。这就是今日我们不断回首长征的意义所在，在那里我们可以一次一次得到灵魂的洗礼，陶冶日益被世俗化侵蚀的身心。不忘最初的梦想，再拾先辈的初心，为一个更加光明的未来而振奋精神，重头迈步。

时间的飞地

一

无意中翻朋友圈，忽然发现茉莉已经到了英格兰中部的某个城市上学了。虽然并不是名校，我依然很为她高兴。她经过北京搭乘飞机的时候，我正在外地，因此去年在江西的见面就算是送别了。

茉莉是一个很有勇气的女孩，很多年以前，她还是个18岁的在校大学生，仅仅因为偶然的文字结识，就跑到北京来找我玩。如果我是坏人怎么办？她说她有一种直觉。那时候，我正在准备出国，各种琐碎的手续让人灰心丧气。茉莉来的几天我是从日常中逃逸出来的散兵游勇，留在记忆中的是熏风浩荡里的烧烤和啤酒，是深夜的秋千，是五四大街后面的胡同，是6月北京干热的天空。

后来我们再次见面已经是3年后，期间彼此都经历了人生的许多转折。我在贡院后街见到她的时候，发现她的头发剪短了，穿了个平底鞋，倒是比几年前更符合年龄了——那时候年纪小，却非要扮作成熟模样，长发，高跟鞋，职业套装。她与朋友在南昌开了一个店，卖茶及茶艺用具，到北京谈项目。事实上，我和她无论从哪方面来说都是两个世界的人，恰恰是这种不同让我们成了朋友，也许人们都渴望弥补自己生命中匮乏的经历、经验、生活，乃至世界观。

但是我从来没有去南昌看过她。

不知道为什么，我好像总是有时间强迫症，总是感觉时间被自己浪费了，总是容易陷入一种自我作祟的年华空度的焦虑之中。我在吃饭的时候会打开电视，因为那样可以一边吃饭一边看电视，免得那段时间被毫无成效地仅仅用于咀嚼，而让眼睛和耳朵闲置。同行的人磨磨蹭蹭或者同事漫不经心总是会让我心浮气躁、暴跳如雷。这是一种不愿意治疗的病。

2013年秋天的某个深夜我终于第一次踏上了江西的土地——茱莉已经邀请了我好几次，而我正好有几天空闲的时间。这可能是我工作十年唯一一次毫无目的的旅行。一个自恋的人如果想到十年都没有休过一次假，都该怜惜自己了。她开了车到机场，还用盒子带了切好的水果。江右的初秋荡漾着桂花消歇余下的残香。

早上她带我去喝瓦罐汤，吃一种炒米粉，看她刚刚毕业时租住过的地方。老城不大，周周转转，也就是在那一块，想象一个年轻人孤独地涉入喧嚣，充满憧憬而惴惴不安，又无所畏惧，却是别有洞天的感觉。此时虽已进入11月，南方的秋阳依然明媚强烈，照在明晃晃的大街上，照在逐渐多起来的行人与车辆上，让人有一种燠热的感觉。她的店叫"吃茶去"，在榕门路，是南昌老城的中心，闹中取静的清凉地方。

店不大，布置得很精致，是我们在一切休闲时尚杂志常见的那种中产阶级式的精致。从一些细节可以看到茱莉的用心，比如茶海直接连着一根管子将水导入室内修的一条小溪流。茱莉的合伙人是一位退休的日语教授，平时基本不来，茱莉请了一个小姑娘帮忙管理日常事务，基本

携茶具作清欢

也没有太多的事情,自己在复习英文,准备托福考试。小姑娘只有18岁,是茱莉的师妹,她给我泡了一杯大红袍,手法娴熟,我们有一搭没一搭地聊天,茱莉则在一边做听力题。

不一会儿,约好的曾斌来了。他在南昌大学当老师,原先在南开大学读博士,是开会时候认识的,算是同道学友。我们告别茱莉去登滕王阁,此时是赣江的枯水期,我们可以看到沙洲上橙红的沙土。天色将晚,也没有怀古忆旧的热情,我们匆匆下来,茱莉已经开车来接我们去青云谱。青云谱是一个闹中取静的好去处,八大山人纪念馆里还藏了很多真迹。三个人一路经行,倒是门口处一棵硕大的榕树给我留下了深刻的印象。无数的鸟雀"呼啦"一下从树冠中飞出,烟花一样。后来想想,这种走马观花其实在任何时候都无法沉潜到景物中去,像青云谱这种充满历史厚重感的地方需要细细品味,仔细咂摸。我读本科时候的老师朱良志曾经写过一本厚重的《八大山人研究》,如果我先读了那本书再来研究那些画作,应该会有更大的收获。

不过,说到收获其实就违背了出来玩的本意了。为什么旅行一定要

青云谱寓意"青高如云",原是一处历史悠久的道院,因清初一代画宗、明朝宗室遗民朱耷(八大山人)隐居于此而改现名。园中藏有多幅朱耷真迹。

有收获呢?收获了什么呢?如果真的能够放空自己,在将来的某一日只记得我曾经去过那个地方,而其他一切都已经烟消云散,其实不也是另一种意义的收获?那段被忘却的时光就成为一个时间的黑洞,可以容纳无以量计的疲乏与心烦意乱。如果说世间有许多种快乐,那这种没心没肺的快乐其实是最本真的。

二

第二天茉莉决定带我去庐山。我的意思是无可无不可,也许我并不是一个喜欢旅行的人,也许是因为平时因公出差去过太多的地方,所以自由出行反倒更愿意无所事事。不过,茉莉一定要带我去庐山。经过九江市区的时候,我看到一个地名叫荷花墩,忽然想起一件旧事。上大学时我的母校校园里就有一个荷花塘，塘旁边也有石墩。但这只是望文生义、一闪而过的念头，这个地方是浔阳，"浔阳江头夜送客，枫叶荻花秋瑟瑟"中的浔阳。想当年，白居易谪为江州司马，夜遇商妇，琵琶一曲已千年，最能打动人的莫过于羁旅中偶遇知音而又终究萍聚而散的惆怅。

上山也花了一些工夫。前人言庐山，"苍润高逸，秀出东南"。暮色苍茫中上到牯岭街，一片灯红酒绿、乱云飞渡里面还存有一丝清幽。晚饭后，茱莉拉着我散步。我们在后山绕了半天，黑魆魆的偶尔可见几盏路灯。也许是已经过了旅游旺季，路上没有见到几个人，晚风虽凉，心里却有说不出来的喜乐。白司马后来顿悟"此心安处是吾家"，在庐山筑了一个草堂，冬日拥被高卧，写诗记曰："日高睡足犹慵起，小阁重衾不怕寒。遗爱寺钟欹枕听，香炉峰雪拨帘看。匡庐便是逃名地，司马仍为送老官。心泰身宁是归处，故乡何独在长安？"随物体化，也颇为自在。清少纳言在《枕草子》中记自己在宫中，"雪降积得挺厚时，较往常早些儿关下木格子门窗，几个女官在那儿围着火盆闲聊着。皇后忽然命令：'少纳言呀，香炉峰的雪，如何了？'乃令人开启门窗，我又拨开帘子。皇后笑了"。庐山的温馨记忆实在源远流长，从中国唐朝传到了平安时期的日本。

茱莉在车上还放了一套茶具，拿到宾馆泡茶。电视上是有一搭没一搭的选秀节目，我们有一搭没一搭地喝当地的名茶"狗牯脑"。狗牯脑这种茶品质极佳，名字却不上台面，我后来建议说，如果将来再做茶生意，不妨在前面加个名字，比如"南韵"之类。当然，这些都是事后聊天才想起来的。喝茶的那个片段其实什么都没有想，它成为一个凝固下来的永恒的时间，窗外万事万物都抛在了脑后，茶的颜色、味道和气味本身也已经不再重要。唯有喝茶这件事情成为具有超越性的审美的时刻，它是一个毫无目的的行为。人生中这样的时刻并不多。但是人生不

庐山植物园里的陈寅恪、唐筼夫妇永眠处，2013年11月

能细究，否则会带来深刻的绝望，因为最终我们会发现整个人生就像一次无意义的喝茶行为，所有附加的种种耻辱荣耀、功名利禄其实都没有过程本身实在。

秋天的庐山在视觉上显现出斑驳的层次，有些树叶已经变黄变红，还有一些经年不凋的常绿植物依然释放出浓郁的苍翠。庐山的日子是奢侈的，虽然我们是来游玩的，却也无所用心，不过是随便走走，也没有刻意要去什么景点。虽然茉莉来过这里很多次，景点什么的都很熟悉，但是我并没有看景点的欲望。我们走过蒋介石、宋美龄的"美庐"，偶然发现一个正在重新装修的欧式老教堂，教堂旁边有一棵硕大无比的银杏树。随着山势拾级而上的石阶落满了厚厚的银杏树叶，天地都给它们染黄了。

1926年冬，蒋介石上庐山参加国民党中央政治会议，感觉此地得天独厚，景色气候宜人，幽雅安静，就热衷于这座"神仙之庐"了。此后几乎每年都会来，尤其是1928年国民政府在南京建立之后，蒋介石的军政要员几乎每年夏天都要来庐山避暑办公,庐山成了蒋家王朝的"夏都"。1930年,蒋介石携宋美龄登庐山,住的房子就是宋家陪嫁的美庐别墅。1937年7月17日,正是在庐山,蒋介石发表了著名的"最后关头"演说和抗日严正声明,指出"再没有妥协的机会,如果放弃尺寸土地与主权,便是中华民族的千古罪人"。当时参加抗日座谈会的国民政府立法委员兼秘书长梁寒操曾集联句:"一叶荣枯视天下,此山不语看中原。"

如今的静谧山中完全不见当初反抗帝国主义的铁血决定,夜晚只见天心月明。大自然的缓慢与恒久终究长于历史中人的爱恨恩怨,它旁观这一切却默然无语,存留下永恒正义的昭示。历史之于风景也并非只是经过,它赋予了自然以血气和灵魂。我在山中游走,忽然想起钱穆在《师友杂忆》中的话:"山水胜景,必经前人描述歌咏,人文相续,乃益显其活处……即如踏上月球,亦不如一丘一壑,一溪一池,身履其地,而发思古之幽情者,所能同日语也。"山水风景在中国传统中须得联结历史人文才有意味,个人记忆必须置入一个文化传统之中,方可能得以持久。庐山之盛,也是得益于那些过客般的历史人物吧。

三

庐山东北玉屏山南,虎溪岩背后,是白鹿洞书院。早先与吉安的白鹭洲书院、铅山的鹅湖书院、南昌的豫章书院齐名,合称为古代江西四大书院,如今败落成为一个毫不出众的旅游景点。道路偏僻难走,路上可以看到正在修筑的国道,也许不久的将来就会洁净畅通,游人如织了。

到达时已近中午,气温三十多度,我从北京来,穿着秋裤,简直快热疯了。山上并没有见到几个人,这倒正是游览古迹的好机会。白鹿洞书院也在翻修，依稀可以看到昔日的规模和形制。我对它的历史并不了解，倒是鹅湖书院更熟悉一点。儒学史上影响深远的"鹅湖会谈"就在茉莉的故乡铅山。《鹅湖书院志》言："江右学术，椎轮于两汉，蕴积于六朝，荡摩于唐季，勃兴于两宋。两宋之际并起特立而为一代之宗者，大有人焉。孝宗乾、淳间，金溪陆九渊以扫空千驷、壁立万仞之势，昌言为学当先立乎其大，以发明本心为始事，以尊德性为宗，而与紫阳之学相抗争，谓紫阳之学以道问学为主，视格物穷理为始事，必流于支离。两家门径既别，遂相持不下，交互辩难，学术波澜为之迭起。适其时金华吕祖谦承其家学，以缵绪中原文献相标榜，加之不名一师，不私一说，兼收并蓄，而与朱、陆成鼎足。乃于淳熙二年（1175），亲约朱、陆等会于铅山鹅湖寺，旨在折中两家异同，期归于一。于是三大主将齐聚鹅湖，相对执手，各申己说，非仅极一时之盛，而实开我国古代学术争鸣自战国以后未有之局。虽异同犹是，未能划一，而其启沃后世之至深至远者，固不在此也。"遥想中国思想史上这一重大转捩，千载而下依然令人心驰神往。当然，在中国历史上对于知识分子而言，那可能是最好的时代。

匆匆出来过星子县，顺道去据说曾有陨石坠落的落星墩。鄱阳湖数月未雨，已经蒲苇摇落，沙洲芳草萋萋，如同草原。远远可见落星墩矗立在水畔滩涂，有一座孤楼，像一个寂寞的南国的孩子。星子县城鼓楼东还有一个爱莲池，是北宋熙宁年间周敦颐任南康知军时在军衙一隅开掘的。读过书的人几乎都知道周敦颐的《爱莲说》，当时他在池中全部种植上了莲花，台上还筑有观莲亭。百余年后，朱熹也到这里任南康知军，满怀对先师的慕拜之情，在池旁建爱莲堂，树爱莲碑，并作《爱莲池》诗一首。

因为腹中饥饿，这些地方只是匆匆而过，只想着奔目的地真如寺。

永修县云居山真如寺的大雄宝殿，2013年11月

车子进山盘绕了无数弯道，颇见荒凉，一路也没有见到行人。在靖罗线的小道看到一家山间野店，停下来吃午饭。素炒的野菜和红烧的小鱼都很爽口入味。吃完饭闲逛，午后阳光平铺在将黄未黄的枝叶上，倒有一种暮春景象。细碎的浮光透过叶间缝隙，映照在平明如镜的小池水面上，一只休憩中的乌龟"扑通"一声落入水中，荡起和缓的涟漪，感觉一生中最好的时光也莫过于此。

真如寺在云居山顶，此山位于永修县西南部，原名欧山，现在的名字来自唐朝，是因"山势雄伟高峨，常为云雾萦绕"而改称。真如寺是曹洞宗的发祥地，建于808年（唐宪宗元和年间），北宋大中祥符年间（1008—1016），宋真宗敕改名为"真如禅寺"，一直沿袭至今。20世纪50年代，当时的中国佛教协会名誉会长虚云长老重振该寺，著名的海灯法师也做过该寺住持。真如寺以"世界最大、最正统的禅学中心"而誉播四海，我以前的室友郑国栋和李文彬也曾来此寺参加过禅宗研习班。这个寺有个沿袭已久的祖训：农禅并重，"披蓑侧立于峰外，引水浇蔬五老前"。我果然看到山门前面就是一块收割过的稻田，还留有枯黄的稻茬。不远处的山坡上还有一块看上去并不起眼的茶田，新茶刚采过不久。茉莉说，寺中僧人制作的禅茶颇为讲究。

我去过各种汉传、南传、藏传的佛教寺庙，甚至在五台山的竹林寺还住过一周。不过它们大部分给我的印象都不太好，多半是因为现在的和尚都比较世俗。当然，出家人与红尘剪不断理还乱的关系由来已久，但现在随着商业化和旅游开发而愈发露骨。不过，真如寺地处偏远，深藏一隅，似乎还没有太多商业化的气味。我和茉莉在寺中闲逛，在后院看到一笸箩晾晒着的大红枣，可能是和尚摘来用以制茶或者煮粥的，颗颗饱满晶亮，忍不住偷了两颗放在嘴里嚼。兴尽而返，下山的道路两旁掩映着比人还高的茅草。

这平白无故、心血来潮的旅行，反倒恰合了无目的行走的最初意义。我们的日常生活充满各种程式化的套路，无数次乘地铁或者开车去上班，搭经济舱到某个陌生的城市开会，参加必要或不必要的应酬酒宴，但是到最后留在记忆中，偶尔会翻滚出来的可能反倒是这种无意义的瞬间。这也许是由某种人类根深蒂固的心理原型所决定。游戏，就是无功利意义的玩耍。这种玩耍非常重要，它让在平常机械重复的自我恢复到独一无二的状态，以避免进一步的自我厌恶的产生。

时间是有密度的，有一些时间倏忽间从身边滑过，在镜子中看到自己新生的胡茬，它们已经溜走，却没有留下任何东西。这是格式化了的时间。而有一些时间则像浓缩的饼干，嚼了半天，还不知道什么味道，只是一些粉屑漱漱落下，却带着大麦的香气。玩耍的时间无疑是后一种。

岭南之春

清晨裹着北京的寒气出发，到广州已经感到暖意，再乘大巴往珠海走，绿植沿路铺展，都不像是冬天的样子了。半路从唐家镇下车，我打算去北京师范大学珠海分校度过一个人的春节，一位师长有座房子在这里，春节空着，我正好可以在这里完成一个写作计划。这是2012年1月16日。

还有一周就是除夕了，路上行人不多，可能外来人员都回乡探亲了，我找了一辆"黑车"，很快来到即将隐居的地方安顿下来。房子在校园里面，依山而建，学生都放假回家了，岁暮年深，十室九空，山鸟飞绝，人迹杳灭。晚上骑车转了半个小时才找到方圆十里唯一一个卖饭的地方。吃完饭出来，在南方如同春暮尚寒的空气中望着远处金鼎的层峦叠嶂，心中隐约想起一些不愉快的事情。此次出门而不回家，就是不想面对一些令人烦恼的事情。

一个人的生活非常简单，每日就是读书写作，用一周的时间基本完成了写作。正好天已放晴，局蹐一室数日，觉得天仄地隘，便出得门来，骑着自行车循凤凰山麓往北，至犁冈山，莫氏家族起源地会同村便到了。莫氏起于广州十三行，后掌香港太古银行，是近代以来著名的广东买办。碉楼尚在，祠堂倾圮，标志村界的"南控沧溟"和"北环紫极"两个牌坊只剩下摇摇欲坠的断壁残垣。山间偏僻，路上看到一个乡村酒吧，门口摆着几张破烂的台球桌，前面有一座灰色水泥的雕塑，造型是李小龙盘着一条龙，很有意思。

学校离市区并不远，转两次公交车就可以到，中间就是唐家湾，这是一个小镇，民国首任内阁总理唐绍仪的老家就在这里的山房路。唐绍仪自幼到上海读书，1874年成为第三批留美幼童，后进入哥伦比亚大学学习。1881年归国，曾任驻朝鲜总领事、清末南北议和的北方代表，后因与孙中山政见分歧，返乡任中山县县长。上海沦陷后，与各方暧昧不明，引起多方揣测，传说日敌拟利用他组织华中伪政府，因而蒋介石下令戴笠派特务赵理君于1938年9月30日以利斧将其刺杀于家中。但其实唐绍仪并无失节的确证，后来国史馆撰写的《唐绍仪传》称唐晚年被日本人拉拢，要其充当傀儡，"终不肯出"。他在外交上颇有建树，儿子唐榴、女婿顾维钧都是外交家。唐氏旧居藏在巷中，并不显眼，到门前才看到赫然立了一个牌子：内部维修，暂停开放，落款是2011年3月3日。距离现在都快一年了，看样子短时间内是不会开放了。附近有玉我、巨川两个祠堂，名字都不错，可惜已经废弃了，花堂古庙门前是一个垃圾堆。我终究不甘心白跑一趟，绕屋三匝，觅见一小巷狭窄处，想逾墙而入，忽窜出一条恶犬，狺狺狂哮，只好悻悻地跑开。

乘车到市里的情侣路，由湾仔沙行至渔女像，见山海壮阔，心中舒畅。天气和暖，虽然刚刚过完年，却丝毫没有节日氛围。找了一个博物馆消磨半日，印象深刻的是最早留美幼童120人中，此地就有24人，容闳、唐国安等名流均是本乡人。最晚在第一次鸦片战争后，就有人赴海外谋生，太平天国战争的爆发，更加速了这种进程。这里在晚清时期尚属穷乡僻壤的化外之地，人民困苦，又由于是中西交接的前沿，天高

香炉湾畔的渔女献珠像是珠海的象征，2012年1月

帝远，自求多福，经商买办或者出洋谋生实是求生本能驱使下的自然选择，而官方的政策往往要滞后许多年。

孙中山的家乡翠亨村就在邻市中山，尽管如今高速路很方便，但丘陵起伏，还是可以想象当时是何等闭塞。孙中山故居纪念馆修在山间，很有气派。故居里面洁净整齐，但也并不很轩敞广大，普通南方小洋房的感觉。孙一生不掌兵力，凭着激情、意志与理念宣传、动员进而改元换年，真是一代人杰。门口有卖甘蔗的，走得饥渴买了一根拿在手里啃。出门来才发现，原来卖甘蔗的是用一种简易的机器直接榨汁卖，根本无须我这样自己费力嚼咬，嘴唇都给磨破。心中为自己的愚蠢羞赧不已，又不甘心，就买了一杯榨好的汁，弥补一下。修葺完整、逻辑清晰明了的纪念馆往往只是呈现出一种叙事，如果不去刻意记住这些知识，就只是留下了到此一游的记忆。我心无旁骛，一个人的漫游也着实无趣，所以只记得了这个吃甘蔗的细节。

孙中山故居纪念馆位于广东中山市翠亨村,此地乡民在晚清太平军来后纷纷移民海外谋生,2012年2月

　　淇澳岛则不然,从唐家湾沿着唐淇路过淇澳大桥就是,并不远。棕榈满路,南国景象颇让人爽目。因为事先没有做什么攻略,兴之所至,随便叫了辆车找了个地方下来。慢慢走到白石街,这是第一次鸦片战争之前用英国人赔款三百两白银所建　1838年淇澳岛的渔民用土炮击败了来试探虚实的英国人,这是为数不多的扬眉吐气的一仗。一百七十余年过去,时移世变,斗转星移,近代史上也不会有人专门去记载这里发生的小战役。不过南粤之人的血性倒是可见一斑,日本人菊池秀明在《末代王朝与近代中国:清末　中华民国》中将晚清以来的南方势力北上称为"南来之风",确实比较敏锐。北方老大帝国的政统顽固保守,必得要南来的清新与锐气去冲突,才能带来生机与活力。从人文历史记

忆来说，"南方"的意象意味着蛮荒却又难以捉摸的神秘，这神秘中本身就蕴藏着难以预料的能量，遇到合适的机会就会带来令人惊奇的表现。如今人烟寥落，人们都进城打工去了，街上老房子残破不全，也没有什么整饬。

在淇澳岛向东遥望，与香港相交的中间处就是因文天祥的诗而闻名的伶仃洋。南宋祥兴元年（1278），文天祥在广东海丰北五坡岭兵败，被降元的宋将张弘范俘虏，押到船上，次年过这段内海时写下《过零丁洋》："辛苦遭逢起一经，干戈寥落四周星。山河破碎风飘絮，身世浮沉雨打萍。惶恐滩头说惶恐，零丁洋里叹零丁。人生自古谁无死？留取丹心照汗青。"后又被押解至崖山，张弘范逼迫他写信招降固守崖山的张世杰、陆秀夫等人，文天祥不从，出示此诗以明志，可见其猛儒本色。崖山海战宋军全军覆灭，张世杰和杨太后在战乱中相继被淹死，丞相陆秀夫背着幼主赵昺跳海而死。张弘范在石壁上刻了"镇国大将军张弘范灭宋于此"12字而还，宋朝覆灭，蒙古人入主中原。后来有"崖山之后无中国"之说，其实是文化民族主义的话语结果，但近代政治民族主义由南方边陲兴起也自有一定道理。除了地缘原因接触西方现代文化较快之外，也有想象中华夏正统文化灭国的创伤记忆被宣传所放大产生的辐射效应。这种爱国的情绪相当鲜明地体现在晚清民国的文人笔端，南社的苏曼殊就是珠海沥溪村人。他的《以诗并画留别汤国顿二首》气势恢宏又奇崛瑰艳："蹈海鲁连不帝秦，茫茫烟水着浮身。国民孤愤英雄泪，洒上鲛绡赠故人。海天龙战血玄黄，披发长歌揽大荒。易水萧萧人去也，一天明月白如霜。"

这些漫游的日子让正月过得很快，快到元宵节的时候，在韶关工作的师兄得知我在珠海，打电话来喊我去他家过节。从珠海坐高铁至广州再转一下，很快就到了韶关站。韶关站是新修的，设在离城很远的地

韶关仁化的丹霞山，2012年2月

方，好在有公交车直达市区。上午出发，下午就到了，下车的时候下着小雨，倒是勾动了一丝乡愁。师兄打着伞来接我，一起吃元宵。晚上特意找宾馆订了个房间，两人聊到深夜还很兴奋。出门去散步，沿着大树浓荫的路走到武江边，各买了一杯凉茶喝。凉茶馆之多，让人感觉广东人似乎一直在上火。小雨淅淅沥沥，桥上灯火迷离，映照对岸。说起江湖漂泊来，师兄是河南人，北京求学，不意流落此地，大有身世之感。其实，此地气候温润，倒是修身养性的好地方。

连绵的淫雨鼓动湿气蔓延，早上起来地板上已经覆盖着一层薄薄的水汽，倒让人贪恋于被窝里的安逸。此行也没有刻意要看什么，左右无事，师兄说去帽子峰北坡的北伐战争纪念馆看看。沿着武江走了许久，过五里亭大桥就是。1922年和1924年，孙中山曾两次亲临韶关督师北伐。北伐战争期间，孙中山于1924年9月3日主持召开国民党中央政治会议第七次会议，议定发表北伐宣言及北伐大本营移驻韶关宣言，以

"反对帝国主义""反对北方军阀"为号召,进行北伐。同年 9 月 20 日,北伐军在韶关誓师北伐,孙中山亲临韶关南校场检阅。这个纪念馆看上去非常新,后来看到是 2008 年 10 月开工的,2010 年 7 月才开放,收集了一些孙中山及北伐战争时期文物实物以及历史图片。匆匆看完,再往东就是浈江了——我喜欢南方这些江河的名字,有一种文气和古意。沿街的房子偶尔伸出一簇火红的九重葛,绽放出盛大的热情。隔着山头看早春山河,随时天青欲雨,也遮不住勃动春色。

南华寺离韶关市也就二十多公里,在庾岭分脉的山麓中,是佛教禅宗的祖庭。相传达摩从印度来到北魏,把禅法传给慧可,慧可又传给僧璨,然后传道信,传弘忍。弘忍之后分成南北二系:神秀在北方传法,建立北宗;慧能在南方传法,建立南宗。北宗神秀不久渐趋衰落,而慧能的南宗经弟子神会等人的提倡,加上朝廷的支持,取得了禅宗的正统地位,因而成为中国佛教的主流,慧能也因而成为禅宗实际上的创始人。由于从达摩到慧能经过六代,故传统旧说将达摩视为"初祖",而把慧能称为"六祖"。我和师兄乘公交车到曲江县城,再找车去马坝的曹溪,"东粤第一宝刹,南宗不二法门"的南华寺就在那里。

曲江是一个不发达的小县城,公共汽车站空空荡荡,停着几辆本地农民的私人客车,甚至还有三轮车。这里原是唐宰相张九龄的故乡,彼时是偏远崎岖、山高水远的所在,今天好像仍然是。但是快到南华寺的时候,远远地就可以看到大兴土木,虽然尚在施工中,建筑规模和形制的气派已经隐然可见。因为对佛学素无研究,所以进寺庙也就是止于随便看看。这中间大雨"噼里啪啦"地下起来,气温虽不低,凄风冷雨里依然有些寒意。

寺庙提供素餐,我们看了看,毫无食欲,决定出门找吃的。门口有拉人的私人小中巴,几个妇女打着伞在收罗慌乱的游客。我们别无选

曹溪是禅宗南宗别号，因六祖慧能在江西上饶弋阳的曹溪宝林寺演法而得名，广东曲江县东南双峰山下也有一条曹溪，南华寺中的这个匾额可谓一语双关。

择，就跟着一辆饭馆拉客的车去了附近一处农家院。在四面通风的木棚坐下来点菜，才发现小馆子里的特色菜是鸵鸟肉，味道自然不敢恭维。不过，两个人又饥又冷，风雨野店吃这种奇特的异乡食物也足以抵消味道的不足。心中高兴，决定不回韶关了，晚上去南雄住。想起南北朝时候日本的法师吉田兼好那本《徒然草》中的话："彷徨无计、流离失所，整日里晨霜夜露、疲于奔命，既怕听父母的训诫，又担心世人的讥讽，时时刻刻心中慌乱不安，而常常孤枕难眠，这样的日子，倒是其味无穷。"《徒然草》书名按照日文的原意是"无聊赖"，也可翻译成《排忧遣闷录》。我们两个百无聊赖的人，也就当是排忧遣闷吧。

往南雄的路上，天一放晴就很快炎热起来，丝毫没有下雨的痕迹。路是劈山开出的，两旁的路肩有时候高于路面，上面长着蓬勃高大的茅草,显出一派野气,我在车上写了几句诗记下当时的感受:"凭临抽象的国度/贞洁无伤/狂风席卷十四夜/言语徜徉左右。"在始兴县下车,慢慢踱步,遇到一位游荡的流浪汉。同行走了数里地,聊天中发现此君云贵川粤鄂豫皖鲁各地方言均通,自称四海为家,上至国际政治,下至阿拉善生态,玄及康德,俗至《超级女声》,莫不侃侃道来,见解独特。他不愿意说自己的来历,我试用不同方言探他几次,始终猜不透他的身份,像是个怀才不遇的农民工,又似英俊沉下僚、隐于红尘的雅士,当然也有可能是个逃犯。大约是阿城写的那种"山中异士"吧。野游中偶尔遇到这样的人,也是有趣。

第二天一早去梅岭。梅岭也就是大庾岭。横亘粤桂湘赣边的南岭山脉,自东而西有大庾岭、骑田岭、萌渚岭、都庞岭、越城岭,俗称"五岭",延绵起伏千余公里,有谓"五岭逶迤腾细浪"。大庾岭位于五岭之东首。相传汉武帝时,庾胜将军在此镇守,因而得名大庾岭。大庾岭是粤赣南北之界岭,岭北为章水之源,汇赣江而入长江;岭南为浈水之源,汇北江而入珠江。南北界岭分明,风土各异。梅关在梅岭之巅,据

梅岭相传是根据南迁越人首领梅绢的姓氏命名的,梅关古道在江西大余与广东南雄交界处,2012年2月

说当年张九龄奉诏在梅岭劈山开道，仅用两个多月时间开通了一条宽一丈余、长十五多公里的梅岭。张九龄"当年唐室无双士，自古南天第一人"，风度文章皆为当朝之楷模，卒后唐玄宗赐谥"文献"。以前在梅关南百米左右驿道旁，建有张文献祠，现在好像已经不在了。这个古道的开掘实在是功德无量，梅关道从此成为沟通长江与珠江两大水系的连接通道。

峥岩起伏的梅岭这段路直至今天也不是那么好走，但夹道梅花，景致不错，两个人边走边聊倒也并不太累。等爬到梅关，站在山顶，彻骨大风拂面，遥望东北，正是江西大余，梅关镇就属于大余县，再往东北就是赣州了。"梅花南北路，风雨湿征衣。出岭谁同出，归乡如不归。"江西移动做得真好，刚刚越过大庾岭，后脚还在广东呢，手机就收到了短信：江西欢迎您！

下梅岭回县城时路过珠玑巷，这是一个非常有意思的地方，虽然它现在看上去貌不惊人，甚至有些鄙陋，但大庾岭凿通之后，依踞梅关道的珠玑巷就夹道成镇，成为南来北往旅客的最重要驿站。《广东通志》载："相传广州诸旺族俱发源于此（珠玑巷）。"珠玑古代称沙水镇，现在叫沙水村。有宋一代，珠玑巷一带环境优越，经济发达，吸引南北居民来归。宋元之交因为战乱的缘故，几乎珠玑巷全体居民倾巢南下。中原人通过珠玑巷源源不断地移居到珠江三角洲一带，现在的新会有珠玑里，广州有珠玑路，东莞有珠玑街，南海九江有珠玑冈，广西平南县亦有珠玑街，都是纪念祖先源出之地。

这种文化遗产被当地政府适时地开发成祖居纪念馆和百家姓祠堂。当然，这些按照姓氏大小建造的大小不一的祠堂无论形制和颜色都俗艳不堪，却也可以长些知识。我居然在里面找到一个刘氏宗祠，俗语称"张王李赵遍地刘"，刘氏是大姓，而这个"刘"从最初的字源来说就是斧,而有意思的是我家乡那里的刘姓人,追溯祖源都要上溯到彭城郡。这个祠堂里面列的是全国各地的刘姓,甚至马来西亚、澳大利亚的刘姓后代几乎都将自己的起源归于彭城郡。祠堂很大,转了半天才走完,出来一看后面有个湖,中间架了座桥,可能就是驷马桥,桥那边是老镇遗址,所谓三街四巷,即珠玑街、棋盘街、马仔街,洙泗巷、黄茅巷、铁炉巷、腊巷。老街陋巷,空荡无人,年轻人可能都到繁华城市去了。天色将黑,这里是小镇,怕找不到车进城,只好放弃进一步探究的欲望。

　　果然已经没有车了,就像千百万个乡里小镇一样,这里在下午就没有进城的班车了。对比明清时候"编户村中人集处,摩肩道上马交驰"的盛况,现在的冷清简直恍如隔世。我们俩饥肠辘辘沿着街垣摸,走到镇政府正好看到一个年轻的女孩出来,原来是一个上班的小公务员,她

珠玑巷里的刘氏大宗祠,2012 年 2 月

也要进县城,说可以等到私人运输车。说话间天色已经暗得快要看不见人了,从远方慢慢亮起来的车灯越来越近。南雄县是一个没有特色的平庸小城,卖凉茶的铺子倒是和韶关一样多。深夜的街头,空气中飘荡着无家可归的气息。

  我和师兄两个年近中年的男人在岭南的早春中,无计可施。默默走在说着听不懂方言的街头,各自想着自己的如意或不如意事。他从中原故乡到中南读书,再后来北上京城深造,又折返岭南谋生,拖家带口,殊为不易。我们都是随风飘荡的种子,落在哪里就在哪里努力扎根,再遇到地壳变动、风雨交加,又只能被泥石流裹挟着前进。深夜的南来之风略显料峭,但也让人清醒,我立刻决定明天回北京。

从钟鼓楼到长延堡

2002年夏季,中国社科院文学研究所的栾勋先生到我当时所在的大学讲学,后来我和王艺负责将他们送到合肥。路上这个扬州人说起西安来赞不绝口,说那里比北京格局大得多,真正体现了汉家帝王气象云云。彼时人在江南,足迹未及淮河以北,不免心生憧憬,不胜向往。

后来机缘巧合,我居然到了北京工作。人事惚惚,辗转流连,倒是走了一些地方,及至来到西安,心境竟然已经不同,几日匆匆走马观花,倒生起相见不如怀念之感。虽然甫从车站出来,就见巍峨的城墙环立对面,想寻找西风落叶下长安的感觉已是不得。

这是2008年的深秋,我到陕西师范大学参加一个东西方民族文学与比较文学的会议,入住在启夏苑,人多嘈杂,时间紧张。我和同事周翔放下行李就进城去看钟鼓楼,这里是西安的中心,游客必至之所。不过,我坚决制止了周翔要上楼的打算——因为本来登楼赋怀,在这闹市之中,五方杂处的地方,早已经没有了那个意境。

我拉她到后面的回民街。来之前看逯耀东《寒夜客来》中《更上长安》补课,老先生拉拉杂杂、不厌其烦地写了许多西安本地小吃。我只记得甑糕,一心想要一尝为快。路边的小摊贩却只卖一种叫作"镜糕"

2008年11月的西安街头

的东西,买了一块尝了尝,味道尚可,终究没有找到传说中的古老甑糕,也许它们就是一回事?又和周翔陆续品尝黄桂柿饼、水盆羊肉之类。水盆羊肉和羊肉泡馍区别不是很大,也放了一块半生的面饼,我没有吃。

买柿饼的时候,有个北京阿公和卖饼的阿婆吵起来了,因为阿婆不让阿公挑选。其实是琐碎的事情,不过那个阿婆有些"梗",就像老金家的水盆羊肉的老板娘,说话也是劲儿劲儿的。我的感觉是,西安的娘们比北京的爷们横。

吃过东西,两人都很累,有些意兴阑珊,满街的女孩几乎没有发现长得漂亮的,奇怪!走在西安的硬风中感觉有些冷热交战,商量着去碑林,走了许久,方才到得书院门。这是一条在城市老街基础上改造的商业化旅游街,可能我有些累,反正打不起精神——这样的景致在所有的景区几乎都差不多。

在街道凹进去的地方发现一座挂着"关中书院"牌子的建筑,从外观看似乎有些历史,又没有太多商业的痕迹。我生拉硬拽把周翔拖进去

（她就对仿制的埙啊什么的旅游物品流连忘返），结果证明我的选择太正确了。这个关中书院果然有些年头，里面还保留了一些民国时期的碑刻和建筑，现在是西安市的师范学校。路上向一个女生问路，她颇惊讶，说平时不让外人进来的。

终究没有进碑林里面去，门票很贵，我和周翔对于碑刻什么的也没有多少兴趣，确切地说是看不懂。不过还是上了城墙，从永宁门上去，40元钱一张票。城墙出乎意料的宽，北京已经没有这样的城墙了，这是西安大气的所在。外国游客很多，很多人租了自行车骑，据说环绕城墙一周是13.4公里，我们上去的时候正赶上中国银行的员工在举行长跑比赛。经过一些马面，一直走到朱雀门过去，无意中走进一个博物馆，转了一转，两个人都疲惫不堪。西安在古诗中应该是这样的："来踪俯瞰古长安，历尽蚕丛路百盘。山到塞垣沙气重，河奔中国浪声欢。苍茫辽左金瓯互，断续凉州玉笛寒。汉塞唐城何处是，骷髅台上月如丸。"然而，现实中我却经历了一个无比尴尬的旅行，欲寻诗意而不得，对于试图附庸风雅、登高怀旧的我来说是一记重击。

回到宾馆又觉得无聊，再次从东门出去走到大雁塔，天色将晚，便没有进去。晚饭后，一个人在校园里逛，想找个书店，遇到一个女生，向她问路。她倒是很热情，吉林人，化学系的。她让我跟着她走，她正好要去超市，顺路。我在一个取款机外面等她取钱，从西门出来，一直到大路，各自分开，我溜溜达达地走到一个巷子，琳琅满目的小商品、服装，综合交错，里面还有小吃店。这里叫作长延堡。

长延堡和钟鼓楼形成了一个鲜明的对比。后者是历史积淀的、文化积累的、厚重深沉的；前者是现世悲欢的、生存本位的、熙攘潦草的。外人心目中多是后者的想象与移情，所以长延堡不在游客们的视野之内。我倒是希望有一天，西安会有一个作家来写写长延堡，就像池莉写武汉的吉庆街。但是，西安的文人似乎摆脱不掉历史的负担，历史和文化就成了他们的虚妄。于是就出现了贾平凹和陈忠实，而不像上海的金宇澄或者成都的李劼人。我看到那么多有关西安的文本，但是不知道当下西安的真实面孔。记得很早以前读过一篇王富仁论《废都》的文章，他说西安是一座充满死气的城市，"在这里的人们，好像一些被阉割了的人，精神是散乱的，情绪是茫漠的，生命力是疲软的，整个废都笼罩在一种不可见的萎靡气氛中"。可以想见我当时的讶然，因为很少有学者会这么尖锐甚至称得上刻薄地讨论一个城市的文化。现在回想起来，也许他的这番言辞与20世纪90年代对于知识分子而言普遍的压抑氛围有关。长延堡至少是西安无数面孔中的一副吧，不过却被这个城市的文人无意间忽略了。直到2015年陈彦的《装台》，写的是底层人的日常生活，却也并没有太多着墨市井细部。

　　开会照旧是无聊的，尤其是这种动辄七八十人的会议，大家话题分散、自说自话，少数能够坐到台上的如果没有自知之明，很容易在虚幻的感觉中把自己误认为是大师。想起一位学者在济南的酒吧中和我聊起的戴维·洛奇的《小世界》，说现在的学者就好像中世纪的朝圣者，区别在于朝圣者带着《圣经》上路，学者们带着论文——他们往往还使用着公共机构提供的经费，嘴里却说"不是我自己要旅行的，是莎士比亚或者奥斯汀让我这么干"。而学术圈如同一切形成了圈子的地方一样，充满了势利和猥琐、偏见和无知，这些已经慢慢让我厌倦。第二天下午我和周翔就决定"翘会"，去陕西省博物馆，却遇上周一闭馆，只好改去登大雁塔。

　　不过见面其实不如闻名，西安的景点实在是过于商业化了。大雁塔门票是25元，里面什么都没有，要上塔还得交20元（十年后的今天或许翻倍了吧）。看门的人说，我们不是一个单位。大雁塔里面空空荡荡，都装上了木制爬梯，气喘吁吁爬到顶之后，发现四周的口都罩上了玻璃。我背韩东那首著名的诗给周听：

> 有关大雁塔
> 我们又能知道些什么
> 有很多人从远方赶来
> 为了爬上去
> 做一次英雄
> 也有的还来做第二次
> 或者更多
> 那些不得意的人们
> 那些发福的人们
> 统统爬上去
> 做一做英雄
> 然后下来
> 走进这条大街
> 转眼不见了
> 也有有种的往下跳
> 在台阶上开一朵红花
> 那就真的成了英雄
> 当代英雄
> 有关大雁塔
> 我们又能知道什么
> 我们爬上去
> 看看四周的风景
> 然后再下来

大雁塔，2008年11月

周翔说，你们中文系毕业的是不是都喜欢背诗啊。我们已经没有兴趣去大唐芙蓉园了，尽管就在隔壁，当地人说曲江夜游也是值得的。我说，除了汉唐书城，这些都是不值得的。晚上和西北大学的姜师姐见面，聊了一会儿，感觉很累，上床就睡着了。

开完会照例要找个地方进行考察，我和周翔选择的是东线——兵马俑、华清宫、半坡遗址——第一次到西安的人往往都会选择这一条线。其实我更想去乾陵（想象一下残阳如血下的情形）、风陵渡（寒鸦数点绕渭水，听名字就让人神往）、法门寺（舍利子啊）、鸠摩罗什译经的草堂寺，不过都比较远，时间来不及，另外也真的不能免俗。

天气不好，雾气蒙蒙的，人的兴致打不起来。导游很酷，以一种漫不经心的态度来敷衍这帮来自五湖四海的人们。兵马俑我无话可说，我也没有被震撼，就是和周翔互相拍照，早早出来等那帮人。感觉没有意思的原因，主要是同行的这帮人中没有有趣的人。一个人招人烦甚至痛恨，这都没有什么，最可怕的是无趣。

华清池丝毫没有可看之处，建筑都是新修的。里面的大广告牌上说有全国第一台实景音乐舞剧《长恨歌》，其实类似的演出在各地都很多。我看到海报上长着胡子的老皇帝和艳丽的杨贵妃在那里摆个艰难的pose，就觉得很搞笑。老皇帝这腰儿，还挺得很来劲。往里走，在骊山上有座兵谏亭，西安事变后叫捉蒋亭，这个名字是后改的。

半坡遗址实在是太有名了，记得我上小学时的历史课本上就有人面鱼纹的图片。不过，半坡博物馆显得破败，就像我上次在山东看的城子崖遗址，用周翔的话说，就是"有种凄凉感"。门卫都是老头和大妈，讲解员无精打采的。对比成都的金沙遗址博物馆和广汉的三星堆博物馆简直是天壤之别。其实半坡的好东西显然比后两者要多，但是可能正因为多，反而疏于经营了。出门的时候，看到一大堆人围在一个陈旧的办

华清池边的贵妃浮雕像，
2008年11月

公室前,原来是讲解员面试,看来找工作真的很难。

　　来去匆匆,以后和谁说起西安,大约我也是如同韩东对于大雁塔的态度差不多。和朋友说起来,她说是"庐山烟雨浙江潮,未到千般恨不消。到得还来别无事,庐山烟雨浙江潮"。苏东坡的诗,是我读书少。

　　2016年因为参加"中国当代文学研究会第十九届学术年会"的缘故,到西安故地重游。十月末的小雨连绵不绝,把人出门的兴致都下没了,三日里几乎没有出宾馆的门,窝在屋里听会看书,倒仿佛是与在任何一个城市一样了。忽然想起栾勋先生,我刚到北京那几年,栖栖惶惶,类似转蓬,只去拜访过他两次,还在一次文学所的会议上见过一面,此后也就很少联系。许久以后才知道他就是在我第一次去西安那年的3月9日去世的。那是一个思想深邃却赍志而没的学者,生前只出版过《中国古代美学概论》一本专著和不多的论文。汤学智先生将他的遗文编成《现象环与中国古代美学思想》,在栾勋先生去世7年后才出版。回想起他很多年前对西安的评价,不禁感慨万分,他在西安看到的风骨气象,斗转星移,我已无法得见。

阳朔的表面

多少人曾经去过阳朔,又有多少人拍过照片,写过游记,抒发过感情,乃至在那里发生过故事?阳朔已经成为一个符号,被抽空了内涵和细节的符号,一个资本与消费时代的文化表征。

因为偶然的机缘,在桂林做旅游项目开发的朋友,给我提供了一个去阳朔的机会。从漓江乘游船而下,因为是枯水期,江面很浅。景色也并不见得如何出色,大致也就是韩愈写的"江作青罗带,山如碧玉簪"。

小时候在《雨花》杂志看过"郭老笑韩愈"的故事,说郭沫若对韩的诗不以为然:"罗带玉簪笑退之,青山绿水复何奇?"意思是青山绿水到处都有,韩愈那种程式化的诗没有写出桂林的特色。郭沫若自己的诗是"奇峰八面玉玲珑,深憾吾身只二瞳。忽悟观音千手眼,料应生自碧莲峰",其实也颇为平常,像"请看无山不有洞,可知山水贵虚心"更是陷入"理窟"之中了。

从桂北往南,一路的喀斯特地貌,让人印象最深刻的是大片的甘蔗林和肥硕苍翠的茅草,点缀在一座座蚁垤般隆起的山丘间,连绵不绝。偶尔会看到平袤的竹林,如果不是颜色要深一些,它们和甘蔗或者茅草也没有多大的差别。甘蔗、茅草和秧苗之间有一种天然的亲缘性,它们像一切既锋利又脆弱的美好事物，都有着让人难以亲近的气质。

游船要开 4 个小时，当最初的新鲜劲儿过去之后，我开始感到无聊，两岸景色使我想起电影《面纱》里医生瓦尔特和妻子凯特去湄潭府的场景。虽然毛姆原著小说中写的湄潭府现实中在贵州遵义，但电影是在广西贺州取的景。"山上布满了长着野草的土包。它们一个一个紧紧地挨在一起，乍一望去就像退潮之后沙纹遍地的海滩"——也只有漓江两岸才有这样的景致。

坐我对面的是一个深圳的女孩子，我对她说，深圳男女比例 1 : 6，很难找到男朋友啊，干脆到北京吧。那女孩低头不语，然后去看九马画山了。在某一段浅水处，许多光着身子的小孩在寒意已浓的水中跟随着游船奔跑，为了得到游客扔下的硬币。在一段水深处，划着竹筏的小贩，用钩子钩住船舷，兜售他的小商品。

我住在阳朔的一个条件环境都不错的家庭旅馆里，这样的旅馆在阳

阳朔街头即景，2005 年 12 月

朔比比皆是。阳朔不大，街头是卖水果和小吃的，我出去逛了逛，吃了一些类似于糍粑的当地小吃，绿颜色的，加入了植物的叶子做成的，带有草木的清香。

晚上当地的旅游局长请吃饭，吃啤酒鱼，这大约是来阳朔的人都要品尝的特色了。街头处处都是这样的店，并且会摆上几个硕大的鱼头来招揽生意。死鱼头张着眼睛，冷漠地注视着熙来攘往的人们。啤酒鱼做起来也不难，大约就是用啤酒垮炖。阳朔的第二个特色就是西街，酒吧林立的一条街道，用西方文化改造的东方风情。就像北京的后海或者成都的府南河岸边的街道。我去的时候，正赶上"阳光100"要在西街做一个大的项目，我混迹其中，听许多生意人在那里激昂澎湃。在那种一丝不苟的程式化活动中，你能感到我们这个社会确实已经是经济主宰一切了。

在西街找了一个酒吧喝酒，朋友说了许多西街的故事，诸如某个老外走到这里，为山水所迷，娶了当地一个农妇。当然，结果是离婚了。这样的故事在类似于阳朔这样的东方异域风情之地很多，山水与风光、异国情调与浪漫爱情，是旅游文化中必要的组成要素。西街的酒吧也不见佳，也许所有旅游景地的酒吧都差不多，带有千篇一律、完美无瑕的套路。

《印象·刘三姐》确实很震撼，张艺谋的一贯风格：宏大叙事。宏大叙事的特点是忽略身体、远离内心，强调视听效果，营造虚拟空间和氛围。一二百米的红绸渡江和五六百个穿着带有光控装置衣服的女孩"齐刷刷"地摆阵势，确实也足够震撼了，就像朝鲜的团体操"阿里郎"。人在这种仪式化的表演中成为一个微不足道的要素，而所有的表演又都指向一种化约了的文化印记。这些招式后来在奥运会的开幕式上，张艺谋运用得更加登峰造极了。他无法冲破自己的天花板。背景音乐是齐秦和齐豫唱的歌，用的是《刘三姐》的母题。

我租了一个望远镜，有个陪同的女孩子说，原先在湖中月亮上跳舞的女孩和水边浣衣沐浴的女孩都是全裸的，但是因为后来猥琐的人比较多，都用望远镜盯着看，还说脏话，她们就穿上贴身的舞衣了。她的话让我很羞愧。

这些无名的演员的工资大约是一个月500元钱，除了人力不可抗拒的原因外每天都要表演。我感觉工资太低了，其实今天看来我当时是犯了一种文艺青年容易犯的滥情主义悲悯。2005年的500元钱在阳朔乡下已经算不低，较之于她们的父母——那些躬耕于田亩中的农民——她

浙江建德、广东肇庆、湖北宜昌西陵峡、湖南张家界长茂山、重庆市酉阳武陵山都有叫作"世外桃源"的景点，可见这已经成为中国人心目中的一种文化原型。图为阳朔白沙镇的"世外桃源"，2005年12月

们的收入很不错了。

在阳朔住了几天，已经记不确切，这里并没有给我惊喜。我也没有像某个小资一样，坐在阳台上发发呆，瞎想想什么的。可能我终究喜欢大气开阔的地方，这里丘壑纵横，与我气质不甚相合。朋友后来建议我去银子岩，是一个溶洞，我们没有时间去，去了"世外桃源"。一个根据《桃花源记》人工开凿的景区，其景色完全可以套用陶渊明的原话："缘溪行，忘路之远近。忽逢桃花林，夹岸数百步，中无杂树，芳草鲜美，落英缤纷。渔人甚异之。复前行，欲穷其林。林尽水源，便得一山，山有小口，仿佛若有光。便舍船，从口入。初极狭，才通人。复行数十步，豁然开朗。土地平旷，屋舍俨然，有良田美池桑竹之属。"不过接下来看到的，并不是"男女衣着，悉如外人。黄发垂髫，并怡然自乐"，而是一些摆放在野地里的牛头骷髅和貌似非洲图腾一样的木雕，在一个水面竖起的吊脚楼上，一群打扮成佤族或者印第安人模样的演员在那里擂鼓跳舞。其实景色已经很好，搞这个噱头只是让人倒胃口，因为可以看到男演员腿上穿着肉色的劣质长筒丝袜——他们必须要做出赤身裸体的野人样子，但天气冷了，这是个滑稽的折中。

后来，我数次去广西，各种地方几乎走遍，但没有再去阳朔。不知道为什么，可能因为初次见面的时候，我只看到浮皮潦草的表面，从此再也没有心情去探究它的内心。

四方街头坐两夜

没有去丽江之前，我已经看过太多关于它的文字：某个饱经沧桑的浪子如何在丽江忽然得到天地安宁之感，所以定居下来；某位艺术家的时光在这里打了个弯，在回归牧歌式的生活（比如开个客栈）时也得到了灵魂的提升；甚至在某天下午明媚的阳光中，街民如何用清水洗街的细节……它们大多出现在飞机读物或者宾馆赠送的印制精美、形式大于内容的杂志上，所有的描写与抒情都让人有一种悠远、宁静、清洁、反思式的向往，那里是心灵休憩的家园，是游子暂时栖居的港湾；是浪荡不羁的旅人的归处，是城市里庸俗不已、疲惫不堪的职场人士恢复活力的世外处所。同时，通过道听途说和各种媒体的渲染，丽江也成功地把自己塑造成了艳遇之都的形象，加上泸沽湖畔摩梭人的走婚传说，而更具有奇风异俗、引人入胜的效果。

尽管我对此很有警觉，并且深知所有的想象都不过是一厢情愿的幻觉，在遭遇现实时很可能是一腔热血被泼上一盆冷水。不过，当我在四方街头住下来的时候，依然带有些许的激动。整个古城据说就是木氏土司按其印玺形状而建，因而四四方方。当然，在古老的天圆地方的理念下，除了土楼，很少有古城不是四四方方的。另一种说法是因为此地是

位于丽江古城狮子山下的木氏土司衙门，是丽江古城文化之"大观园"，2012年4月

茶马古道上重要的枢纽，四通八达，所以叫"四方街"。沿着宾馆后面的巷子走几步就到了因电视剧《木府风云》而广为人知的木氏土司衙门。在狮子山下的黄昏中，这座融合了中原风格与边地白族和纳西族民族工艺的建筑显示巍峨气派。

一个牌坊上大书"天雨流芳"4个字，是纳西语"读书去"的谐音，可见此处文风。这4个字后来被冠在台北故宫博物院李灿霖先生的遗著上。李灿霖精于艺术史，1938年从国立艺专毕业后曾到丽江研究过"么些"（纳西）文，这是抗战大时代造成的因缘际会。他曾经记载了1942年到维西县的一个小村调查时，偶遇东巴巫师主持丧事，持《贝叶经》唱的是一个三位老妇人求不死之药的故事。老妇人到白沙、丽江、昆明去买"不死之药"，兜兜转转，看见有卖金银珠宝的，却没有看见有卖寿的，也没有看见卖岁的。三人心中悲催，大哭而返，登碧鸡关坡高路长，攀登维艰，在滇池边略作休憩，看到池边垂柳，忽有新发现：当初来时，绿枝依依，如今归去，时序更改，木叶黄落，景色迥异。于是倏然感悟，万物兴衰，皆有定律，生死平常，何用忧伤？东巴是沟通幽明、阐明生死大道的中介，既安抚活人，也告慰死者。这种边地民族的智慧与《诗经》恰相契合，那些古老悠久的心灵彼此相通。

纳西文字摹天象地、稚拙素净，东巴古乐中正典雅、古朴肃穆，如今都已经成为非物质文化遗产。但现在听这种颇具宗教意味的雅乐，可能会觉得单调乏味，因为我们的耳朵都已经被"淫声五音"弄得涽乱不堪了。就像曾经寂静的老城已经变得喧嚣无比，它在作为南来北往要冲的时候也是客商不断，但奔忙中的羁旅游人在夜幕降临时未尝不辗转反侧，沉思巴山夜雨、客途长恨。到了今天，夜晚才是这个小小古城开始热闹的时候，满大街的酒吧灯红酒绿，街道上游人如织，走在人群中，

玉龙雪山的千年冰川，2012 年 4 月

很容易产生迷失于靡靡宴乐中的感觉。

我坐在广场中一棵榕树下,看着簇拥在一起的青年男女抱着吉他唱情歌,牵着手大笑跳舞,忽然有些出世之感。这个极端消费化的古城已经愈加变得抽象,抽象得就剩下"艳遇"这种符号性内涵了。而关于纳西族,他们的当代形象其实是由西方人的眼光凝视而来的。奥地利裔美籍探险家约瑟夫·洛克从1924年到1935年在滇西北部探险期间,他在美国《国家地理》杂志上发表了一系列文章和照片,后来成为如今纳西人复兴传统文化以及自我认同的基础。这种文化上的游移、变异、身份塑造可能是我们时代文化最为重要的景观。

第二天去玉龙雪山,爬到了海拔4680米,在寒风中看现代冰川。下山来不能免俗又去看了《印象·丽江》,这是由《印象·刘三姐》的原班人马打造的,依然是那种高度浓缩的文艺利维坦式演出。全剧的"古道马帮""对酒雪山""天上人间""打跳组歌""鼓舞祭天""祈福仪式"六大部分试图囊括云南各个少数民族的代表性意象,因为贪多求全,不免抽象简约,所以很难产生波澜起伏的节奏感,只是有首主题歌《回家》非常好听。

晚上回到四方街,我给回族朋友马绍玺放《回家》的录音。他是腾冲人,妻子是本地纳西族,自然而然地说到纳西族的殉情。1995年刚工作第二年的暑假,他去梁河县调查,遇到一个九十多岁的老太太说到自己逃婚的故事:少女在水井边为即将到来的父母包办婚事哭泣时,遇到来求水喝的牵马父子俩。女孩与儿子对上眼,约好第二天夜里相见逃婚。后来,女孩子孙繁衍,家族壮大。暮年的老太太说起此事,依然幸福荡漾。然而这个故事在说者那里看似平平淡淡,其实充满了惊心动魄的各种可能,因为她当时实际上对那父子全然不知。这就是性情中人以及浪漫传奇中所必然要包含的冒险精神和勇气。

丽江古城的夜晚，2016 年 5 月

我坐在四方街头为这个故事唏嘘不已。想到 2012 年春天我去过的云杉坪，即纳西语所说的锦绣谷，那里就是殉情的圣地。但殉情也并没有那么简单，因为一般殉情总是女孩先让男孩吃一种毒草，然后自己再吃，这就会有时间差。如果女孩临时反悔，或者被前来搜寻的亲友找到，可能就会造成男孩已经死了，而女孩被救活的情形。马绍玺有个远房姑姑就是殉情未成，而被村人耻笑，此后一生也并不是很幸福。

马绍玺这一代是最后住"公房"的人。所谓"公房"就是少男少女在成年后搬出父母的大房子独居，可以自由地与心爱的情人相会。比他小的人已经不再遵循这种风俗，他又说了一个傈僳族少女的故事。傈僳族如今多信仰基督教，家中管教甚严，她就通过自己的牧师写信，约另一村子的心仪男子在"街子日"相会，充满憧憬，结果也是不了了之。这都是他在田野调查时候得来的故事。他那时在河梁住了四十日，最后要给房东饭费房钱,对方死活不收,拉扯半天,最后只是象征性地收了一元钱。后来与女友再去调查的时候,便不好意思去叨扰,住在另一家。当时,那家的女主人似乎对他颇有钦慕之意。那家男主人不务正业,常年在外,女人一个人操持一家,疲倦不堪,有心离开。某日旁敲侧击问他是否有女朋友,他既不愿意伤害她,又不想招惹她,只有唯唯诺诺,仓促离开。马绍玺还有一个同事讲到自己有个彝族白依人支系的同学回乡探亲,妻子送行,两人你来我往地将一段山路来回走了数次,日色将晚,终究割舍不下,最终决定不上大学,回家与爱人厮守了。那是1978年的事情。

  如今,这些故事听上去都恍如隔世。它们已经不复存在,也不太可能再发生。它们将我与不远处"一米阳光"的繁华喧闹隔离开来,让我窥见一些难以言喻的人性。如果没有这些故事,我的丽江之行将像这个日新月异的古城一样,失去直触灵魂的内容。

尘世南逢开口笑

从宜昌出来一直往西,跨越长江,经点城、土城、五爪观至贺家坪,穿堡镇村至椰坪,翻八字岭,跨支井河,越野三关,至高坪,经落水洞至建始,最后过龙凤坝抵达恩施……沿着正在修建的宜昌至万州的铁路线采风,一路上虽然快马轻裘,可还是感到了行进的艰难,即使是坐着舒适的商务车,在绕来绕去、险象环生的盘山公路上依然免不了心惊肉跳,不久就让人感到疲惫不堪。

下榻在土司城的一个宾馆,入门处就是一座"虎纽錞于"的塑像,旁边立了一个石碑,上书"土家第一城"。左行百余步便是侗族风雨桥,飞檐翘角,造型古朴精雅。屹立于山峰之顶的是苗族六角古楼,雄伟壮观,与风雨桥上呼下应。而作为土司城标志性建筑的九进堂是全国规模最大的土家族吊脚楼,亭台楼阁错落有致、布局严谨,给人一种新异又协调的美感。

唐伯虎三笑点秋香的故事,很小就听过,不过觉得有些浮浪。那日在侗寨的午后阳光下,在安详静谧的农家小院,我坐在椅子上懒洋洋地和她说话。当时,也没有觉得什么,只是觉得这个清晨站在土司城门口的伶仃的女孩有着超然的冷艳气质,站在一群人中间,会让你忽略其他

利川腾龙洞里土家风情表演的抛绣球，2008年2月

人的存在。也许在土家族的婚礼游戏上，我在无意中被绣球抛中的窘态让她觉得好笑了吧。这种旅游景点的游戏让众人嬉笑，我却不太适应。众人群集吃饭的时候，我坐在那里，心有些乱，说话的时候言不尽意，我手里拿着一个水果，望着坐在远处的她。她抬起头来，笑靥如花。

她是本地的记者，而我只是偶然到此地的过客。因为同行的是高官，我不知道她会把我想象成何等人物，彼此也没有交谈几句。我只知道她是本地女孩，家境不错，一帆风顺，大学毕业没多久，有一份体面的工作。作为接待方的陪同人员，她和我一起到各处考察，几天下来，也没有说几句话。

第二天我就要离开恩施，很晚了，睡不着，躺在床上把电视翻来覆去地调台。她发短信来告辞，说昨天土司城廪君祠里有德济殿和廪君殿，明天腾龙洞"夷水丽川"的表演有一场盐阳女神和廪君最终化为白虎同根同源的段落，相信你能够看得懂。

盐阳和廪君的故事我是到湖北才知道的，这是我听过的最为惊心动魄的爱情故事。廪君是巴人的领袖，原是生活在长阳武洛钟离山的巴姓人之子，名叫巴务相。他成为首领也经历了英雄史诗中常见的"通过仪式"：钟离山上有赤黑二穴，分别住着巴、樊、覃、相、郑五姓人氏。巴姓住在赤穴，其余四姓住在黑穴。蛮荒之初，没有头领。于是五姓人氏协商约定掷剑于石穴，投中者为尊。比试中唯有巴务相一剑投中，其余四姓不服气，再次约定乘坐土船游于江中，土船不沉的立为头领。结果又是巴务相乘坐的土船不沉，其余四姓的土船下水即没。大家认为这是天意，于是推举巴务相统领巴人。巴务相胸怀大志，嫌钟离山狭小，决意要为巴人另创基业，便率领五姓巴人，沿古称为夷水的清江而上，去开疆拓土。

在巴务相带领部族西迁寻求发展的途中遇到了盐阳，她是专司熬盐济世的女神。那时候，女神在清江中沐浴，莹洁如玉。盐阳爱慕巴务相超凡豪雄，以身相许，两个人缱绻缠绵，就像春秋往事中王子重耳在流浪中遇到了齐姜。但是部族的大业还没有完成，人们不愿意看到大王沉溺在儿女情长之上。廪君虽感于女神多情，但也觉盐阳不够广大，非巴人久留之地，权衡再三，决定还是带领部族溯江而上继续前进。盐阳苦留不住，就化作遮天蔽日的蝗虫，令众人不辨道路，难以前行。廪君于焦虑中断定是女神暗中阻挠，便约她相会，并赠予一条青色曼纱。女神喜出望外，把纱系在项上。待次日诸虫再飞之时，巴务相瞄准系有纱巾的飞虫，挽弓搭箭，将化为飞虫的女神射落，天开明朗。巴务相便继续率巴人前行，直到古称夷城的恩施，见地方广阔，于是留住下来，建立了巴国。

在女记者的讲述中，廪君为了大业，忍痛射杀了盐阳，之后又深感悔恨，化身为白虎，陪伴着盐阳。据说这就是土家族白虎崇拜的起源。这个故事还有很多版本，但有些细节上的参差。我不想把它理解为母系社会被父系社会取代过程的隐喻，只想把它当作一个让人痛心的悲情故事。廪君在有些叙述中成为始乱终弃、薄情寡义的形象，在一些女性主义式的解读中，他是男权霸道的象征。其实，如果回到故事本身，感情的事情无法用理性来衡量。爱与恨，也许就交织在一线之间。谁说廪君在射杀盐阳的时候，不是真正地爱上她了呢？相爱相杀。如果说，之前仅仅是肉体上的交流，之后可能反而是精神上的交融了。

我在寒冷的腾龙洞中看完景区演员用歌舞形式呈现的这个故事，心里涌动着千头万绪。走过卧龙吞江的瀑布，远山苍茫，日光迷离。带着一颗漂泊的心站在草坪上，几乎把惆怅的情绪全部体验了一遍。那时候，我正在人生的彷徨期，博士即将毕业，未来还没有想好该怎么走。我想恩施也许是一个契机，是在过去与未来之间的一次休克，经过之后，可以遭遇一个轻盈而饱满的自己。她发短信跟我说："开始，开始结束；结束，结束开始。我们都带着各自的故事相遇，说不清只是因为头绪太多，或许根本不需要说什么。"

我逗留在利川，她忽然决定来看我。在将黑未黑的夜晚的灯光下，我看到她袅袅地从路灯下走来。这一切如同莫名所以的梦境。我陪着她走在陌生的街市，吃夜宵，仿佛岁月停止在一场无休无止的遐想之中。她说，我要让你记住，人生就像是一场旅行，会爱上很多人，也会忘记很多人，该记住的人和该忘记的人一样多，希望我不是后者。这些话有些交浅言深，我不知道该说什么。

什么话都被她说完了，并且有种为赋新词强说愁的味道。我感觉有些奇妙，就像在去枫叶寨的路边看到的野花与闲草，蕨类植物巨大肥美的枝叶无畏地生长，毫不顾忌沙尘与风雨。晚熟的人生、青春期的末尾、江湖萍踪中偶然会遇到一些让人无言的人与事。这时候或许会顺着对方的话说一些言不由衷的言辞，人们会在脱离日常的想象之中彼此互相帮助营造出一种虚拟的浪漫情境。日后回想起来，会暗笑自己的轻

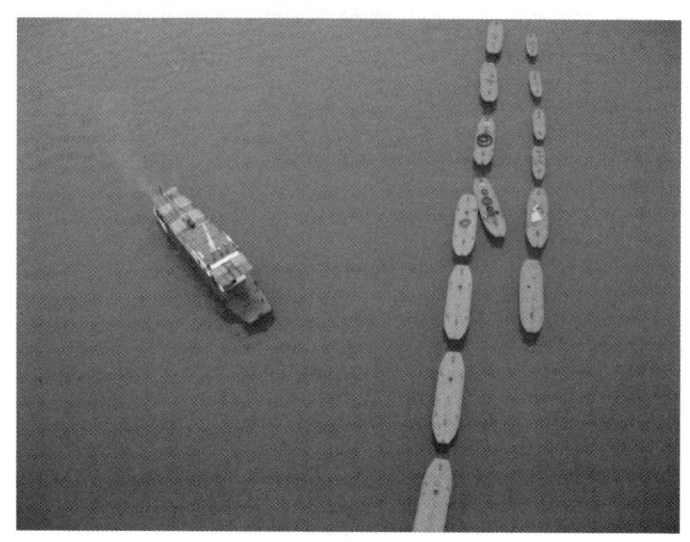

重庆万州长江即景，2008 年 2 月

狂，更多时候则是昔日难再的怅惘。

我想她可能有一些往事，但是不愿意对人说，又需要某种出口。这种邂逅不一定是发生情感的时候，但一定是排遣无端迷惘的机会。每个人可能都渴望遭逢这样的时刻，向一个全然陌生的人倾吐某些感喟，而不涉及具体的人事。因为对方在自己这里，既没有过去，也没有未来，所有的一切都是安全的。

在万州的宾馆里，可以看到万州长江大桥。后面是贾樟柯拍《三峡好人》的地方，如今残砖断瓦已经被鳞次栉比的整齐建筑覆盖，只有几棵萧索的柳树临着江水。巴山楚水凄凉地，薄雾笼罩在江面上，轻微的细雨如同忧愁，割断了回望来时的道路。

她说：走笔直的路，前进，不要让节外生枝混淆视听。

我当时其实想告诉她：我曾经追求过幸福，结果，最后只是看到了幸福的背影。这话有些矫情，所以没有说。

异乡人的都市

我在北京东郊一个叫作杨庄的地方住过6年,那是朝阳和通州的交界处。许多年以前,僧格林沁曾在这里抵抗过试图进攻京城的八国联军。如今它已经被迅速扩张的北京纳入了自己的辖区。

杨庄再往东是宋庄,它在圆明园、"798"工厂之后,成为另一个艺术家聚集的地方,就如同上地的摇滚乐手村落,再往南的大稿村则期望成为下一个"798"工厂。这些地方都聚集着从全国各地来到北京寻找梦想的异乡人,他们和北京这座古老的都市一样,从中心开始不断地向四周蔓延。

"五方杂处,八音克谐",我想在中国可能没有哪一个城市能够比北京更恰合这两句判词,而北京之所以能够如此,在于它的包容。在我经过与住过的城市中,唯有北京给我这种博大、自信和踏实感,这使它成为真正意义上可以让游子感到熨帖的地方。某种意义上,"北漂"这样的异乡人群体最能体现北京不同文化交融共生的人文底色。

北京从一开始就是一个混血之城——异乡人的都市。938年,辽太宗将幽州改为南京(也称燕京),作为辽国的四大陪都之一,北京就开始了大都市的历程。1153年,金朝将北京定为国都,成为与南宋对峙

故宫一角，2007年7月

的北中国政治中心，我们现在常常所说的北京八百年帝京的历史，就由此开始。1272年，统一了中国的元朝将北京定为国都，它第一次成为全国的政治文化中心。而基于元帝国的全球性扩张，元大都一开始就是不同地域、种族、文化、宗教、语言的人群的荟集之地。它是慷慨悲歌的燕赵旧居，同时也是祁连焉支山脉、草原黑水蛮族的新室，来自中亚、东欧的官吏、商贾、传教士、使臣、军士、工匠和奴婢往来频繁，儒、道、伊斯兰教、基督教和藏传佛教在定居中互动交融。

北京是一个一直生长着的城市，异乡人是它的动力和鲜活的血液。

那些后来的异乡人，在郊区眺望遥远的城区时，想到的可能不只是功名、利禄、地位、声望，还有情感的寄托、精神的旨归，乃至意义的追求。他们大多数就像巴尔扎克笔下的外省青年，野心勃勃、踌躇满志，从四面八方汇集到巴黎，信誓旦旦地发誓："让我们来拼一拼吧！"

作家洪烛在20世纪90年代写到自己在麦子店的生涯,麦子店本身就像是一座外省人的大旅馆。每天夜里,如烟云般积聚在屋顶上空的梦境,是伸向四面八方的;甚至每个人的梦呓,都由不同的方言配音。那些怀抱梦想的青年每天从麦子店的民居中起床,看到不远处亮马桥的昆仑饭店,幻想着某一日成为这个城市真正的主人。

十几年后的今天,麦子店已经成为北京东三环和四环之间的热闹所在,而杨庄在这个五环和六环中间的地方则成为另一个麦子店。当代北京的宿命就以这种地理上的形象标记着一个时代的风起云涌。

经典意义上的北京就是《游龙戏凤》中正德皇帝对李凤姐说的"大圈圈里套着小圈圈,小圈圈里套着黄圈圈"。在民间所说的"东富西贵,南贫北贱"的格局中,其实包含着宫廷、士绅与庶民三种文化,它们分属于不同阶级或阶层,又受时代、自然和人文环境的制约,从而具有庄

国贸CBD夜景,2008年7月

重和谐、雅俗共赏、悠闲自在的人文风味。而我所经历的北京，无疑是其有史以来最为辉煌蜕变的时代——她已经突破了"圈圈"，而呈现为一个放射性、开放式的国际性的大都会。杨庄就是这个大变局中的裂变分子。

杨庄的附近是通州西站，非常之小，只有两排候车的座位，在一些无事的傍晚或者清晨我时常会沿着铁轨漫步，有时候会看到打着呵欠的列车员慢腾腾地在站台附近无所事事地走来走去，那些情形总使我想起川端康成《雪国》里叶子弟弟所在的县界山区的小站。这是一个古老的小站，只有一些区间列车经过，还有就是那些锈迹斑斑、笨拙朴实的货运列车。所有的货车都像是一只诚实的大狗，不动声色，成竹在胸。它们有时候盛着满满的亮晶晶的矿石，有时候是乌黑的煤。在夕阳下，货车铁皮的锈色映着余晖，周围的景物、天空都好像给漂染得厚实而沧桑。

列车是早期工业社会的产物，如今已经被时间沉淀为一种诗意的象征，连接着过去与未来、农耕与工业、中心与边缘，它们是厚重、诚恳、值得信赖的，就像一个渐进老年的舅舅。北京的异乡人就是在无数这样的列车中浩荡而来。在某些时候，列车让人伤感而又忧心忡忡，仿佛工业时代就要结束了，未来不知道通往何方。而明亮光洁的"和谐号"从这里经过，在呼啸的风声中，又有一些人来去往回。我知道，他们内心既涌动着热情与向往，又充满迷惘和紧张，一如他们那些踏着芒鞋、乘坐驿马和舟楫的先辈们。

我有一个朋友是北京女孩，但是她不愿意和父母住在一起，自己在东直门附近租了个房子。她与人合租，90年代建的房子，房间在二楼，奇妙的地方在于有个小梯子通向二楼屋顶的门。有一次我去她那里玩，两个人在屋顶上看北京城的万家灯火。

北京站口就是一扇门。许多年前，我第一次踏上北京的土地就是在这里。后来我无数次经过那里，看到熙来攘往、人头攒动，每次都感觉新鲜异常。这些人各自怀揣种种念想，从这扇门进来出去，背着或简单或复杂的行囊融入北京的"毛细血管"之中。

刚到北京的时候，我身上只有导师陈文忠先生给的 2000 元钱。我用这些钱置办了一些生活用具之后，就所剩无几了，好在有宿舍，不至于流浪在外。我的工资是每月 800 元钱，即便在当时也是骇人听闻的低。不过很奇怪，我一点都没有感觉苦，可能因为周围的北京人并没有排外的气质，也没有生分的客套，这反而给人一种踏实的感觉。

不久之后，北京语言大学的一个师兄介绍了一份兼职给我。在北京的第一个冬天寒冷异常，我常常在清晨五点钟起床，那时候地铁只有 1、2 和 13 号三条线路，我坐公交车到地铁站，从四惠坐到苹果园，横贯东西整个北京城，再转车到偏远的门头沟去代课。那时候的精力非常旺盛，从早晨七点半到下午一点半，课程结束的时候，我甚至有闲心在附近的镇上逛一逛。心理上的印象很重要，北京以其平淡而又博大的胸襟接纳了一个几乎从没有出过远门的年轻人。

回头倒数 50 年，门头沟还不算是北京。一般人都知道老北京有所谓"东富西贵、南贫北贱"之说，随着新中国成立后城市的改造尤其是近 20 年来的迅猛发展，往日的城区区隔已经模糊漫漶。老北京大致只是新北京的二环以内部分了——她已经迅速以几何级的速度向四周扩张为一个巨型城市了。原先位于前门的北京站，如今已经迁到了建国门，而曾经被慈禧老佛爷当作坏了风水的火轮车已经变成了高铁，从四面八方开往北京。

日前和朋友聚会，聊到北京的城市地理，才知道一些北京人文迁徙的有趣细节。东直门到黄寺一带最初俄罗斯族人很多，如今他们聚集到了雅宝路和秀水街一带；魏公村原先是维吾尔族聚集的地方，地名就是从 Uyghur 的满语音译而来，后来还一度有新疆村的存在；望京是最初高丽朝鲜人来朝的宿营地,现在韩国人也很多;陶然亭一带晚清民国时还是一个贫民的乱葬岗,最近被地产开发成了皇家园林;怀柔的喇叭沟门则是一个满族乡,据说是以前替皇家狩猎的农户的后人;房山良乡东北的燎石岗上,有一座建于辽代的多宝佛塔;而在牛街之外,大兴还有一个回族自治乡,那里的牛羊肉口味极佳。

有意思的地方在于,尽管北京在元代就成为首都,城市尽管有板块聚居的差别,阶层的区隔却并非那么明显,不像伦敦、纽约或者加尔各答,贫民窟和富人区判然有别,森然分明。在故宫紫禁城背后不远可能就是平民的大杂院,大宅门对面也许就是老舍笔下的小羊圈,南城的文人会馆与八大胡同也就一墙之隔。雍容典雅与朴素俚俗并行不悖,阳春白雪与下里巴人和谐共处。这是一种有容乃大的宽厚。

北京八百余年的建城史,星移斗转,辗泊变换,一直不曾停歇。伴随人的来往生息,是习俗、风尚、服饰、制度等一系列的糅合交融,从燕赵遗风的慷慨激烈到蒙古人带来的游牧雄风,再到满族人的渔猎文化,还有经京杭大运河带来的南方文明,各民族、各区域、各宗教、各种语言如同众星拱月积聚在这里。她来者不拒,兼容并包。

近现代以来的欧风美雨在这个古老帝都也找到了安身立命之处,元大都时代就存在的南锣鼓巷如今成了国外游客爱逛的地方,三里屯 village 如今已经更名为太谷里、国贸、星光天地与龙潭湖、天坛、钟鼓楼遥相呼应。首都北京成了外省人想象中的国家心脏和梦想归属地,所有人似乎都能在这里找到他适意的所在。

我的初中同学大学毕业后在本地中学当老师,终究按捺不住对北京的向往,辞职来北京创业,开了一家广告公司,最终失败。我见到他时,他在郎家园和两男三女合租一个地下室,以卖手机卡为生。另一个同学则事业小成,在郎家园不远的 SOHO 现代城租了一层作为自己公

北京站　1968年，诗人食指写下著名的诗篇《这是四点零八分的北京》，40年后，沧海桑田，换了人间。

司的办公地点。两个人截然不同的处境，并不妨碍我们依然是很好的朋友。大家偶尔聚在一起，真切处是无怨无悔。

我们都是从北京站口出来的，北京站口的川流不息见证了这座城市的海纳百川和生生不已。北京打开门，包容了我们这些异乡人，我们也成了北京绚烂的多元文化中的一分子。

南京碎片

在南京这种城市，人们容易迷失在它的历史之中。每个城市都有其特定的被抽象凝固下来的气质，南京的气质是感伤。很少有哪一个城市能像南京这样经历那么多朝代更迭的沧桑、人事兴废的感慨。做过王都的城市不少，但是南京总是脆弱和短命的，没有哪个朝代在这里持久过。江南佳丽地，金陵帝王州，她的伤感是与生俱来的，是贵族化的、人文化的、诗意的。因而历朝历代的文人墨客于此都是心有戚戚，元萨都剌《百字令·登石头城》传递的就是一种集大成式的南京意象："石头城上，望天低吴楚，眼空无物。指点六朝形胜地，唯有青山如壁。蔽日旌旗，连云樯橹，白骨纷如雪。一江南北，消磨多少豪杰。寂寞避暑离宫，东风辇路，芳草年年发。落日无人松径里，鬼火高低明灭。歌舞樽前，繁华镜里，暗换青青发。伤心千古，秦淮一片明月。"

刚毕业的时候，我曾经一度准备在南京求职，甚至几乎成功地寻找到一个不错的公司。不过终究离开了。那是一个坐落在洪武路上的做外贸的公司，我清楚地记得在那个雾气蒙蒙的清晨我坐在 16 层楼的办公室里面试的情形。那里曾经是南唐故宫的遗址，是瑶光殿、红罗亭的所在，是李后主和大小周后恋爱的地方——当然，现在也仅留下了名字。

那是一个冬天,下着冷雨,我穿着从同学那里借来的皮衣,眺望着周围鳞次栉比的高楼大厦,心中奇怪地充满忧伤。

第一次经过南京是1996年夏天的一个夜晚,刚从乡下来到城市,街边的路灯都让我感觉到金碧辉煌,但是留下印象的仅仅是从小在课本里读到的南京长江大桥。当时看到桥头工农兵的塑像,感觉同周围的环境特别不协调。

再一次来就是两年后了,陪朋友到新街口买CD机。我一个人逛了夫子庙和秦淮河,这里是呈现城市细节的地方。无外乎是小桥、流水、人家,只是换了现代的外表而已。进到夫子庙里的科场,大夏天都觉得阴气逼人,仿佛有怨气盘旋着一般。也许是历来蟾宫折桂的总是少数,失意落榜的士子难免会有惆怅哀怨,时间一长,也许就郁结在这里了。

秦淮河夜景,2012年8月

这样的想法让我隐约地感到不舒服，在"致公堂"前拍了几张相片就匆匆走了。没有想到，当初的这一念之想后来居然得到了印证，南京真是一个有灵性的城市。这一点让我觉得自己和南京有着某种不为人知的、含蓄的默契。

少时读朱自清、俞平伯同题文章《桨声灯影里的秦淮河》，心实向往之。现实中的秦淮河其实颇为让我失望，并无特殊之处，也不见明船画舫、莺歌燕语的红粉歌女。沿着河畔走，夫子庙的内脏有一条普通的巷子，窄且短而嘈杂，"旧时王谢堂前燕，飞入寻常百姓家"，其荒寂失落倒是实至名归。这首诗在乌衣巷入口有毛泽东书写的石刻。看罢，唉，真是岁月流逝，历史无情，往日的荣华富贵已经烟消云散，只留下后人凭吊的些许陈迹。世事多变，荣辱无常啊。"烟笼寒水月笼沙，夜泊秦淮近酒家。商女不知亡国恨，隔江犹唱后庭花。"古韵已经难寻，河面上漂浮的小船，是一律的俗气的红黄，十分刺眼。岸边，则满眼都是小商小贩，满地都是廉价而难断真假的雨花石以及遍布所有旅游景点的手工艺品。

小舅家在北京东路那边，屋后就是玄武湖，不过我却一直没有去过。最初去舅舅家，他带我去的是东郊。中山陵，明孝陵，廖仲恺墓，孙权、汪精卫埋骨的梅花山也在附近，不过没有去。在潮湿而凝重的空气里，是高大茂密的梧桐、青白寂静的马路、庄严肃穆的神道，旁边爬满的青苔如古钱般的有质感。中山陵气派非凡，真有睥睨自雄之势，爬到最高处回望，南京城了了在目，正是南京"王气"所在。这个城市沉静的荒凉和古老的韵致在这全能看到。

其实关于"金陵王气"有很多争论，从地势看，南京城西北濒临长江，东有"龙盘"紫金山，西有"虎踞"清凉山，北有玄武湖，南有雨花台，山水环抱，形势极为险要。战国时楚灭越后，认为此处有王气，楚威王"埋金以镇之",所以才叫作"金陵"。秦始皇统一六国后,当时民间盛传"东南有王气",引起秦始皇的极度不安,为此,秦始皇多次出巡东南地区,开展了一系列破坏"天子气"的活动。其中就包括在金陵凿断山冈以泄王气,相传秦淮河就是秦始皇所凿,并由此而得名。此后,无论是孙吴定都建业,还是东晋南朝定都建康,都被附会为与金陵王气有关。六朝的衰亡也被认为与金陵王气有关。还有一种说法,认为古书上说的秦始皇"泄王气"的四个地点"钟山、北山、连冈、长陇"都是指一条山冈,它是古金陵的风水线。这条山冈中间有一个过水缺口,正对着过去的六朝城和皇宫,玄武湖水从缺口向南流入秦淮河,按照风水理论,"王气"就是从这个地方泄走的,这个缺口就是今天玄武湖处的武庙闸水道,这里才是真正的所谓秦始皇泄王气的地点。

不过不管怎么说,金陵的王气自从"王濬楼船下益州"之后就没有振作过,也有学者从人文地理学得出结论,在六大古都中,南京、杭州属"偏安避乱型",洛阳、开封属"居中四战型",长安、北京则属"长治久安型"。这些对于我来说,其实都无所谓,我在意的仅仅是她给我的感受。在我看来,南京的文化和历史用杜牧《台城曲》中的两句诗概括最为恰当:"门外韩擒虎,楼头张丽华"——她总是处于风流零落、繁华事散的境地。美则美矣,却不免有些仓皇、凄怆。

读研的时候,我无数次去南京,因为南京离我们学校也就是两三个小时的火车车程,上午九点多就到雨花台,再乘车,过了长干桥、中华门,就是进城了。主要是去先锋书店买书,南京读书人估计没有去过先锋书店的很少。在南京大学边上,广州路那面山墙上赫然印着黄、黑两色,黄底黑字,一个繁体倾斜的"书"字,是法文和中文店名。进门就会看到奥地利诗人特拉克尔的诗句:"大地上的异乡者。"当初就是因为这句诗我才进的店。

雪天南京大学一角

买书，求职，去舅舅家，和女友游金陵，又数次访过南大，浮光掠影。记得带女友在南大里转了整整一圈，那是一个盛夏的午后，两个人疲惫不堪。明孝陵的城楼已经倾颓，只留下一个巨大的门洞，能藏甲兵三千。浩浩荡荡的寂灭和威严，只有石像永恒地承接风霜雨露的一点点剥蚀。"数十年来车马散，古槐深巷暮蝉愁。"其实南京更多的是梧桐，这种本身就带有一些悲情色彩的植物，也许正是这座城市情感画面中的不可或缺的一种渲染吧。叶缝下的阳光照在南京每一面城墙的缺口上，都可以感觉岁月留下的崎岖不平。

考博的时候，我在南大住过一段时间，一个同学将我安排在桃园3幢10楼一个博士生宿舍里。起先我以为他们是学文学的，因为在桌上发现了朱立元编的《当代西方文艺理论》和杨恩寰的《西方美学思想史》，后来才知道同屋三个人都是学凝聚态物理的，不免很是惊奇。那段日子老是下雨，我过得平静而安详。每天到楼下的食堂打水买饭，然后就是回来睡觉和看书。同宿舍的人都回来得很晚，只有抚州的一个和我同岁的家伙回来得早。他抽"七星"，我抽"555"，两个人换烟，于是攀谈起来。

考试过后,我仔细将南大的每个角落都走了一遍,还到校史纪念馆里转了转。这才发现以前数次来都没有发现南大居然还剩下一些漂亮的古建筑。小雨过后的周末校园很安静,我踽踽在青翠朦胧的草坪上,经过一个个小小的厅落。尽管那些亭子上涂上了新漆,但是能够看得出来是有些年头了。校史纪念馆里有20世纪30年代学生手写的英文作业,真是让人怀疑现在的教育究竟有没有进步。

六朝古都的庄重岂是一朝一夕盲目的三言两语可以鉴赏与凭吊的,南京是怎样的城市,更不是我一个踮着脚尖路过的过客可以体会的。有人说吃喝玩乐,书画琴棋,达官显贵,遗老遗少,春灯画舫,花鸟虫鱼,明月婵娟,三教九流……这就是南京文化,其实也只是想象。

南京师范大学,2017年3月

大学毕业前曾经专门逛过南京师范大学的校园。我非常喜欢南师大的校园，有一个从那里毕业的朋友说那是远东最美丽的校园。南师大的前身是吴贻芳先生创建的金陵女子学院，校园里的许多系科楼，都是古典式的二层小楼，极其优雅。据说五台山体育馆旧址是"随园"，就是那位写"书非借不能读也"的袁枚的故居。

到北方工作后，已经很少再有机会去南京逛逛了。只在 2013 年夏天去开会，距离上一次离开，已经十年之久。正是炎炎 6 月，我拖着行李箱走在街上汗出如浆，已无少年时代强说愁的情绪。今年又去了两次南师大，都是为了开会，来去匆匆。忙里偷闲，在烈日的午后走过寂静的校园，就像走过自己的青春。然而青春已逝，虽然并不愿意承认，却再也找不到当初那种兴奋和逸致。

第二部分

田野走笔

湘西行

一

从北京到湖南凤凰城如果乘飞机,最好的途径是先到贵州的铜仁,现在通了高速公路,两地不过一个小时的车程。但因为种种机缘凑泊,我们却飞到了张家界,走张花高速经永顺、保靖到花垣。这一路层峦叠嶂,山势不高,却险恶无比,永顺以前是"湘西王"陈渠珍(1882—1952)与共产党贺龙部队势力交界的地方,而花垣就是茶峒的所在地。茶峒因为沈从文的《边城》而众所周知,2008年已经改名叫边城镇了。

花垣前些年尾矿污染严重,曾经震动中央高层,作家吴国恩的小说《宣传部长》中的矿难、灯笼坪滑坡与乌龙河污染事件就是根据当地原型写的。这几年通过采取关停并转等治理措施已经好多了,但许多碧绿的河流看似宁静清澈,其实重金属的污染一时很难肃清。好在茶峒河清亮依然,这是酉水的一条支流。

山势峭拔,涧深水缓,沿着山坡下到河沿,抬眼望去,边城楼巍峨耸峙,气象不凡。边城楼下的桥直通对岸,对面写着"渝东南第一门"。

花垣双龟桥，2015 年 4 月

这里是湘、渝、黔三省交界处，与重庆、贵州省松桃县都只有一河之隔，我们找了一户农家吃饭，看看手机，信号已经变成重庆的了。河岸人家多已经在旅游开发中转变成接待的饭店和商店，此季游客不多，吊脚楼下的人们也显得安闲轻松，对于游人的相机和好奇的窥探似乎见怪不怪。

两名妇女在河边剥山竹笋，那竹子本来就非常细小，剥到最后，留下的只有小指粗细的内芯了。这些小竹笋剁碎了，只用油盐清炒，就非常有味。正午时间，河流中散泊的船给人一种长日无事的感觉。在空荡荡的装饰华丽的大游船旁边停靠着五六只渔民自用的小船，其中一个舢板上蹲着几只呆头呆脑的鱼鹰。一个老汉正在一边从网兜里掏鱼，往船舱里扔，一边与旁边坐着抽烟的老汉聊天。抽烟老汉挂着竹筒，呼出一股淡蓝色的烟雾。老汉捕的是"黄鸭叫"，也就是黄颡，是一种少刺细嫩的细鳞鱼，长不大，非常鲜美。很快我们就尝到了碎剁笋和用红汤豆腐熬制黄颡的美味。另外的本地特色是性肠，用玉米渣炒制的猪的输卵

茶峒的渡口，2015年4月

管，一种叫作"鸭脚草"的时蔬有点类似于水芹，香椿也极香。

龙宁英带路，在绕了不知多少圈的盘山公路之后，十八洞苗寨隐然在望。龙宁英的报告文学作品《逐梦——湘西扶贫纪事》，就是以此地为基础写的。这个坐落在深山坡头的寨子，直到2013年人均收入才3000元左右。如果不是因为偶尔的机会习近平来过，可能至今也无人知晓——它现在显然经过了修缮和裱糊，成了一个干净整洁的山寨样板。山上的耕地很少，因为季节已过，菜薹也开出了黄花，如果不仔细分辨，会以为那是油菜花。走着走着，天上飘下了雨点，打在苗民晒在瓦屋顶上的甘草切片上。

我们匆匆下山，老远看到一个像天坑似的圆形山坳，一圈一圈的梯田如同螺纹盘下去，底部是个快要干涸的小池塘。小池塘的埂上有两只旱鸭子，竹子寨就在这个"天坑"的边上。可能是要修葺为旅游景点，山腰拐角堆着汽车运来的沙子。再往前，汽车开不进去了，几个村民在马的两肋搭了两只竹筐，用它来驮沙进寨。雨并不大，淅淅沥沥，似有似无，寨中人也不多，也许年轻力壮的都出门谋生了。五六个孩童围在一起听一个稍微大一点的女孩说什么。她说的是苗瑶方言,我听不懂,问了才知道,原来她是教小孩们不要打架。

杜鹃花和茶花开满山冈,已被雨与风销蚀憔悴,从排碧乡的"金钉子"往山下走,随着山形坡垒筑起的一座座简单的石头房屋就像素描册中常见的山村即景。背着高大背篓的老妪自地里回来,与斜坡上的妇女谈话,咿呀欸乃,边说边走。山间的公路被小雨浸湿,发出油亮的光,与岩前伸出来的几簇绿得发黑的蓬草相互映衬。

德夯的"问天台"被当地旅游部门附会成《楚辞》中的天问之处。孤峰独进。对面山峰之间陡然一道白线缥缈而下,定睛仔细观看,才发现那是一道自然形成的小瀑布,因为山势过高,流至半空,就分散而去。我们还是决定回吉首住宿。路上经过矮寨大桥,车子一圈一圈地绕下山,这是险绝的湘川公路的一段,绕到第六圈时,下车爬到一处立着"开路先锋"雕塑的山崖边。这个雕塑最初是1937年修成湘川公路时的纪念,现在的是在毁于战火之后重建的。天色将晚未晚,落山风袭来,

竹子寨的梯田,2015年4月

胸中荡起层云叠嶂。

二

吉首大学名不见经传,却并非由某个专科院校升级而成,而是于1958年筹建的。校园中有一个古色古香的湖,黄永玉艺术博物馆就位于湖边,这是他自己出资出物捐建的。黄永玉可能是在世最有名的湘西人了。他的画早期颇具地方民族风格,比如给《阿诗玛》所作的插图,很显然可以感受到一种地方美学的风味,黄将这种来自民间的滋养发扬光大了。博物馆中除了许多黄永玉自己的画作之外,还有好几层展厅陈列的是他收藏的雕塑、文玩、出土文物等,有些文物形迹可疑,比如汉代的画像砖,颇不像是实物。

黄永玉表叔沈从文的纪念馆,就在随山势而上的另一栋楼里。陪同的何小平老师就是沈从文研究所的所长。一入口的墙上用浮雕刻着沈从文墓碑上的话:照我思索,能理解"我";照我思索,可认识"人"。何老师拿出一本留言册让我题词,我翻了一下,看到前面的几个人名,多是从事现代中国文学与文化研究的学者,我留了两行字:自然的写意,抽象的抒情。

不久前在北京的一个小型会议上,一位朋友说现代中国被高估的作家中,沈从文可能算是一位。这是一个很有意思的说法,因为沈从文在文学史上的位置一直是被低估的,事实上在20世纪80年代之前的中国大陆文学史中几乎很少提到他。只是后来在海外的夏志清、金介甫(Jeffrey C. Kinkley)、湖南本地的凌宇等学者的著作产生影响后,沈从文才逐渐成为现代文学史书写中最重要的作家之一,他的作品也才得到更广范围的传播。现在无可否认的是,沈从文确实已经成了凤凰城的

黄永玉像,摄于纪念馆的门旁

一张最亮的名片,无数慕名而来或者倾慕想象的远方之人,可能最初都是通过翠翠、潇潇这些人物了解到湘西的——文学的力量确实不容小觑。

沈从文早年是陈渠珍的小书记员。陈渠珍的一生允文允武,充满浪漫的豪情。少年得志戍疆康藏,适逢辛亥军起,忠孝之间悬崖撒手,率部穿越位于昆仑山脉、唐古拉山脉和冈底斯山脉之间的羌塘高地,九死一生回到故乡后又东山再起。晚年追忆前程往事,写出《艽野尘梦》,其中最让人记忆深刻的莫过于关于他和藏女西原之间的感情。二人落魄长安之时,囊金将尽。西原劳瘁体弱,身患天花,药饵无效,垂危之际,哽咽着说:"万里从君,相期始终,不图病入膏肓,中道永诀。然君幸获济,我死亦瞑目。"陈渠珍英雄穷途,号啕大哭。这种不经意间流露出的柔情气质应该是被沈从文继承了,或者说这可能就是凤凰城在剽悍之外兼具的气质。

虹桥上望沱江,2015年4月

凤凰古城已经商业化得很严重，大街小巷的任何可以利用的角落都遍布不乏小资情调的铺子。如果是一个腰鼓店，则店主会在那里随着伴奏的音乐有节奏地击打鼓面；如果是一个丝巾或蜡染店，可能会有一个女孩坐在店中央用古老的织布机纺土布；而擂糖店非常显眼，两人手挥木槌，一起一落铿锵有力地敲击石臼里的软糖就是最好的招牌。中产阶级美学改造过的古城，还未到最旺盛的旅游季，本地的作家刘萧带着我们一路穿街过巷，泛舟沱江，经过万寿宫、叠翠楼、虹桥、南华山、崇德堂、熊希龄故居……刘萧不久前刚刚写了一篇长篇小说《筸军之城》，也是以凤凰城为背景的，写的是不太为人所知的筸军的故事。《凤凰厅志》记载：东北有坪曰筸子，西北有所曰镇溪。故统称"镇筸"。镇筸是自康熙三十九年（1700）开始的称呼，即现在凤凰古城所在地沱江镇。筸军即凤凰士兵，隶属曾国藩湘军陆师的虎威营，由时任绿营守备的凤凰人田兴茹率领。本土有谚称："无湘不成军，无筸不成湘。"

与筸军一样不怎么为人所知的是南中国长城，这也属于亚洲的内陆边疆，可惜拉铁摩尔没有来过此地。我对于不怎么为人知道的东西总是很感兴趣，隐藏在凤凰古城里的文昌阁小学就是其中一个，沈从文和黄永玉都在这里读过书。学校最初是由留日人士田兴奎创办，此人就是南社的田星六。学校依山而建，比很多大学看上去还气派。沈从文于20世纪80年代用稿费捐了一个图书馆，黄永玉在新世纪捐建了一个礼堂。兜兜转转下来，小雨让石板路面黝黑发亮，更增添一丝幽情。

黄丝桥古城离凤凰城不远，却完全衰败了。这里原先是一个驻军营地，现在还留着四方的城墙。沿着城墙顶走一圈，可以看到城内胡乱建造的各种或新或旧的房子，许多破烂不堪，缺乏修缮。石头墙也因为年深日久而皲裂松散，袒露出它最初的粗陋。有一株硕大的香椿升上墙头，伸手就可以够得到，摘几叶放在嘴里嚼，那种奇怪的香气弥漫开

吉首万溶江畔的乾州,也是一座历史悠久、人文阜盛的古城,2015 年 4 月

来。桑葚已经泛白,但还没有紫黑,所以没有味道。城中人数已经不多了,据说原先这里与旅游部门谈判开发事宜,已经初步动工,最终因为价钱没有谈好,旅游公司放弃了。我想可能也是由于原先的资源基础有限,商业开发空间不大的缘故。古城的居民也无力开发,就放着破旧的样子,在城门口摆个亭子卖票,偶尔会有几个野客光顾。转了一圈,从略显逼仄的城门楼下来时,看到灰硬的石砖上落满酒红的花瓣,回头赫然发现角楼生长着一大簇如火焰般的月季。相比之下,乾州古城则面貌一新,虽然没有凤凰城那样繁华,但也颇见规模。一条清澈的大河舒缓深沉地流过,进到城里,会发现城里塘边的建筑精巧有致,让人恍惚中以为走到了某个江南水城。明清西进开发,这里是兵家必争的战场,城里历代名人中大多数是如今已经不太为人知晓的各种将军。同事周翔的外婆家就在这里,她从小也在这里,跟着外婆长到了 8 岁。我很羡慕她

有这样的古城生活经历,因为我们大多数人都是在毫无个性的平凡土地和平庸城镇长大。

三

怀化距离吉首不远,是五省通衢之地,交通便利,为湘西交通枢纽城市。本地属武陵山片区,在竭力打造雪峰文化,将自己定位在"大湘西"的范围之内。我和当地的朋友说,雪峰山的名气不大,外人多不知晓,"雪峰文化"这个词比较平,还容易让人产生误解,以为是雪域高原,其实应该强调"五溪"这个古老的概念。"五溪"最早在郦道元《水经注》中是指沅水上游的五大支流:"武陵有五溪,谓雄溪、㵲溪、潕溪、酉溪、辰溪。"现在一般认为是怀化境内的酉水、辰水、溆水、

芷江受降纪念坊位于芷江七里桥,原是中华民国空军司令部群力礼堂,2015 年 4 月

舞水和渠水。史书中称此地的多民族土著为五溪蛮。

王昌龄谪庶此地留下许多著名的诗篇："沅水通波接武冈，送君不觉有离伤。青山一道同云雨，明月何曾是两乡。"我应邀给怀化学院的同学们做讲座的时候引用了李白写给王昌龄的诗句："桃花落尽子规啼，闻道龙标过五溪。我寄愁心与明月，随君直到夜郎西。"唐人豁达，诗句都有清逸豪气。但在那时，水网密布，山高林密，虫兽纵横，五溪可并不像今天这么便捷。直到明朝时候，王阳明在《罗旧驿》中还写道："客行日日万峰头，山水南来亦胜游。布谷鸟啼林雨暗，刺桐花暝石溪幽。蛮烟喜过青杨瘴，乡思愁经芳杜洲。身到夜郎天万里，五云天北望神州。"身处南蛮之所，心中思念的还是西北的神州。他写到的罗旧驿，就在从市区去往芷江的路上，现在变成了一个平淡无奇的小镇。

芷江侗族自治县，我在来这之前，正好与两个做抗日战争胜利七十周年纪录片的朋友聊天聊到，是最早接受日本投降的地方。1945年

芷江机场东边的飞虎队纪念馆，2015年4月

8月21日，侵华日军正式投降之前派出副总参谋长今井武夫（1898—1982）到这里投降，这是自1840年以来，中国人反抗殖民与帝国主义侵略所取得的真正的彻底胜利。今井武夫是冈村宁次的助手，曾经策反汪精卫变节投日，他在回忆录中记载了当时的心情："为了顾全日本军官最后的体面，我们乘用的MC机是借用总司令官的专机，它饱经战争苦难，不仅漆皮脱落斑驳，而且满布弹痕，越看越觉得寒酸，实在也是万不得已。这就很自然地使我想到安倍贞任向接待他的源义冢所诉说的诗句：饱经岁月苦，线朽香横斜。且顾残衣甲，褴褛难掩遮……战败的我们，前途如同堵着一座黑暗的墙壁，消除不尽绝望的孤独和不安的心情。"在这样的反刍式回顾中，一段成为官方文件式诉说的历史，具有了它更加丰富的细节。

芷江另一处有名的历史遗址当是美国飞虎队的纪念馆，就坐落在原先空军作战指挥塔和中美空军俱乐部的旧址上。陈纳德将军当年在芷江帮助中国建立了最早的航空学校。飞虎队纪念馆中有几面墙列着所有队员的名字和生卒信息，在所有那么多人中，我只找到一个：张大飞。这是因为齐邦媛在其回忆录《巨流河》中花了很多笔墨描述这个26岁就殉难的恋人。"张大飞于1937年底投军，入伍训练结束，以优良成绩选入空军官校十二期，毕业后即投入重庆领空保卫战，表现甚好，被选为第一批赴美受训的中国空军飞行员。1942年夏天，他由美国科罗拉多州受训回国，与十四航空队组成中美混合大队，机头上仍然漆着鲨鱼嘴，报纸仍旧称他们为'飞虎队'。"1944年5月18日，张大飞在豫南会战时为掩护友机，殉国于河南信阳上空。大历史必须进入个人的生命之中，才会令人印象深刻，否则它们就只是一个个文字与数据。从这个意义上来说，张大飞在英年牺牲是不幸的，却又比他数以千计的同胞都要走运得多，作为一个永远年轻飒爽的形象留在了文字之中，而其他人只剩下了寥寥无几又干巴巴的生卒日和照片。他甚至比活到暮年的女友还要幸运，她已经老了，但他永远年轻。

　　文字比人长久，物也比人长久，这可能是人们孜孜不倦要留作于世、刻石勒碑的原动力吧。龙津风雨桥其实也算是一种物的记忆。这座"三楚西南第一桥"位于舞水河上，是一座典型的侗族样式的风雨桥，始建于明朝万历年间，1999年重建之后，桥墩用混凝土替换了木材。桥面宽有十二米多，在中间的桥路两边是各种售卖小商品的铺面，间歇会出现歇脚的凉亭。上面有飞檐的桥顶，两边是通透的河面，夏日南方炎热难耐的漫漫长夜可以在廊桥上得到消磨。正午正是一天中最热的时候，虽然这不过是4月末的普通一天，但是南方的日光已经有些灼人。廊桥凉亭上坐满了人，老人在打扑克，年轻的母亲在哄逗自己的孩子。这种日常生活带有浑然不知世事的恬淡，会让人回忆起年少懵懂时候那些一去不返的愉快时光。

舞水河上的龙津风雨桥据称是现今中国最大的风雨桥，2015年4月

第二部分　田野走笔

过了桥，顺着河走几百米就是天后宫，是内陆最大的妈祖庙。这个天后宫是清朝时候福建商人筹资建立的，至今保存得尚很完好。午后悠长明媚的阳光打在300年前的石墙之上，砖缝中执着地生长出来的绿萝绿得闪眼。空寂的甬道也变得生动起来，流动着一种仿佛一万年也不会散失的禅意，与不远处廊桥上熙来攘往的人群和生计遥遥形成映照。庙门正对着江面，江风徐来，空气中夹杂着说不清的香味，槐、楝、丁香、水杉、香樟……

北仑河两岸

北仑河发源于中国广西防城境内的十万大山中，向东南蜿蜒流入北部湾，中国和越南边境东段上的界河，两岸分别是中国东兴市和越南北部最大的口岸——芒街，居住的民族主要是京族。京族是中国人口最少的几个少数民族之一，大约只有20000人，是15世纪末16世纪初从越南涂山移居而来的中国唯一的海洋民族。京族历史上曾被称为"越族"，1958年才被国务院正式定名为京族，虽然在中国人口不多，却占了越南总人口的90%，是越南境内的主体民族，语言也是相同的。京族主要聚居地就是广西壮族自治区东兴市的沥尾、巫头、山心三个小岛，地处我国大陆海岸线最西南的部位，与越南隔海相望。

从南宁吴圩机场直接上高岭高速，车灯四周是漫无边际的黑暗，近处起伏不定的黝黑低山上面是灰黑的天空，一直往西南都是这样起伏不定的矮山，而防城港还在二百多公里之外。一路都是高速，车子并不多，但也走了接近三个小时，到了防城港下辖的东兴市再沿着滨海公路往江平镇走，目的地是"京族三岛"之一的沥尾。

我此行是与厦门大学人类学研究所的彭兆荣教授及他的博士们一起做"人类学与民族叙事"的调查，以京族、中越跨境族群与西南海陆边

踩高跷推罾下海捕鱼是京族渔民的传统生活技能

疆的族群为观照对象。这当然是一个非常宏大的命题，牵涉的话题也很多，既有京族文学的族群记忆与民族叙事，也有文化遗产的保护与传承，同时涉及跨境族群文化与国家文化安全，最终希望能够呈现"海上丝绸之路"多民族文化交流与共生的历史与现实面貌。

车子驶入沥尾，一股浓烈的海腥味涌入鼻腔，几乎让人难以忍受。到了建在银滩边的宾馆，腥臭的气息愈加浓烈，这是海水养殖和捕捞业留下的印记。黑夜深沉，我坐在桌前，虽然门窗紧闭，海涛磅礴轰隆的声音依然清晰可闻，它充实在整个宇宙中间，如同天际传来的神秘启示，成为夜的一个部分。

一

第二天上午到离住处不远的京族生态博物馆参观。博物馆从其发源来说，在古希腊时期是祭祀缪斯的神堂，殖民时代之后转为展示帝国文化的处所,有意思的是殖民者几乎不展示自己的物品,而是罗列殖民地的物品以显示其支配性的权力,这是一种他者表述。不过,发展到今天,博物馆的功能和属性都发生了很大的变化,京族生态博物馆就是自我表述的典型:通过历史叙事讲述本民族的来源,通过呈现风情民俗来展示地方和族群的文化。这种自我表述可以让一个丝毫没有知识准备的外来者有一种概况的了解。

喃字和独弦琴是具有典型意味的京族文化符号。独弦琴在京语中被称为"旦匏",是古老的竹木制乐器。独弦琴起源于骠国(今缅甸),早在公元8世纪就已流行越南和东南亚各国。它的结构并不复杂,包括琴身(共鸣箱)、弦轴、摇杆、琴弦和挑棒等,可以在仅有的一根琴弦上靠摇杆的变化,同时奏出泛音和基音两个音来。独弦琴属于弹拨类弦鸣乐器,因其声音非常细小且无法进行繁复的变声,在宫廷中占不到位置,而漂泊在民间的也因为类似原因被文坛戏班所排斥而濒临绝迹,只保存一隅之地。2007年,我还在北京见过一个年轻的独弦琴传承人唐小嫒,她当时在王府井街头演奏,是为了成为2008年"祝福北京"的奥运使者。2010年5月18日,中国文化部公布了第三批国家级非物质文化遗产名录,将"京族独弦琴艺术"列入传统音乐项目类别的非物质文化遗产。

喃字又称字喃,是京族曾经使用过的文字。历史上越南长期使用的是汉字,不过同时也假借汉字和仿效汉字造字的原理和方法,依据京语的读音,创造了喃字。如果对中国各民族的文字有所了解,就会发现喃字与契丹大字、古壮字,以及已经消失的西夏文都有些外表上的相似,与汉字虽然不同,但在笔画、结构和部首方面,很多地方是彼此互通的。关于喃字产生的年代至今尚无定论,学者聂槟认为最早的萌芽可能是在汉末三国由时任交州刺史的广西人士燮按假借法创制的。喃字在

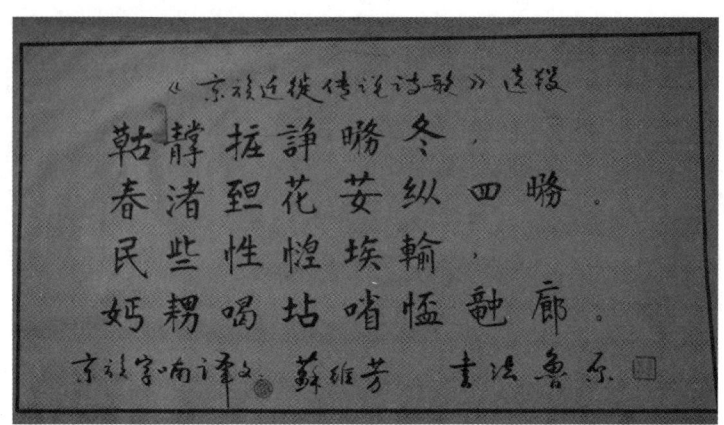

喃字书写的《京族迁徙传说诗歌》片段，2015 年 3 月

13 世纪即陈朝（今越南）时形成体系，经过丁、黎、李三个朝代的休养生息，陈朝在政治、经济、军事、文化等各个方面都取得了显著成就，步入了繁荣兴盛阶段，喃字也获得了蓬勃发展，成为越南的民族文字。喃字主要分为假借喃字、形声喃字和会意喃字。但是法国殖民者入侵越南之后出现拼音文字，1945 年之后拼音文字"国语字"正式取代喃字。

喃字在中国的京族也已经很少有人能懂。我们去访问致力于抢救喃字的苏维芳老人。2002 年退休之后，他就回到岛屿上开始了收集、整理字喃的工作。十几年间，他走访了包括民间歌手、宗教从业人员在内的二百多位京族老人，收集了民间书籍和诗歌等大量第一手材料，并把它们逐字翻译成汉字。2009 年，京族字喃文化传承研究中心成立，由苏维芳担任主任，之后他又四处奔走，筹集经费成立了东兴市京族文化培训基地，开设喃字班、独弦琴班，选择年轻人学习传统文化，并出版了《京族哈节文献汇编》《京族哈节》等书籍和文章。

我们在㳚尾哈亭看到《宋珍歌》字喃本。同行的黄玲博士曾经对此有过研究，京族《宋珍歌》来源于越南喃字长篇叙事诗《宋珍菊花》，故事讲述的是读书人宋珍和民女菊花的婚姻家庭生活，在题材上与中国宋元南戏和明清传奇的家庭伦理主题相近。可以说，《宋珍歌》的整个叙事主要由中国俗文学与民间故事的母题耦合而成；但叙事内部的情节组织充满了民族化的聚合与扩张、演绎与创造，折射出越南越族与中国京族的情感愿望。在这样朴素的民间叙事文学里，中国文化的深刻印记与越南民族强烈的自我意识互为表里。在壮、侗民族中也有移植同一南戏传奇题材的文学表达，如壮族的叙事长诗《文龙与肖尼》、侗族的戏剧《门龙与少尼》。因此，越、京、壮、汉等民族形成了民间叙事互动共生的文化生态。

二

京族人以海洋渔业生产为主，信奉海神，哈节是为了纪念海神公的诞生。所谓"哈"是个字喃"吃"形，比如山心岛上的哈亭就写作"吃亭"，在京语中是"歌"的意思，其内涵其实更丰富，包含了唱歌娱神、祝颂、祈祷的意味。京族最具代表性的民俗风情就是每年一度的唱哈节，哈亭就是节日活动的中心，它有点类似于农耕民族唱社戏的"社"祠或者城市中的城隍庙。沥尾的哈亭是2001年建的，2007年又花了53万元装修，选用的是上等木料，有独特的民族形式，其建筑形式古朴美观、繁简各异。屋顶的屋脊正中塑有双龙戏珠的吉庆形象装饰，哈亭内分左、右偏殿和正殿。正殿设有京族人信奉的诸神神座，殿内的柱子上都雕写着具有民族习俗特色的楹联或诗词。虽然结构简单，却空间轩敞，颇具气势。

哈节活动一般历时三至五天，通宵达旦，歌舞不息，周围各族人民亦来共同欢庆。2004年8月,中国社会科学院民族学与人类学研究所的学者曾经全程跟踪过沥尾村的哈节。整个过程大体分为四个部分。

1. 迎神:在"唱哈"前一天,集队举旗擎伞抬着神座到海边,把神迎进哈亭。把所养的"象"(就是猪)赶到哈亭绕行三周然后留到半夜杀掉,由主持活动的头人组织参加乡饮。2. 祭祀:祭祀仪式开始后,首先由主祭者带领人们迎接来自海上、天宫的各位神灵、祖先进入神位,读祭文,紧接着是向诸神敬酒和献礼。在祭祀之后进行娱神活动,表演内容不但穿插了古诗词演唱、历史故事说唱等,还要跳"进香舞""进酒舞""天灯舞"等。3. 乡饮、听哈:祭神毕,入席饮宴与听哈。酒肴除少数由"哈头"供应外,大部分由各家自备,每餐由入席人轮流出菜,且边吃边听"哈妹"唱歌。唱哈是哈节的主要活动项目,要连续进行三天。歌的内容有民间传说、哲理佳话、爱情故事。在这几个过程中,会有"降生童",不是神灵附体,而是传达神的旨意。4. 送神:唱

近海养殖和对外贸易,是京族人的主要经济来源,2015年3月

哈完毕就送走神灵，送神时必须念《送神调》，还要舞花棍，然后整个仪礼便结束了，人们又开始了日常的生活。

传统的哈节主要是祭祀神灵、祈福求瑞，哈亭的老人在调解族民纠纷等方面起着重要作用。当代哈节更增强了在团聚乡民、交际娱乐方面的功能，事实上，后者甚至更重要。如今哈节仪式过程有大量国家符号的植入，比如迎神时开始打着国旗，等等。民间仪式中国家符号的出现，可以说是一个双向互动的过程：既是国家意识向民间渗透的结果，也是民间力量试图通过征用国家权力来整合族群的内外部关系。这种变化意味深长，展示了一个民俗久远的传统和活跃的生机，也是民间精英文化自觉的结果。山心哈亭的负责人阮成豪与苏维芳相似，也是原先在城里工作，退休后返回乡里，整理、改造、传承自己民族的传统文化。

传统文化在新世纪以来的复兴，得益于文化多样性话语在全球范围内的扩展，更主要的还是在于本地在经济发展后的文化自觉。京族人以前多从事渔业，如今边境贸易是收入的主要来源。我们从江平的交东村找了一艘渔船下海，去杳无人迹的珍珠岛，顺便体验一下近海捕鱼，但2个小时只捕了一些花蟹和小多宝鱼。不过此地渔民养殖石斑和生蚝收入不菲，珍珠湾中遍布着大大小小的蚝排，一个蚝排就能收入几十万元，加上边贸，可以看到家家几乎都是单门独户的小洋楼。京族可能是中国人均最富裕的少数民族，哈节的复兴也正是利益于经济的富足。

三

东兴距离南宁170公里，距离越南首都河内也就300公里，是中国第三大陆路口岸，可以便捷通往越南和东南亚，为联结东盟的海、陆门户。入住国门大酒店，透过窗户隔河相望就是芒街，在河面上缓慢行驶的货船显得悠闲从容。一衣带水，边民很方便就可以跨过北仑河大桥出入境。

过了海关之后，在苏维芳的帮助下，我们联系了越南的出租车直接去往芒街下辖的茶古。一路上的景致和稻田与中国无异，司机是个越南人，但汉语说得很流利，一开始我把他当成了中国人。茶古是一个半岛，以海滩旅游胜地出名，不过我们要去的南寿哈亭却不是一个旅游景点。虽然不过3月中旬，但天气已经颇为炎热，烈日下的小镇人迹稀少，与人头攒动的口岸截然不同。

茶古总共有三个哈亭，南寿哈亭是最大的，无论从形制还是规模上都比沥尾、山心的哈亭要气派和古朴很多，它的历史已经有五百五十多年，是越南国家级的非物质文化遗产。外面有专门的院墙围绕，正面院墙两侧分别浮雕了两匹马和两头象，进到里面，眼前一亮，古老原木做成的支柱和牌匾都漆刷一新。掌管这个哈亭的越南"哈老"与苏维芳很熟悉，他们经常在哈节的时候彼此往来助阵。他用一个木盘盛了16只

越南芒市茶古岛上的南寿哈亭，2015年3月

小茶盅，用一种类似苦丁味道的大叶茶招待我们。

越南的哈节与中国京族的哈节一脉相承，古老的仪轨与程序如出一辙，不同的只是双方各自国家符号的介入。这个哈亭最醒目的就是门前飘扬的越南社会主义共和国国旗，但这些外在符号并没有阻隔文化上的相通。如果不是口头语言不通，任何一个到达此地的人都会以为这是一个中国建筑。不光是飞檐斗拱的相似，最主要的是牌匾、楹联、撑柱上的文字全部是汉字。正堂牌匾的四个大字是"圣躬万岁"，这与沥尾哈亭一模一样，后者应该是前者的仿制品。左右两侧堂则是"民德归厚"和"地久天长"，两边对联分别写着"功参圜乐亿年东海著灵声，德迈登威万古南天标正气"。再进到内堂则为"万古祠"，两边对联分别是"为德盛矣千秋东海沐恩波，厥功懋焉万古涂山留显迹"。从内容上来说，也显然深受汉文化的影响。

涂山是中国京族的起源地，传说中涂山的渔民流落海上，到中国后分别在台湾、福建、广西安家落户、生根发芽成为今天的京族。京族虽然是迁徙民族，但是在其信仰叙事中没有死后灵魂需要回到故乡的说法，而灵魂死后回归，与祖先汇合在苗族、彝族等农耕、山地民族中非常常见，《指路经》《苗族古歌》《亚鲁王》中都有相关内容。这可能是海洋民族四海为家与农耕、山地定居文化的区别。同时，这里也出现了一个意味深长的认同，即京族固然认同涂山为先祖起源之地，却并没有认祖归宗的欲望；越南虽然与中国分立两国，在文化上却有着浓厚的中华文化的痕迹，甚至在今日也依然认同儒家文化的优良传统。在这种复杂性中可以见到海上丝绸之路沿岸文化血脉的一致性。

从南寿哈亭出来几公里外，有一座哥特式风格的天主教堂，恢宏壮丽，热带的风雨将曾经洁白的外墙面侵蚀成海蛎壳式的斑驳，但整栋建筑保存完整。教堂的两边分别塑有十座真人般高的汉白玉耶稣故事雕

茶古法式百年大教堂，始建于1877年，1883年建成，外观仿造巴黎圣母院钟楼设计，典型的哥特式建筑

像，雕工精细。这座教堂是法国殖民者留下的，已有一百多年历史，因为越南官方重视民间保护，引起梵蒂冈的重视，拨专款专门加以修缮。这样的建筑也已经融入当地日常之中，成为一个有机的组成部分，显示了现代性进程中日益驳杂交融的文化样态。

回到芒街市内，我和同事毛巧晖找了一家咖啡馆，曾在越南全境做过调查的李斯颖告诉我们此地的冰咖啡非常有名。咖啡馆的装修与我在北京或者纽约见到的差别不大，但坐落在榕树和芭蕉扶苏之下，颇有些异国风情。服务生清秀害羞，不会汉语，英语也不通，李斯颖用越南语点了几种咖啡，他很快用滴滤的方法加冰块制好，味道果然不错。结账时候发现居然才18元钱，这把我们带回到越南经济的现实中来。2000年至2008年前，越南经济飞速发展，经济年增长率仅次于中国，被誉为亚洲经济"新小虎"，但2008年后，由于全球经济危机和越南经济隐患逐渐显现，出现了较长时间的通货膨胀。不过今年亚洲银行预测越南的经济增长速度将达到6.1%,这已经是一个很快的速度。看着这个口岸城市繁忙喧嚣的场景,不禁感慨万千。在经济日益全球化的背景下,文化寻求生长的活力也凸显出来,北仑河两岸几日的田野调查显示了跨境民族在文化交流上的广阔前景,反过来这种文化交流实际上也促进了经济贸易的进一步发展。

三省坡上

　　湘黔桂鄂四省毗邻的溪峒绿地，是湖南会同、通道、怀化，贵州黔东南、广西三江、湖北的鄂西等地，东为雪峰山，西有苗岭山脉，北有武陵山、佛顶山，南有九万大山和越城岭，中有作为长江与珠江分水岭的雷公山自西北向东南延伸，舞阳河、清水江、渠水、都柳江、浔江以及无数溪流贯穿其间。溪峒之间生活的是古骆越一支的后代，即现在的侗族。2015年春秋二季，我走访了怀化、三江、龙胜、榕江等侗族聚居地，这些地方就是所谓的"三省坡"，是湖南、贵州、广西三省（区）交界地带，为越城岭、雪峰山和苗岭山脉的过渡区域，最具侗族文化特色。

　　侗族文化广为世人所知的首推"侗族三宝"：鼓楼、侗族大歌和风雨桥，如今几乎都已经被过度符号化了。比如风雨桥侗族人称它为福桥，但现在很少有人这么称呼。风雨桥的名字其实源自郭沫若1965年游览广西程阳桥后的一首诗："艳说林溪风雨桥，桥长廿丈四寻高。重瓴联阁怡神巧，列砥横流入望遥。竹木一身坚胜铁，茶林万载茁新苗。何时得上三江道，学把犁锄事体劳。"因为郭老名气大，居然把桥的本名压过去了。程阳桥又叫永济桥，在柳州三江县，离县城也不过20公

三江风雨桥，2015 年 8 月

里左右，因为工艺精湛保存完整，而与赵州石拱桥、泸定铁索桥及罗马尼亚诺娃沃钢梁桥齐名，为世界四座历史名桥之一。这座桥建于 1916 年，与当地侗族工匠世家的命运紧密相关，杨善仁是这个世家的第 11 代传人。

杨善仁跟我爷爷年龄相仿，今年已经 93 岁了，原名杨银桥，当年修建程阳桥的工头之一的杨唐富便是他的父亲。杨唐富六十多岁开始建桥，按当地百姓的说法这是积公德的好事，在永济桥建好后举行庆功宴时，杨善仁出世了。父亲给他起名"银桥"，含义是永济桥是用银子造起来的。祖传的建桥修桥手艺后来成了杨善仁一生热爱的事业，他的 5 个儿子、10 个孙子都是受他传教成为巧匠的，他的 8 个孙女也被他教导从事绣花、织染等侗家传统技艺。他自豪地说："杨家匠会把木工一代代传下去，继承光宗耀祖的建桥事业。" 1997 年香港回归时，每个省把自己的特产作为礼物献给香港特别行政区。广西政府经过严格的精选，把杨善仁和他几个儿子模仿程阳桥设计制作的"同心桥"选送到香港。杨善仁并不是一个僵化顽固的人，在现代商业风气的冲击下，杨家三代人带领着程阳八寨的乡亲成立了专门从事侗家特色桥梁建造的"杨

第二部分　田野走笔

家匠"班子。侗家风雨桥都是木质结构，不用铁钉、水泥、钢筋，全靠打榫接卯嵌合在一起，杨家木匠们不懂得工程力学，却以最科学的结构完成了一座座精美壮观的桥梁。这中间有着秋山利辉所谓的"匠人精神"："有一流的心性，必有一流的技术。"宁明县花山、桂林漓江边、江苏太湖畔和上海的大观园，以及风雨楼、鼓楼和吊脚楼上都有杨家子弟建造的桥。兴安灵渠边建造的风雨桥长108米，有二台五墩六孔七亭，是由杨善仁做总指挥，他的四个儿子设计施工的。不久前，杨老还刚刚给上海奉贤的海湾旅游区设计了一座"众福桥"。非物质文化遗产的保护与开发，在杨家的匠人精神中得到了很好的实践。

我到程阳桥的时候正是夏雨初霁的傍晚，林溪浑浊的河水奔流而下，稻子将要成熟，微微泛出草黄色，与两边山坡的苍翠茶树形成色彩上的错落层次。年深日久的木楼饱蘸岁月的灰褐色，伫立在因为雨水的冲刷而散发着黯黑光芒的石头之上。一些从广州美院来写生的学生静静

柳州三江县古宜镇的永济桥（程阳桥），2015年8月

地在临摹山水，桥上两侧凭栏处有一些侗族老婆婆的小摊，兜售纪念挂件和自己手织的绣品。有一个老婆婆已经八十多岁了，佝偻瘦弱，精气神却很好，在专注地缝制一个类似于香袋一样的东西，身边放着用塑料袋包着的米饭团，那就是她的午餐。其实此处是旅游景点，过了桥就是马安寨的鼓楼群，经济境况并不差，只是老太太节省惯了，长久以来的习俗也便是如此。在公路、铁道修通之前，这里显然人迹罕至，位于越城岭山脉深处的林溪人要去一趟县城都需要走半天崎岖盘绕的山路。一路陪我的作家杨仕芳就是本地人，在他少年时代的记忆里，县城是一个遥远的新世界。可能也正是因为偏僻的位置，这座桥才得以完好保存至今。

不过，我第一次见到的风雨桥是湖南芷江的龙津风雨桥。原桥建于明朝万历年间，因为芷江地处黔滇门户，是湘西交通要冲，龙津风雨桥的修建使得芷江成了商贾游客往来云集的繁华之地，也被称为"三楚西南第一桥"。抗战期间芷江是支援抗战的美国飞虎队机场所在地，龙津风雨桥为重要运输通道，日寇数次轰炸也不曾断毁，这也给它平添了许多传奇色彩，如今的桥是1999年后重修的，桥墩桥面都用了水泥，非常宽，两侧是厢房式的店铺，就如同许多城市那种地下通道的商铺，卖各种日用杂货和具有民族风情的旅游纪念品。过桥后不远处有一个福建商人在乾隆年间建的天后宫，4月底的南方天气已经有些燠热，舞水波澜不惊，河岸人家与桥上的摊主一样表情闲适，坐在阴凉里打牌。

风雨桥有一个很重要的功能就是青年男女唱歌定情之所。侗族民谚说"饭养身，歌养心"，有侗人的地方就有大歌。大歌在侗语中称"嘎老"（al Laox），"嘎"就是歌，"老"具有宏大和古老的意思，是由多人合唱、集体参与的古老歌种，多声部、无指挥、无伴奏便是它的特点。侗族大歌据说起源于春秋战国时期，至今已有两千五百多年的历史，以"众低独高"、复调式多声部合唱为主要演唱方式，这是罕见的民间多声部歌唱形式，2006年被列为人类非物质文化遗产。因为源出天然，大歌模拟鸟叫虫鸣、高山流水等自然之音，主要内容是歌唱自然、劳动、爱情以及人间友谊，是人与自然、人与人之间的一种和谐之声，凡是有大歌流行的侗族村寨，很少出现打架骂人、偷盗等行为。时至今日，在喧嚣城市里偶尔驻足于此的旅人，也可以在总是微笑的侗人脸上和接人待物中感受到那种淳朴与和善——在理想的状态中，文化与人总是相互生成、彼此滋养。我们到一户人家吃饭，主人唱《敬酒歌》："今天兄弟来到我家，我没有什么来款待，好酒好菜都拿去祭土地神了，想去肉摊上买肉，别人又不杀猪，只有辣椒一个给你吃。"幽默风趣，让我印象深刻。

　　大歌声名远扬，也是最为符号化的。关于大歌在当代的传承已经演变成"传统"与"现代"的二元冲突这样的话语。韩万峰的电影《我们的嗓嘎》就是讲述侗族歌师的尴尬处境：为了传承日渐衰落的侗歌，姐姐黄月娇从上海返回湖南怀化的通道侗族自治县老家，为此丢了工作，失去丈夫。喜欢流行歌曲的弟弟黄正宇原本对侗歌不屑一顾，因为追女朋友，为了和她一起到深圳演出，才不得不学习侗歌。有意思的是，反对月娇回来的却是她父亲，这个在市场经济浪潮中本着实用理性生活的乡野之民。这里透露出的信息是：那些强调民族文化的，可能是有着文化自觉的精英，而"传统文化"似乎只有在商业化的道路上才有出路，所以"原生态"本身会成为一个悖论——它必须适应外部环境的变化做出相应的现代转化。印尼的巴厘岛实际上正是通过对旅游业的开发，反而复兴了本土的许多濒危传统。当然，这个过程是充满挣扎和痛苦的。正如黄月娇的扮演者杨丽坤的命运，她原本是当地一个职业学校的老师，因为质朴清秀的气质被选中主演电影，此后剧组离开，但是她

马安是个侗族寨子，如今也开发旅游业了，2015年8月

的心思也被改变了，决心走演艺道路，为此还和丈夫离了婚，找专门的演艺学校深造，星途却迷惘得很。而弟弟黄正宇的扮演者也不甘于在小地方从事普通职业，跑到北京电影学院学习，现在成了一个北漂。这是一个虚实相生的大时代的小人物的故事，却也折射出社会转型、文化变迁对于原本较为封闭的族群文化的冲击。

旅游业和文化创意产业已经无远弗届地进入深山里的犄角旮旯。三江县甚至打造了一个在建筑规制上模仿北京国家体育场的木制"鸟巢"，作为演艺场所。"鸟巢"的材质和细节运用了侗家建筑的杉木干栏结构，上大下小，"占天不占地"，绿水环绕吊脚楼。结合山水实景的《坐妹》，就是在"鸟巢"中以侗族"行歌坐月"习俗为中心打造的一台演出。行歌坐月（坐妹），北侗又称为玩山，南侗又称走寨或走姑娘，是侗族传统里青年男女交际和恋爱活动方式。一般是侗寨里的姑娘三五人聚在相对固定的地方纺纱、刺绣、纳鞋垫、做伴和等待腊汉（小伙子）来访。这个固定地方往往在寨子的一座特殊房屋，侗家称为"月堂"。腊汉们则结伙来到姑娘们聚集的地方与她们共同相处，侗语称"鸟翁""鸟腊簦"，即"闹姑娘""谈情唱歌"之意。这种男女交往活动，婚前人人皆可参与。男青年去时都带有自制的琵琶、牛腿琴或侗笛,聚集时无所不谈,或打闹逗乐,或互叙衷肠,或操琴对唱。

《坐妹》按照时序一更走姑娘,二更闹姑娘,三更坐妹,四更破晓之喜,将侗族的日常习俗、节庆、服饰、舞蹈融入进去。坐月时候,男女有情,歌词显示出侗家女孩泼辣勇敢的一面:"有凳坐凳,有岩坐岩,无凳无岩,就坐妹的霸腿来"——"霸腿"就是大腿。天将黎明,离别时刻的难分难舍又变得柔情蜜意、依依不舍:"三年还有两头闰,为何不闰五更天?"最后高潮时分是"多耶"团圆,"多耶"音译自侗语,"耶"是侗歌中常见的衬词,"多"是唱的意思,"多耶"即是"踏歌而舞"。它原先是在寨和寨之间集体走访中的集体歌舞活动,男女分队,围成圆圈,载歌载舞。歌唱的顺序是,先由女方唱三支歌,尔后再由男方步女方歌意唱三支歌,这样每三支一套,对唱一二十套后,再唱结尾歌。在多耶活动中所唱传统民歌,有"祖母耶歌""父母耶歌""星宿耶

《坐妹》剧照,2015年8月

歌""猜谜问答耶歌"等。为了适应表演的需要，已经简化了复杂的步骤，演变成类似于佤族的"打跳"、藏族的"锅庄"那种集体牵手舞。

毋庸讳言，《坐妹》的形式与内容都是高度化约的，侗族文化的外在表现如建筑、民俗、大歌等被浓缩在一个半小时的表演中。类似的符号展演，在吴娜的电影《行歌坐月》、丑丑的电影《侗族大歌》中也一再出现，侗族文化的"传统"被表述为一种静态的、固化的存在，在充满怀旧乡愁的表述中，它们作为文化形式从其原先生发的社会与生活语境中抽离出来，成为审美的对象。从文化交流与传播的角度来说，这样的符号化处理有其合理性，便于在信息爆炸时代通过简洁明快的方式快捷地传递某种文化的特色性存在。但如果从久远的文化复兴或者文化创新的角度来说，符号化在适应市场过程中不断抛弃不适应消费需求的东西，会遮蔽符号背后的丰富内涵和多种可能性，它成为一种符合中产阶级美学的光滑的文化商品，而不再"接地气"，成为脱离了生身之根的漂浮之物。

从20世纪80年代出现"文化热"的时候，有识之士就意识到需要"寻根"。这个"根"不是外在表现形式，而是文化的源头活水，它的精气神，是理解文化外在表现的密码。侗族的文化之根潜藏在它的信仰之中，这就是萨玛信仰。"萨"是祖母，"玛"是大，"萨玛"即是侗族信仰中至高无上的女神。据黄才贵等学者的研究，萨玛是反映侗族保持母系氏族社会遗风的见证，原先它只是以露天土堆为祭坛，后来"以石为盖"，直到明末清初才开始建祠供奉。

2015年9月，我到贵州榕江县的三宝侗寨考察，那里有始建于清嘉庆年间的萨玛祠，我见到的是2006年寨头、英堂两村重修的，依然很简陋的祭坛，并无神主的雕塑。这种非偶像崇拜的族群信仰更多强调的是一种集体性的情感记忆，具有规约伦理的习惯法作用，而非某种制度化的宗教。祭祀萨玛是一项重要的群众聚会活动，每年农历正、二月间举行，其活动高潮就是多耶，多为赞颂大祖母的功德，祈求她的保佑，隐约可见对母系氏族社会首领的纪念。侗族与壮、苗、水等族杂居，都属于稻作文化，女性一直在生产与生活中具有重要地位，这也是其文化具有和平善良、尊重女性的特质的原因。当然，这种特质的另一面是缺少外向型的开拓探险精神，这使得侗族长期以来生活于自给自足的经济体制中，对外交流很少。

萨玛信仰的产生与演变与侗族历史的进程密切相关，溪峒地区历史上的多次抗暴斗争也在改写和充实其内涵。明朝以后在改土归流的过程中形成的萨玛祭祀唱词就出现了"到了扛枪作战的那天，请你萨神带领我们向前；到了吹笙进堂踩歌的那天，靠你萨神打伞来遮阴"这样的句子。侗族文化这样的泼辣勇敢的一面不仅见诸行歌坐月时候的歌词，在

贵州榕江三宝侗寨的珠郎娘美塑像，2015年9月

民间故事中也体现得很充分。著名的《珠郎娘美》的故事就是典型的案例,这个故事以 19 世纪中叶为时代背景,在 20 世纪 20 年代被从江县的戏师梁绍华整理改编为侗戏,如今已经成为侗族口头文化传统中的一个代表性遗产。

据说珠郎与娘美就是三宝人,他们在行歌坐月中相识相爱。但按照侗家"还娘头"的婚俗,娘美要"女还舅门",回嫁给舅舅的儿子为妻。为了追求婚姻自主,娘美与珠郎私奔到从江县贯通寨。贯通寨的财主银宜垂涎娘美的美貌,密谋霸占。他买通款首(相当于寨老、头人的角色),以吃"枪尖肉"为名杀死了珠郎。寨里的两个女孩蓓央、蓓英出于同情和义愤对娘美透露了真相,她决心为珠郎报仇。娘美背着丈夫遗骨到鼓楼击鼓聚众,表态说谁亲手帮助安葬珠郎,自己就嫁给谁。银宜应诺,被娘美诱入长剑坡杀死,并被葬入他自己挖掘的坟坑中。1960 年,上海电影制片厂曾拍过一部戏曲片《秦娘美》,就是根据这个故事改编的。显然,这个民间故事在从口头到书面的整理过程中被文人进行了"阶级斗争"式的修改,但这也正表明侗族文化中葆有着对于自由的渴望、爱情的向往和反抗压迫的种子。这种改写本身构成了"效果历史"的一个部分,即历史流传物在当代获得了新的生命。如今在都柳江畔的三宝寨头大榕树下,还竖立着珠郎娘美的塑像,象征着侗家人的精神与情感。杨仕芳在他的"故乡三部曲"之一《白天黑夜》的后记里写了珠郎娘美的故事,他惊奇地发现经历了两百余年,娘美当年的房子居然还在:"无论房屋有多破落,都是故事的承载地,隐藏着整个族群的记忆和最后的乡愁。"

在文化变迁中,一个古老的传统会在内部的动力中发生蘖变,也会在外部的文化接触中发生涵化。如今侗族面临的是全球化时代的市场经济和消费主义,抱残守缺地退回到族群共同体中只是虚幻的妄想,但是全力拥抱商业时代的种种举措又会丧失自我，而成为同质化中无差别的一员。如何在这种大势之下保持"变"与"不变"的平衡呢？这是一个谁也无法给出答案的问题，只有对本民族保持信心，才能在开放的胸襟中与时俱进。我在三宝侗寨认识一个 90 后侗族女孩吴学娜，她在省城的贵州民族大学读完书又回到了寨子里，准备考公务员，平时也在寨子里给游人做大歌表演和讲解。作为新一代的侗族孩子，她内心的世界肯定不是只有寨子那么大，但她又回到了寨子。她这样的一代人会给侗族带来更多的变化吧？时间会给出答案。

百色纪行

一、平果的嘹歌

  为了一个国情调研的项目，我从南宁落地，第一站就是驱车到平果，这个地名很有意思，却不是产苹果的地方，而是从壮语发音的两个地名"平治"和"果德"而来。平治、果德二县古属百越之地，秦代归象郡管辖，在唐代的羁縻制度下，隶属于邕州都督府，分属万德州和思恩洲的地界。此后明清废州升府，分属百色直隶厅、思恩府和南宁府。1951年，果德县和平治县合并为今天的平果县。在后来去盘阳河的路上我看到了思恩洲土司府的遗址，依山而建，只剩下半山腰上还有一座主建筑，没有在湖北恩施见到的土司府保存得那么完整——这样的建筑一般都是融合了汉族与多个少数民族的建筑风格，很有观赏性。

  四月的平果的气温至少比北京要高 20 摄氏度，热浪袭人，一路经行，触目所见是一派南国景象：红土、绿树、芭蕉、山路、溽热和潮湿。这样的南国，特产是铝，平果因为铝矿的开发，经济在近几年突飞猛进。

第二天一早，在罗汉田老师的安排下，平果县人大的主任农敏坚介绍壮族"嘹歌"的传承和发展状况。农敏坚长了一副憨厚的面孔，留了一个"地方包围中央"的发型，虽然是一个政府官员，对于文化的热爱却是情有独钟。他之前曾经在那坡县做过县长，一手将那坡的"黑衣壮"推介给大众传媒，现在希望将平果的嘹歌做成一个文化品牌。平果因为有铝矿，所以经济状况还算可以，有推动文化建设的资金，不过论起文化沉积，显然没有太大的知名度，需要"打造"。

广西素以"歌的海洋"著称，壮族民歌算是其中的代表，根据各地的方言、旋律风格和体裁差异，壮族民歌又分为"欢""西""比""加""论"5类。平果的嘹歌是传统的、经典的壮族山歌。我之前对此几乎一无所知，不过根据农敏坚的介绍，平果嘹歌已经成了非物质文化遗产了。他说了很多，从概况到案例，由于天气炎热，我虽然用笔在纸上飞快地记录，但还是丢失了很多信息，因为他的口音很重，有的话听不懂。不过，他说到壮族男女在山中对歌的过程很有代表性，分为十个部分，我记了下来。

1. 浪歌，就是（经常由男人开始）自叹自咏，运用比喻象征等手法抒发在山中做活时寂寞无人、劳累孤独等情感；2. 和歌，因为山中树木丛生、层峦叠嶂，双方只闻其声，未见其人，于是歌以咏志，相互对答；3. 初回歌，两个人见面了；4. 盘问歌，双方互相询问了解彼此情况；5. 甜歌，你侬我侬，渐入佳境；6. 赠物歌，定下情缘，赠送鞋子或者包头巾等信物；7. 誓歌，海誓山盟；8. 分别歌，暂时分开，依依不舍；9. 相约歌，定下再见的日期；10. 思念歌，表达离别后绵绵不绝的情思。按照我的理解，这是一种互动的叙事歌，一种真正的民间的活形态的歌谣，而不是被风人录之于纸的，甚至经过改编的歌词。因为它对于情境的要求很高，中间有很多互动与即兴发挥。我凭直觉也可以感到这种两声部的歌谣曲调很简单,主要靠内容及其与生活的互动而取胜。也就是说这种民歌是与产生它的民众生活及其自然环境息息相关的,是一种"活的传统"。

"岭南前三大家"之一的邝露,浪迹粤西时,著下的《赤雅》中写道:"侗女于春秋时,布花果笙箫于名山,五丝刺同心结,百纽鸳鸯囊,选侗中之少好者,伴侗官之女,名曰天姬队。余则三三五五,采芳拾翠于山椒水湄,歌唱为乐。男亦三五成群,歌而赴之。相得,则唱和竟日,解衣结带相赠以去。"写的就是桂西壮族地区广泛流行的休闲寻情之歌,"欢浪花"的名称也是因此而来的。今天名之为"嘹歌"是因为它的每一句都会带有"嘹"字。说是"嘹"字其实并不准确,应该是嘹音,因为历史上壮族没有统一的文字,古壮字是用汉字记音的,字形固然相似,意思和发音却全然不同,大约如同日语的片假名与汉字的关系,又有些像已经少有人能识别的西夏文和越南的喃字。姓氏也是如此,壮族的姓氏给人的印象是和汉族差不多的,其实,只是音译而已。不少壮族人的姓氏和汉族用的汉字一样,但意思完全不同,如"韦",是壮族的大姓,其意思是"水牛";"岑"则是"砧板",而这个农敏坚的"农"字则是"森林"之义,通"侬",也许农敏坚就是和狄青大战的侬智高的后代呢。

农敏坚在白板上抄了一首分别歌:

　　腾拉各国嘹——我们来到木棉下
　　扛不嘹不借——说不完的心里话

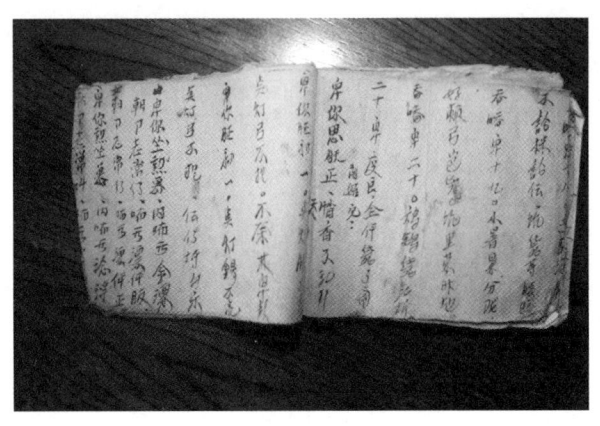

古壮字抄录的嘹歌歌词，2008年4月

腾拉各国结——我们来到松树下

不借门内由——爱人忘不了你呀

（转引自覃凤珍《萍踪记趣》，广西人民出版社，2015年版，第82—83页，文字略有改动）

  左边是壮语记音，右边是汉语意思。这首歌就是一个很好的例子。

  下午去莫圩歌圩，因为正好是"三月三"节日，会有一些自发组织的歌圩活动。"莫"是"牛"的意思，"莫圩"翻译成汉语就是牛集，这是一个毫不起眼的农村小镇。整个街道不过100米，街中心是菜市场，有卖鱼肉和草帽的，两边是路，地摊上是一些劣质俗艳的化纤服装，光碟的封面因为长久摆放在阳光下而有些褪色。

  烈日当头，已经是南方炎夏天气。因为有唱歌比赛，来来往往的人很多，他们面孔模糊，表情不明。有一个肤色黝黑、体态丰满的主持人在街头简陋的临时舞台上宣布那些农民选手的出场次序，台下是看热闹的拥挤不堪的人群。一排评委坐在那里，在纸做的牌子上打分，形式好像中央电视台举办的青年歌手大奖赛，只是一切从简而已。我想，早先赛歌的形式应该没有如此形式化的东西，可能就是在乡间田头，顶多在稻场大院，这样的舞台形式无疑是旧民俗在新的社会语境中受到大众传媒影响的一个例子。

我沿着舞台后面的小路走下去，路边一个旧屋前坐了几个无所事事的小孩子。他们的前面就是水稻田和低矮的小山，散布着叫不出名字的灌木杂草和枝叶硕大肥厚的草本植物。我沿着小路走了一会儿，遇到一个面目姣好的女子背着小孩，我提出给她拍照。她说，不好看，不要照。其实，她是一个美女，并且最多只有二十出头，早婚。

除官方组织的歌圩比赛之外，壮族民歌更多的是散落在村落各处中的对唱——当代残存的壮歌"原生态"。他们大多是两个男人和两个女人，令人惊奇的是这些对歌的男女大多都是中老年人。因为当地的青壮年大多出门打工了，即使有一些更小的孩子，他们也不会唱。于是，这种历史久远的传统就成了一种中老年人的怀旧行为了。他们三三两两坐在树荫下、沟渠边或者石头上，男人一般手里拿着那种古壮字的歌词本，相互商量，女人则兵来将挡。他们的表情甚至有些严肃，我听不懂他们在唱什么，从脸上也丝毫看不出对歌的内容是什么，这使人感到有些倦怠。如果旅游开发将嘹歌作为一种可备猎奇的项目，照此情形，显然空间不大。——这让我想起上次在湖北恩施的一个瑶族乡，看真正的农民表演的各种舞蹈，对比于商业开发做出来的专业舞蹈，观赏性简直惨不忍睹——这实际上给打造文化品牌带来一个两难的空间，就是某种曾经作为生活方式的文化传统，一旦失去了它赖以维系的环境之后，就像鱼离开了水，除非加以更新和改编，否则必然是死亡。然而，如何把握其中"变"的尺度，可能就是见仁见智的事了。

正巧这时遇到一群小女孩簇拥着热依汗老师，说要到她们家做客，我就跟着去喝茶。小孩叽叽喳喳，有着腼腆的热情、毫无心机的烂漫，临行前，她们还依依不舍地跟着送我们。看到她们，会不由得让人变得温和放松。

晚上吃过饭，驱车到另外一个村子去看夜歌圩。《壮族通史》中记载嘹歌分为日歌、夜歌和散歌。其中篇幅较多、每次歌圩必唱的就是日歌和夜歌。散歌一般在演唱长歌间休息时唱，或直接作为长歌的开头或结尾。日歌一般都在野外、溪边演唱，唱的主要就是青年男女的爱慕之情，一般是两男两女或者一男一女对唱，表露起来会很直白、很大胆。夜歌内容非常广泛，壮人的生活、情感和壮族的风土人情都有涉及，不过以情歌为中心。即便是表达情感，两者在内容上也有很大的区别，白天会更加奔放热烈，晚上则要含蓄许多。据农敏坚的说法，夜歌属于择偶的歌。一个小伙子如果看上某个姑娘，就会在晚上约上几个朋友到姑娘的那个村里去唱歌。姑娘家里的父母亲、兄弟姐妹们就会出来看小伙：长得怎么样，歌唱得好不好，头脑是否清楚，反应是否敏捷，等等。因此，属于非礼勿言那种。

从平果县城开了大约四十分钟的车，到了一个叫作敢桑屯的村子。我们进到一个农民的家中，此地农民的住宅大多都是两层平板楼房，东西纵深很长，几乎不开窗户，原因可能是因为日照充足而空气潮湿，需要足够的通风而不需要太多的光线。这些房子看上去都很新，门户很大，正厅中央都会供一炷香火，不住人，是会客用的。我问了一个乡亲，说这样的一所大房子盖起来，要十几万，大部分是家里有人外出打工带回钱来修建的。

之所以来这个村子，是因为有个叫作陆顺红的歌王住在这里，我们坐了一会儿，他就来了。这是一个看上去很机灵的中年人，身材像这里大多数人一样，偏瘦，面容喜庆，泛着油光。他的歌喉果然不错，并且很懂行，他和同伴与两名妇女对一首歌就会向我们解释歌词大意。像他这样的壮年歌手，在这里已经不多了，所以比较受到重视。在回来的车上，说起非物质文化遗产的传承人问题，存在很多问题。比如有的可能会将之作为一种可以获取其他利益的品牌称号，因而加以钻营；有的则往往名不副实或者滥竽充数；有的可能在商业性开发中变形走样。

二、田阳布洛陀

田阳在百色地区下辖的几个县中大约是最有名的，因为这里被开发为布洛陀文化中心。壮族创世经诗《布洛陀经诗》中记述，布洛陀是壮族的"祖公"，是一个无所不知、无所不能的创世神。据说，布洛陀实际上是壮族远祖的部落首领，寻找到布洛陀遗址就是寻到了壮族人民的根。外文出版社出的"神秘中国"系列中有一本《布洛陀——百越僚人的始祖图腾》，其中介绍了田阳的敢壮山（春晓岩）在20世纪90年代，经过壮族学者古笛等人的努力，被认定为布洛陀起源之地的过程。

在去田阳的路上可以看到高大笔直的木棉，洁净疏朗，尚无叶子，火红的凤凰花和繁复的紫荆赫然挂在枝间，有一种热烈与激情。当晚的田阳县城广场上有一个"布洛陀之夜"晚会，是当地政府打造的一个文化旅游项目。晚会八点才开始，舞美、灯光等做得都很专业，节目也很精彩，尤其是舞狮子。

第二天是戊子年三月初八（2008年的4月13日），在敢壮山有祭祀大典、歌圩大会、斗牛比赛以及各种朝拜和游艺活动，四乡八邻的人都会来。我在上午八点半左右到山门的时候，人已经很多。村民朝拜的队伍以各个村子为单位，有巫师、抬着铜鼓的人、挑着猪头举着秀衣花朵的人、做生意的商贩、卖水果和小吃的农民。一对妇女穿着鲜艳，服装看上去特别像荷花，我嘀咕了一句，旁边一个人指出来，她们不仅穿着荷花服，还抬了一个硕大的绢作的荷花。赛歌的人群中意外发现了前天夜里见到的敢桑屯的陆顺红，他满脸兴奋，露出让人喜欢的笑容。

祭祀大典的程序很多，先是入场，牛角号手、布洛陀卫士、护旗手、仪仗旗队、东江新民民间老艺人队、铜鼓队、唢呐队、仕女队、长老进香队、平果嘹歌朝拜队，以及百育、那坡、坡洪、洞靖、巴别、五村、那满、玉凤、头塘、田州等镇的各村代表队依次进入。然后是击鼓升堂、鸣号升旗、揭幕、鸣礼炮，这才由麽公（也就是经师）主持开始祭祀，念诵《布洛陀经诗》进香。最后是长老进香、进贡品供果、宣读祭文、全场向壮族人文始祖三鞠躬、各朝拜队进献祭品。麽公的穿戴很有意思，他的头上还带着羽冠——保持了原始祭祀的巫师模样。在行进的肃穆过程中，有一个麽公在接听手机，在那种情形下，形成了颇为滑稽的一幕。

不同的民间祭祀活动我也看过几回，因为文化背景不同，这种属于

田阳布洛陀祭典，2008年4月

"小传统"的东西,加上语言不通,外人很难有太大的兴趣。我在铜鼓队朝拜之前就去上了一炷香,然后去爬山,之后的舞龙舞狮鸣鞭炮、敲锣打鼓吹唢呐,就没有看下去了。这样的祭祀在帝制王朝大都算作淫祀,朝廷即使不禁止也很少参与。如今乘着非物质文化遗产的东风,以及商业利益的考虑,地方政府也参加进来,也算是当下的一个主潮。对于"传统文化",我从来不认为这种变化有什么不好。当然,更多忧心忡忡的学者会指责商业化或者政治化所带来的对于"原汁原味"的戕伤云云,其实这是一种精英主义的态度,或者毋宁说是对其抱有一种"静止化""客体化""物化"的态度,而真正民间底层民众从来不会有如此的担心——文化浸透在生活中,生活变化,文化自然也会跟着变化。事实上,更多的时候,那种民间祭祀朝拜就是一种自在的活动,只是由于官方或者带有种种目的的势力的加入,才使之成为一种自为的活动。

敢壮山并不高,从南边走一会儿就到了半山腰的鸳鸯泉,当地人叫"埝志",也就是壮语中"奶水"的意思。据说这是由壮族始母姆六甲的奶水汇集而成,传说喝了池里的水,再摸一下池边的桃树,那么就会走桃花运。人太多,都挤着抢水喝,我也没有发现桃树在哪里,于是不管三七二十一就舀了一瓢,"咕咚咕咚"灌下肚子。

小小的山道上挤满了人,一会儿我的汗就出来了,同行的同事才让道吉和孟根那布其也累得气喘吁吁。到将军洞要排队,我往前挤,被一个保安拽了出来。我又挤了一次,终于进去了,满头大汗,但是里面并没有什么,就是有一个粗陋的古装将军造型的塑像,传说是布洛陀和姆六甲的守护神。我学着当地农民的样子,伸手去摸他粗壮的腿,希望能给自己带来好运。再往前走就到了姆娘岩,也就是姆六甲洞,姆六甲的塑像是立着的,仿照观音的意思。我没敢摸她,免得被人认为是亵渎。其实,这些塑像我后来在资料上查到是1995年才修建的,也并非古迹,但是一旦成为偶像接受膜拜，就让人不敢轻视。而半山腰却开了一个火车道，时常有运煤的火车轰隆隆而过。这种情形与山下煞有介事的祭祖活动交织在一起的时候，就产生了一种时空变幻的吊诡情形。按照社会学的观点来看，可以发现不同的文化传统是如何并行不悖地在一个空间中共存并相安无事的。后面的布洛陀洞没有找到，我们就往下走了，因为大家都想去看斗牛。

斗牛场设在一个山谷平地中，在山上就可以看得到。我赶到的时候，还没有开始。人们都围聚在一片杧果林中间的空地四周，空地围了栏杆，估计有十几亩，两边各自拴了两头大牯牛。规则很简单，就是两头牛互相擂头，谁先逃跑就算输。警察还没有来，比赛无法进行，因为如果没有他们维持秩序，赌牛的人最后可能会因为输赢的关系而扭打成一团。

终究没有看到比赛开始，两头牛不紧不慢地反刍着，偶然抬起头来看看四周的人们，像是鄙视我们。我们回到路边的圩上，各种各样摊位上卖的小玩意儿还挺多，最有意思的大约就是抛绣球，可能算作是一种民间传统体育运动吧。绣球是用一个布包制成的，里面大约装的是沙子或者软泥巴，有一个绳子连着，好像一个流星锤，轮起来，"嗖"地扔出去，就如同榴弹炮一样，还是很有威力的。如果不小心被击中，至少也要弄个瘀血。西红柿上的摔跤比赛也很逗，情形雷同西班牙瓦伦西亚地区布尼奥尔小镇上的西红柿节上的项目。其他的就是各种各样的小吃，如螺蛳粉之类的。看得出田阳县政府是倾力打造这个文化品牌的，这个文化节已经办了好几届，最初的反响相当不错，中央电视台在《传奇中国节》的节目中还现场直播过一次两个多小时的节目。不过，今年看来，已经有些衰落。"文化搭台、经济唱戏"，其实还是重在长久，没有厚重的积累与持续性的跟进，包括学术上的支持，估计很难走得更远。当地政府可能也意识到了这一点,所以今年成立了"布洛陀文化研究会"。

三、长寿的巴马

巴马对于很多人来说,是一个陌生的名字。这是一个瑶族自治县,因为出产一种体形矮小短圆、皮薄肉细的土猪,而在1995年被国家某个机构命名为"中国香猪之乡"。不过,它享有盛名的主要是长寿文化。

一到巴马,我就一个人去街上溜达,也没有发现这里有什么特别的地方,整个小县城基本都是后来新建的房屋,没有特色。找到一个文化广场,旁边就是一个书店,像大多数县城书店一样,里面大多数是中学生用书,也有少数的流行读物。向街头行人询问,有无名胜古迹或者具有代表性的建筑,基本上得到的答案都是否定的,甚至连一条老街也

巴马的瑶族小姑娘,2008年4月

没有。

晚上吃饭时，当地人强烈推荐烤香猪，我倒也没有觉得这种据说味道胜过果子狸的猪肉如何好，但是有一种特产的油鱼很不错。这种鱼有一指多长，好像我家乡的一种叫"马个头子"的小鱼，吃法是将它煎熟——不必加油，因为它自己分泌的油正好可以煎熟它自己。这种煎鱼颇为"绿色"，非常鲜嫩，所以留下的印象比较深。

在巴马的博物馆中，可以看到一块写着"唯仁者寿"的匾，这是晚清广西提督冯子材赐给巴马平林一名叫邓有功老人的。说明文字上提到嘉庆皇帝曾给当地一名142岁的蓝祥老人赐诗一首。博物馆有一个专门的展厅介绍长寿老人们，许多80岁以上的老人依然矫健异常，甚至依然在田间劳作。1991年9月，日本国际自然医学会会长森下敬一博士曾经率世界长寿调查团来此考察，当年11月1日在东京召开的第十三届国际自然医学大会上，他正式宣布广西巴马为"世界第五长寿之乡"（其他的四个是苏联的高加索、巴基斯坦的罕萨、厄瓜多尔的比尔班巴、我国新疆的南疆）。

据说巴马人的长寿与其特殊的熔岩地貌有关系，长寿者居住的房子以及饮食、生活习惯等都是获得长寿的重要原因。此地的水呈弱碱性，小分子团、负电位可以迅速、有效地清除人体内的酸性代谢产物等。医学研究证明长期饮用这样的水对于原发性高血压、高血脂、糖尿病等多种疾病有良好的预防控制作用。他们的健康食品还有火麻仁和山茶油，都是环保食品。晚饭后逛街，和风拂面，比平果凉爽许多，中午去过的广场此时人潮涌动，放着音乐，人们形成一个小团体，跳着各种各样的舞蹈。大多数是女人，而且中年女人居多，身材无一例外的好。广场舞真是一种新时代的大众文化，从这种偏僻的南方到北部山西运城的垣曲、西北甘肃的天水、东北吉林的长春，我去过的地方人们似乎都在听着同样的歌,跳着同样的舞。

四、瑶族铜鼓

第二天上午,到东山乡一个叫作巴根屯的瑶族村看铜鼓文化。一路上峰回路转,颇为难走。路是新修的,可以想象如果没有这条路,这里世居的山民估计极少能到外界去。山坳中的农民屋后都修一个用石头砌的圆形露天大窖,那是用来在雨天接水储备用的。水窖的大小显示了一家财力的厚薄。一到山门,就有迎客的瑶民端上装在竹筒里的水酒,玉米酿造的,入口像是冲淡的白酒,不过后劲很大,这是我后来才知道的。

全国有百分之七十的瑶族人生活在广西壮族自治区,是广西少数民

瑶族史诗《密洛陀》的铜鼓表演,2008年5月

族中人数仅次于壮族的一族，瑶族内部还有许多分支，诸如布努瑶、盘瑶、过山瑶、顶板瑶、花篮瑶、白裤瑶、蓝靛瑶、红瑶、八排瑶等，巴根屯的瑶族是番瑶。屯子很小，大约也就十几户人家，大部分住在石瓦结构的住房里，传统的瑶族杆栏式木楼，因为需要经常维修，易失火而渐渐消失了。巴根屯显然是作为一个旅游点来开发的，在村子中央修建了一个新的木楼。周围的瑶族木楼依山而建，前低后高，坐落的方向不限。木楼的结构分为三层，向导戏称为畜牧局、人事局和粮食局，即吊楼下为第一层，圈养猪、牛等家畜；第二层住人；第三层储存粮食和物品。

我们此行的主要目的自然是看铜鼓舞，这是瑶族祝著节上的主要舞蹈。祝著节是纪念瑶族创世母神密洛陀的生日，包含祭神、娱乐、爱情三个方面，这些区分我也不明白因由。不过我观察了一下表演者的手法，用铜鼓两面分立在两旁，两个女人一手持筷，一手持槌，筷子敲鼓边，槌敲鼓面，两个鼓呼应中间的皮鼓。打击皮鼓者是男人，他念叨了一些可能是咒语的东西，然后开始边击鼓边跳，动作有高跳，远近跳，朝天动作，朝脚下打，前后左右打，侧身打，蹲腰打，表情和节奏都比较欢快，是娱神娱己的意思。还有一个人拿了个筛子，在舞者后面挥舞，就好像戏剧中官员后面打扇子的仆役。

乡民的经济情况看上去都不太好。我进到一户人家，里面有一个十几岁的小女孩和一个老婆婆。交谈中得知女孩子的父母离婚后都离家出走了，是外婆独自养大这个孩子。女孩子叫兰雪艳，穿着肥胖黑色的瑶族服装，长得很干净，表情中有一种纯朴的怯。她的家中除了挂在顶棚上的玉米别无长物，一个布满灰尘的火塘上熬着喂猪的饲料。光线很暗，从屋子的拐角门出去是简陋的厨房，有一口长着苔藓的大水缸。正门出来是石头地面，一只鸽子蹲在那里，芦花母鸡领着一群小鸡走过。

这样一个闭塞的地方，又没有什么资源，兰雪艳将来的出路，如果不想再像她外婆一样做个一辈子没有走出大山的农民，就只有读书一条路。她会说一些普通话，我从身上掏了一点钱给她，对她说，要好好读书才能从农村走出来，也不知道她听懂没有。

五、红军洞和百鸟岩

　　敢沫岩是一个年代久远的溶洞，属于平果县黎明乡地界，当地旅游宣传的口号是"敢沫归来不看洞"。这个洞又叫作"红军洞"，据说百色起义之后，红七军21师62团的部分战士曾经在这里和敌人作战过。但是，战斗遗址处已经看不到什么痕迹，只发现了两个石头上的弹孔。我特别不喜欢那种钻溶洞的土拨鼠之旅，记得在美国去弗吉尼亚和田纳西旅游时，一路上老是钻Ruby Fall（红宝石瀑布）、Luray Cavern（卢瑞溶洞）之类的钟乳石洞，简直腻歪坏了，国内的广东连南地下河和湖北利川腾龙洞倒是略胜一筹，但总归也就是那么回事，而红军洞和百鸟岩之行倒是让我大开眼界。

　　敢沫岩的洞已经比较老了，因为已经很少有滴水的钟乳石——那是在水滴石穿之外的、水滴石长的奇观。不过，敢沫岩中形形色色、造型奇妙的石笋依然相当可观。其洞长近五公里，有水路、陆路贯穿全洞，洞内深幽神秘，奇景连连，共分为"峰回路转""大千世界""人间天堂""山高水长"四大景区，导游一路说出各样名目，都是取石头形似的地方命名。我对这种穿凿附会没有兴趣，只是对于自然造化之功惊叹不已。入洞很深，走得人很累，不过既然到了一个地方总不能留下遗憾，所以一直没有歇息，一直到洞中的二号码头坐上小船回返。小船沿着地下河行驶，两岸及洞顶的风景让人领略到水与洞之交映，好像进入

从巴马瑶族自治县到凤山县路边经过的思恩州土司府，2008年4月

一种仙境，在灯光的照耀下星星点点、水光十色。乍出洞来，眼睛都一时不能适应外面的光亮。我们随后就地在野外唯一的一个小店吃农家菜，很丰盛，腊肉相当好吃，就是鸭子煮得不够烂，有一种野菜汤，味道不是很好，估计能清热败火也未可知。

从巴马到凤山的公路经过一个地方叫甲篆乡，盘阳河就是从这里的烈屯西北面的漠斋山奔流而出。我们坐在船中，河湾断续，秀水潆洄，可以看到两岸是喀斯特地形，奇峰峻峦，村屯错落。似锦的田畴、如画的河谷，有着桂林山水般的气象。竹林疏朗，绿水如黛，静默的山川使人宁静专注，不知今夕是何夕。

百鸟岩在入漠斋山下，因为洞内燕子栖集，蝙蝠掠飞，所以又名百鸟洞。盘阳河自吉屯的白熊洞潜入山下，形成大概一千多米的伏流暗河后，在百鸟洞流出。一块矗立的庞大石壁把洞口分成两个略呈三角形的左右洞口，相互联通。入洞之后，立刻感觉暑气净失，空气中的负离子让人清新愉悦。蜿蜒曲折前行中，水平如镜，偶尔从头顶缝穴漏下的阳光映射水面，迷离璀璨，而两边的石鹰、石柱、石幔、石观音菩萨等，千姿百态，简直目不暇接。在一个开阔处，洞口外香椿林下野花艳目，草木繁衍，把洞口点缀得幽静雅致，使人想起《桃花源记》中描绘的别有洞天。歧洞叉水，不可胜数，密如蜂房，不知所向，景象如同桂林的芦笛岩，只不过这里是水上的。

返回的时候，导游说这里的水对皮肤很好，可以洗手体验一下。我洗了洗，滑腻冰凉，爽快舒畅。再回到入口处，又是别有一番景色，三角形的洞口如同定景框，把远处青山和近处翠峦、绿竹、田畴、水面和船只组成绝妙的画面，水光山色，交相衬托，胜人工百倍。这是值得来的地方，巴马人能够长寿与这种得天独厚的美景实在是不无关系。

六、百色记忆

知道百色的人，可以肯定大部分来自于爱国主义教育，与之相关的是邓小平、百色起义、韦拔群这样的关键词。我没有想到的是百色居然是一个有着悠久历史的老码头。来自右江上下的货物在这里辏集，然后发往四周，使之成为沿江重镇。暮色中的百色并没有太多的特色，站在宾馆15楼的窗口俯瞰街道，视线略被楼房阻隔，高大的乔木枝叶繁茂，从缝隙中可以看到骑着摩托车的人从狭小的街道上不紧不慢地驰过。

吃过晚饭出去溜达，意外发现去往江边的路是一条老街，两边的商铺还是民国年间的，高雅端庄，有些儒商的残风遗韵。江上停着一些游船，灯火点点，是喝茶喝酒聊天的地方；傍晚时分江风拂面，是散步纳凉闲谈的时候。

我第二天很早就被喊起来参观百色起义纪念馆。这种纪念馆在全国各地大同小异，在丹东的抗美援朝纪念馆、遵义的遵义会议纪念馆或者

百色起义纪念馆

腊子口战役纪念馆、哈达铺红军长征纪念馆得到的感受和这里也差不多。纪念馆中有榕树、菩提，最多的还是三角梅，这个植物还有个名字叫作九重葛。很有《诗经》般诗意味道的名字，花也开得烂漫璀璨。

红七军军部其实就是粤东会馆，坐西向东，以前、中、后三大殿宇为主轴，两侧配以相对称的四进厢房和庑廊，构成"日"字形封闭式独立建筑群。砖木结构，是南方古建筑的艺术传统和风格，屋顶的飞檐和脊檐在细节上做得都很细致，房顶屋脊上有多幅以历史故事为内容的彩色雕塑，檐沿、柱顶及某些墙头，也有人物、鸟兽或花草之类的装饰，画栋雕梁，古色古香。这个会馆最初建于乾隆年间，后来又重修过——那时的商人讲文化，活得也精致。门匾上写的字是"东渐西被""与汉无极"，大气魄、大胸襟。

我去二楼看了看邓小平、张云逸等人住过的通铺，拍了一些照片。在这样的地方闹革命，是一件既恐怖又浪漫的事情。尽管这种浪漫中包含着血腥、死亡、阴谋、背叛、肮脏、挣扎、苦难，也比庸常岁月的安逸好。大地有无数这样的拐拐角角,被淹没在大众媒体的喧嚣之中,其实每个角落都有自己的历史和故事,它们在时间长河中如同寂寞无人的涧户中的芙蓉花,纷纷开且落,说是孤独,其实也自足。

  百色博物馆坐落在另一个山头,寂静安详。我走马观花,只对二楼一个独立展厅中的石器和"莫氏线"留下很深的印象。"莫氏线"是20世纪40年代初由哈佛大学人类学家莫维斯(H. L. Movius)提出的,他按照早期人类的技术和行为能力,把非洲、欧洲与亚洲地区划分开来,认为在旧石器时代,前者是能掌握先进工具制造技术的先进文化圈,而后者是以制造简单的砍砸器为特征的"文化滞后的边缘地区"。这实际上是欧洲中心观,它将整个亚洲大陆贬低为一种观念产物。不过从20世纪70年代以来,中、美、日科学家联手在广西百色盆地挖掘了大批旧石器,它们大多选用砾石直接加工而成,有手斧、砍砸器、刮削器等多种类型。同时出土的还有与石器共存的玻璃陨石。通过对这些玻璃陨石做裂变径迹定年,证实了制造手斧的年代大约在80万年前——正好处于非洲和西亚旧石器时代初期,从而从根本上纠正了莫维斯的错误观点,动摇了"莫氏线"理论中"东方早期人类智力低于欧洲、非洲早期人类"的论断。这些知识散落在大地的角落,如果不走到百色这个地方,又不是做考古学的,可能真的以后也不会知道。

贡桑诺尔布亲王往事

内蒙古赤峰因为半个多世纪以来的考古发现和研究，所以以"红山文化"闻名于世。有了红山文化这样多元的史前文明作为知识背景，我格外有兴趣的倒是离赤峰市区不远的锦山镇喀喇沁旗王府及其背后所关

赤峰一带蒙古族历史文化源远流长，史诗传承人金巴扎木苏就出生在巴林左旗努尔盖地区的查干乌苏斑巴沟村，图为2004年笔者与他在京北康巴草原

联的近代蒙古历史与文化、满蒙关系乃至整个东北亚区域政治、经济、外交、文化博弈。

蒙古喀喇沁部原属乌梁海氏族，据《蒙古秘史》记载，他们原是生活在林木中的百姓。喀喇沁王爷的先祖是成吉思汗的开国勋臣者勒蔑，者勒蔑之子是成吉思汗的女婿，因此这一氏族可以享受黄金家族的礼遇。清朝从公元1639年开始对蒙古地区推行盟旗制，在随后三百多年的时间里，喀喇沁王府与清廷的关系都极为密切。康熙采取了"南不封王，北不断亲"的统治策略，多次下嫁公主到王府。

喀喇沁亲王府于清康熙十八年（1679）就开始建造，如今看到的建筑已经是经过历次扩修后的形式和规格了。在这里生活的最后一个喀喇沁王是者勒蔑的第26代孙贡桑诺尔布。

贡桑诺尔布这个人在赤峰之外并不为太多人所知，这是一个非常有意思的事情。事实上，此人可以说是近代史上蒙古人中出类拔萃的精英。据喀喇沁旗王府博物馆吴汉勤馆长提供的资料，贡桑诺尔布思想开明，晓蒙、满、汉、藏等族的文字，并开创了漠南蒙古现代教育之先河。他接受民主启蒙思想，大力推行旗政新举，创造了清代蒙古族经济、文化的数个第一，在塞外蒙古诸部中堪称翘楚。

由于父亲旺都特那木济勒病故，1898年，26岁的贡桑诺尔布被清廷正式任命为喀喇沁右翼旗札萨克多罗杜棱郡王，人们后来习惯于称他为贡王。他承袭王位后，发布了一系列训令，革除旧制，比如将旗民的差徭制改为定额负担制，下令不再把旗民分成贵贱等级，改跪拜为鞠躬等，体现了一个受过多种文化教育的年轻人的锐气。

贡桑诺尔布最重要的贡献应该是兴办学校和实业，这是受到彼时风行全国的维新变法思潮的影响，从1902年到清朝政府实行"新政"的这几年，贡桑诺尔布先后在旗内兴办了崇正学堂、守正武学堂和毓正女学堂。崇正学堂招收旗民青少年免费上学，一开始蒙古旗民根本没有任何兴趣让子女上学，贡王就豁免学生家庭的税役负担。学校里设有宿舍、餐堂、小型图书馆，学生可以免费住宿、就餐。守正武学堂则按日本陆军操典教学，培养初级军官。毓正女学堂由贡王的福晋亲自主持校务，为了鼓励牧民入学的积极性，王府内的年轻侍女、官员的女儿、他自己的妹妹七格格都被招收入学。我在喀喇沁亲王府博物馆的陈列室看到两驾马车，据说就是当时专门用来护送路远地方的女学生上下学用的。贡桑诺尔布还花重金从日本聘请了男女教师，比如著名的人类学家鸟居龙藏（他于1906年至1908年最早对赤峰一带进行文化遗址考察）。为筹措办学经费，他卖掉了四百余亩山场和王府中积存的一些古董、细软，还把王府下属的3000亩荒地招佃出租作为永久学田。

在兴办实业上，贡桑诺尔布于1904年派人去天津北洋工厂学习，以这些人为骨干办起了名曰"兴业公司"的工厂，生产布匹、肥皂、蜡烛、绒毡、染料、粉笔等，又从北京俄国道胜银行借三万两白银，开设了一家名叫"三义洋行"的官办百货商店，除了销售旗内工厂生产的产品外，又从北京、天津等地批发来大量生产生活用品销售，使当时的喀喇沁旗有了"小北京"之称。

在王府的院落内，如今还有几株枝叶繁茂的桑树。这就是当年贡桑诺尔布专门派人到浙江购买的，千里迢迢经上海运至天津，又由天津装火车运到北京，然后再用马车运回王府种植。原本在寒冷的塞外从没有种植桑树的历史，但王府移植的桑树居然成活了，这里的人们也学会了养蚕。

在蒙古，贡桑诺尔布建立了第一个图书馆，派遣了第一批人留学日本。此外，他第一个在蒙古办报纸《婴报》，刊登国内外重要新闻、科技常识、各盟旗动态以及针对时局的短评；第一个在蒙古办邮电，传递邮件，收发有线电报，等等。

这样一个人物，放在彼时的中国南方口岸城市也许算不得特别出奇，但是在蒙古这样的内陆地方做这些事绝对需要超人的远见和胆识。不过，在公众的口碑、大众传媒中，却很少有关他的介绍，他甚至不如从通辽达尔罕亲王府出来的下级军官嘎达梅林有名。个中缘由让我非常好奇，直到受到同行的赤峰学院原院长席永杰教授的启发，加上后来查找的资料才算弄明白。

类似的少数民族尤其是边地的人物与史料，目前来说挖掘、整理、阐释得还称不上完备，实地行走、进行田野调查得到的资料尤其是切身的感受，往往能够补苴罅漏。

喀喇沁亲王府中的贡桑诺尔布塑像，
位于内蒙古赤峰市喀喇沁旗王爷镇，
2011 年 7 月

何谓边缘的活力

草黄马肥的十月,我专程去鄂尔多斯拜谒成吉思汗陵。这是向往已久的地方,虽然我是地道的汉人,不过内心中对于匹马纵横、驰骋疆场的生活不胜向往。说起来,我父亲是族长,在20世纪80年代末期主持过一次规模宏大的重修家谱。我后来在家谱上读到祖上是万历年间从彭城郡迁徙到安徽六安。彭城郡就是如今的江苏徐州,如果追溯到魏晋南北朝时北方游牧民族和中原民族之间的碰撞和交融,很有可能我的血缘中就有北方蛮族的因子。而历史上的匈奴、鲜卑、契丹等如今已经不存在的民族实际上很多改姓"刘"了。新中国成立以后的民族识别所界定的"汉族",就如同人类学学者徐杰舜用的一个形象的比喻"雪球",它是一个随着历史进程各个不同族群不断交流融合壮大的产物。

即如上海的女作家王安忆也在《纪实与虚构》中追溯自己母亲茹志鹃的姓氏,探赜索隐,找到古代民族"柔然"的血脉。这倒恰恰说明中华各民族之间由来悠久的混血传统。这种"寻根"里面也有着对于蓬勃跃动的生命力的期望。也许心雄万夫、壮怀激烈是千古以来文人不可避免的浪漫想象。

我在鄂尔多斯只待了一天,但是对这个近年来因为煤矿迅速崛起又

成吉思汗陵，2011 年 12 月

轰然败落的城市印象深刻。鄂尔多斯市原先叫作伊克昭盟，2001 年撤盟换市改为现名，这时候也正是中国煤炭产业"黄金十年"的开始。因为"黑金"资源丰富，鄂尔多斯经济发展的风头一时无二，但是到 2011 年底煤炭量价狂跌，一下子陷入债务危机。我就是在这时候来的，满眼所见俱是宏伟高楼，然而人烟稀少，街市冷清。许多年后，鄂尔多斯出身的导演周子阳拍了一部电影《老兽》，可以罕见此地败落后之一斑。

这种其兴也勃其亡也忽式的骤起骤落，就如同蒙古帝国。一代天骄成吉思汗当年就是在此地起兵，"疾驰的草原征服者"横扫大半个地球之后，又很快沉寂在历史的暗处。如今街头广场上树立的无与伦比的草原母亲和成吉思汗的雕像之崇高恢宏，为我走过的无数城市所仅见。夜晚初秋的寒风在空旷的城市上空吹过，让人心弛神往，仿佛看到数个世纪之前曾经在这里有过的牛羊下山、金戈铁马的岁月。今昔对比不免让人心生沧海桑田之感。

在成吉思汗陵看到一匹散放的白马膘肥体壮，悠闲地四处晃荡。同

成吉思汗陵里的神马，2011 年 12 月

行的当地朋友说，那是陵里供养的"神马"，是成吉思汗坐骑银河八骏的后代。相传成吉思汗在世时，从百万骏马中挑选出一匹白色骏马，作为天马神骏"萨尔乐"的化身，以代代转世的形式加以供奉，并且规定任何人不许骑乘、役使、鞭打和咒骂转世白马。这马是作为自由的神圣象征在祭祀的节日里接受朝拜的。我遇见它的时候，它正在啃咬一辆巡逻警车的车灯，也没有人驱赶。显然，坚硬的车灯不像青草那样容易被啃掉。这个意象倒是构成了一个意味深长的隐喻：游牧文明和现代工业文明的冲突，后者无疑有着冰冷而无法撼动的强悍。

我在陵里的书店买了一本叫作《上帝之鞭》的书，这个名字是取自法国历史学家勒内·格鲁塞（Rene Grousset）的名著《草原帝国》。格鲁塞写道："阿提拉、成吉思汗和帖木儿，他们的名字广为人知。西方的编年史家和中国的或者波斯的编年史家们对他们的叙述使他们名扬四海。这些伟大的野蛮人闯入了发达的历史文明地区，几年之内，他们使罗马、伊朗或者中国瞬间被夷为废墟。他们的到来、动机及消失似乎都是极难解释的，以致使今天的历史学家们还倾向于古代著作家们的结论，视他们为上帝之鞭，他们是被派来惩罚古代文明的。"这本书讲的就是蒙古人成吉思汗、契丹人耶律大石和匈奴人阿拉提这些"蛮族"之子，如何像狂风一样席卷过整个文明的大陆，像冰山上流下的雪水，一定要融汇到建构历史的洪流之中，无法回头。他们是大地之子，气魄宏大，百折不挠，终其一生所做的事情就是不停开拓，不求结果。他们是历史天空中的闪电，瞬间划过长空，留下耀眼的形象，旋即不见。

从陵宫旁边空荡荡的苏勒德祭坛下来，我的心中激荡的是说不清道不明的感慨：从拥挤喧嚣的北京来到这个空旷乃至有些荒凉感的地方，只觉得悲从中来。每日在窗明几净的写字楼中，看着小腹日渐隆起，而生命的活力似乎就日益窒息在这样的琐碎与凡庸之中。然而，这就是生活。如今已经不是冷兵器时代，而城市中也不再有季风中的骏马。

这时候，我想到了那个经典的命题：边缘的活力。

在现代以来中国文化史的讲述中，少数民族总是被当作一种鲜活的血液，在中原文化过于成熟、陷于精致、溺于疲软的时候，边疆的游牧或者渔猎的兄弟们，以他们天然未泯、刚健质朴的生命力，一轮又一轮地予以冲击，给传统文化带来新一轮复苏的活力。整个中华民族的文化就是在这样彼此血的交融、乳的哺育中牢固地结为一体，长城内外才成为我们共同的故乡。

但是，在这样的表述中，少数民族似乎依然只是补充，他们存在的意义似乎只是为了证明特定文化所具有的自我恢复能力。何谓边缘的活力？难道他们不是无须外证而自足完满的吗？难道边缘文化和主流文化从来不都是互动的、流通的吗？即便如我和王安忆这样的中原乃至南方的汉人，不也是各个民族混血的产儿吗？从这个意义上来说，边缘的活力就是整体的活力，而我们是汉族，所以我们也都是少数民族。

那些不同民族的文化遗产，也是我们共同的遗产。每当我们在主流的生活方式中感到压抑、欲求不满、意识到不足的时候，放眼四顾，或者回眸往昔，总是能从中寻觅一些慰藉与启示。在功利者的眼中，成吉思汗陵中的神马已经没有现实的意义和价值，但作为一种精神寄托，它又何尝不是一种文明平衡的暗示呢？我记得有一个上海的小资女教授不屑一顾地嘲笑那匹马，说汽车早已替代了马匹，留它何用？我想，那可能是因为她的心中塞满了金钱与欲望，没有给纯真与野性留下什么空间。

救赎与自救

汶川地震过去已经很久了,除了在 5 月 12 日前后有一些纪念活动,除了那些幸存者和有切肤之痛的人们,对于大多数中国人来说,忘却的救主快要降临了吧?从社会心理上来说,遗忘是一种自我保护机制,但是正视曾经淋漓的鲜血、直面惨淡的人生才是最终超越的道路。

5·12 汶川特大地震纪念馆,2011 年 11 月

2011年11月13日，我来到汶川县的映秀镇，这里处于当时地震的中心地带，如今在倒塌的漩口中学遗址上建立了一个地震纪念馆，山上还建立了遇难平民的公墓。来往的游客很多，我在人群中，恍恍惚惚地走在遗址上，控制不住感情，跑到一处坡地失声痛哭。

这里地处高峡平湖，汉、藏、羌各民族都有，如果不到现场，实难想象在如此偏僻的地方还顽强地生活着如此之多的同胞。这些人和我本无任何实际关系，但是因为同处于这块大地上，才让我有了真切的哀悯。说是为他们痛哭，其实也是为自己。怜我众生，苦难实多。映秀同胞的灾难，也是我们每个人的命运——突然来临的祸殃，猝不及防，天狭地隘，逃无可逃，只能挺身面对。这时候，外界的救助固然重要，最关键的还是自己，在那样天地不仁的时刻，人只有孤身直面命运。

对于绝大多数中国人而言，如果没有汶川地震，2008年的5月12日将会像无数寻常日子一样，或者忙忙碌碌，或者闲散慵懒，即使静水微澜也终究归于平淡无奇。但是突如其来的巨大灾难，使得所有人，即便是那些从来没有听说过汶川这个地名的人，也参与到这件事情中来，进入一种集体性的公众感情和生活之中。

那一年，我还在北京师范大学大读博。我清楚地记得5月19日14时28分，我正走过新街口的一个红绿灯处。忽然之间，所有的人都停下了脚步，汽车停了下来，同时鸣笛的声音响起。往常繁忙拥挤的街道瞬间变得肃穆整齐，淡云下的空气显得宁静而哀伤。我一时不知所措，然后明白过来，在路边停下，和大家一起为地震受难的同胞们默哀。

那是我第一次强烈地感受到千人一哭、万民同悲的场面。事实上，在上下五千年的中国历史上，那是第一次，由最高的政治当局和亿万普通民众一起，为最平凡最默默无闻的同胞默哀。从北国林海到南疆渔村，从西部戈壁到东部沿海，从天山牧场到江南水乡，中国人可能很少会这样，在同一时刻因为和他们同样的普通人物的命运而如此团结凝聚为一体。

关于国务院在全国哀悼日三天期间停止公共娱乐活动的决定，其实也不乏质疑的声音。有人认为这是行政手段的强制性干预，新闻统一模式播放也是一种机械与怠惰，深入一点的理性考察会联想到政府对公权力的滥用所可能导致的负面影响。事实上，这些貌似公允又合理的观念，并没有结合中国的实际情况，尤其是在这样一个情感需要宣泄、民族凝聚力亟待提升的时刻。

即使没有亲历，通过电视也可以看到，天安门广场上默哀结束时，千万群众突然爆发出响彻云霄的声音："中国加油，中国加油！"这个时候，每个人都不是一个人，无论是谁都可以感受到自己作为中华民族共同体的一分子，我们之间的内在血肉相连和在面临共同灾难时的力量与信心。

现代民族学说大部分都同意民族是一个"想象的共同体"的说法，因为地域过于广阔，人口过于庞大，每个人都不可能见到他所有的同胞，但是通过传媒等现代方式，民族在人们的心目中成为一个"想象的共同体"。但这个"想象"其实不光是头脑中的虚构，更是行动与实践上的。对于疆域宏廓、族群复杂、文化多元的中华民族来说，尤其如此。苦难让权力亲近人性，让自私冰消瓦解。灾难与举国哀悼，充分证明了集体性、仪式化的行动，有利于唤醒日渐模糊的民族认同、高扬不自觉的民族自豪感，使大家凝聚为一个悲伤的共同体。

毋庸讳言，伴随着全球化时代的个人主义，浮华、冷漠和娱乐至死的潮流成为我们社会的不容忽视的一种心态。在普通民众面临巨大灾难时候，禁止公共娱乐，恰恰是国家行政权力的一种人性化，是对生命的尊重，可以在全国营造肃穆的氛围，不唯对于民族认同和团结是一种鼓舞，从心理学上说，也有助于大家宣泄哀思。"流泪撒种的，必欢呼收割。那带种流泪出去的，必要欢欢乐乐地带禾捆回来。"正是在忧患重重之中，各民族的同胞又一次凝结成不可分割的共同体。因为我们有了同情共感，有了虽然没有亲身经历，却能刻骨体会的人生感受。

　　几年后当我来到实地，想到的却是关于面对灾难时候的救治问题。我们在映秀看到很多村民在向游客兜售悼念用的黄色菊花，与其中几个人聊了几句，才知道他们失去了土地，虽然政府给修了房子，发放了补助，但没有其他的谋生之计。

　　不远的水磨古镇，原是一个羌族的老镇，灾后修建了焕然一新的、作为旅游景点的羌城。羌城的广场上令人费解地树立了一个黄飞鸿的塑像，后来才知道原来因为这是由广东佛山援助的，而黄飞鸿无疑是佛山的形象品牌之一。整个羌城修建得颇具小资风格，遍布商铺、酒吧和饭店，但是就在这个光鲜明丽、熙来攘往的旅游景观不远的后山上的农舍里，山民依然在黑黢黢的屋中打牌枯坐。他们穷愁无聊，像映秀的农民一样缺乏生计来源，人也显得萎靡不振。

　　其实，物质上的匮乏倒在其次，最关键的是精神上的颓靡。在旅游景点强烈的商业色彩的映衬下，古老的生活方式全然被抛在了时代的后面，就如同一辆迟缓的牛车，在高速公路上对着呼啸而过的汽车望尘莫及。不甘沉沦的人出走他乡，剩下的人就只能打打牌，消磨低迷的时光。

　　重大的自然灾难只是偶然性的，在社会发展进程中由于某种生产与生活方式被淘汰或转化所引发的心态危机与情感痛苦则是深层次和持续的，因而真正的问题应该是在经济扶助的同时，也要有精神上的救治。比如，就地震灾后而言，按照这些民族同胞原本的宇宙观、认识世界的方式，做几场大的法事，请来喇嘛、道公或巫师，招魂、禳灾和祈福，

灾后由广东佛山援助重建的水磨羌城，
2011年11月

平复那徘徊不去的忧伤。就像涂尔干曾经论述过的"集体欢腾"，民众通过集体性的聚会、仪式、活动联结起集体意识，创造出未来的取向和动力，这样贴心的精神救治可能才会真正鼓舞他们重新昂扬生命的活力。这时候，文化工作者的意义就凸显出来，文化在政治、经济之外，可能会起到精神救赎的作用。

这样带有尊重文化差异色彩的救治，而不是靠一体化的现代科学医疗、心理辅导等这些乡民并不熟悉的方式，也许这样才能真的让他们通过外界救治的触媒催化，达到自我救治的效果。人的精神说起来虚无缥缈，在关键时刻尤其是危机时分，才能显示出它的强大动力。自我救治才是最根本的，只有恢复自信，才能重新树立起主体的独立不依、自我伸张的可能性。如何担当，人最终只能自己面对自己的命运，这就如同那个著名的西绪福斯神话，反抗着命运的安排，尽管一次又一次遭受沉重的打击，但是终究锲而不舍，没有垮掉。

我坐在三江河畔想着这些问题,日色将暝,阴霾遍布的天空居然闪现出一线亮光。我想这是一个天启式的傍晚。因为我自己也正经历着一次巨大的精神危机,希望我和我的同胞们都能得到救治而最终自救。

"印象"的生产与符号经济

山水实景演出可能是为数不多的中国独创的当代表演形式,它一般位于某个风景名胜所在地,用为数众多的演员、庞大瑰丽的舞美设计,辅之以绚丽夺目的视觉奇观,让走马观花的游客目眩神迷。很多时候,它已经成为旅游行程中一个不容错过的观光项目。

2013年春天,我到山东泰安进行文化考察的时候,晚上乘车到天烛峰下看了场《中华泰山·封禅大典》。那就是一个典型的例子。近600平方米的舞台依山而建,据说是拥有全世界最大的LED活动屏幕,演出分为7个章节,以历史记载中秦、汉、唐、宋、清几个朝代的帝王对泰山的封禅活动为叙事元素,用祖孙两人山间问答的序幕和尾声将它们串起来,时长约80分钟。这是山东省文化旅游的重点项目,由泰安市委、市政府和泰山管理委员会于2009年开发,由梅帅元操刀完成。

梅帅元是此类演出的开创者之一,开演之前屏幕上一直滚动着播放《印象·刘三姐》《禅宗少林·音乐大典》《天门狐仙·刘海砍樵》《大宋·东京梦华》《井冈山》《天骄·成吉思汗》《道解·都江堰》等分布在全国各地的类似演出,主创都是他。这里面最早也最出名的当然是《印象·刘三姐》,2002年梅帅元最初策划的时候,请的是张艺谋、王潮歌、樊跃做导演，2004年在漓江书童山十二峰正式公演，大获成功。

2005年我去看《印象·刘三姐》的时候已经是12月份，天气虽说谈不上寒冷，夜晚的江风也凉气袭人。即便如此，还是座无虚席，红、绿、蓝、银几个段落的设置突出了灯光的震撼效果，红绸渡江的片段尤为让人叫绝。那次阳朔之行，印象最深刻的就是这个"印象"了，因为在那样一个以"发呆"作为想象性文化主题的旅游胜地，一般人的期望值也就在"印象"。

"印象"的生产是当代文化产业与创意经济转型的必然结果，它通过将某些标志性元素从其原生处抽离出来，通过夸张的手法将其精细化与精致化，达到直击式的一眼难忘的传播效果。因而，"印象"的生产必然会走向刻板印象的生产。此后的一系列类似"印象文化"的呈现往往都带有结构庞大、整齐划一、气势浩瀚的崇高美学意味。这种美学可以追溯到社会主义文化时代将个体融入集体中所产生的群体性的伟大力量，在新世纪以来则隐藏着资本的威力和大国崛起的雄心。

阳朔漓江《印象·刘三姐》的演出现场，2005年12月

玉龙雪山的《印象·丽江》演出现场，2012年4月

比如丽江古城，在无数小资物语和旅游宣传媒介中呈现出来的关键词是"艳遇"，这无疑是一种刻意的文化营销。《印象·刘三姐》的原班主创人马打造的《印象·丽江》，也是在固化有关云南、少数民族及其地域与民族文化的刻板印象。它并非要具体化某种真正意义上的"原生态"——事实上也无所谓"原生态"——而是以工业式的严整统一将不同文化因素和内容秩序精当地安排在通行的宏大叙事之中。2006年，《印象·丽江》在玉龙雪山的甘海子蓝月谷剧场首次公演，到我去年看时已经过去6年。我和数百位中外游客顶着高原烈日，看到来自16个乡村、包括十多个少数民族的五六百人，在群山间走动，跑马跳跃高歌，"古道马帮""对酒雪山""天上人间""打跳组歌""鼓舞祭天"和"祈福仪式"6大部分，将有关丽江的文化元素悉数简化并符号化。经过多年的重复演出，可以看出那些由村民组成的演员团体已经疲沓——他们已经职业化，成了整个符号经济中的一个生产环节，必然要以消耗生命活力和激情为代价，换取的是实在的创收和游客离开后回想起来的某些支离破碎的印象碎片。就我作为一个观者的感受，因为看到太多类

似的"印象",已经审美疲劳,再也无法产生期待视野中的感动或震撼。

《中华泰山·封禅大典》所包含的章节也处处是定型化的知识展演:"金戈铁马·秦""儒风雅乐·汉""盛世气象·唐""艺术王朝·宋""康乾盛世·清",这可以说是历史通识中放之四海而皆准的印象,可以安全地放置入任何地方性叙事之中,而地方性文化只不过是表皮的包装,里面盛放着的是资本时代一体化的消费内容:刻板印象。

对于绝大多数无法获得长期可靠的直接经验的观光客、游客、无所用心的爱好者来说,依靠"印象"形成认知无可避免。充满噱头的表演辅之以旅行手册,能迅速让一个外来者了解本地神话、历史、传说和仪俗的来历,增添一些无伤大雅的风土知识。只是需要明白的是,绝大多数"印象"的片面性在于:它是简化和改造了的信息,夹杂了传播者出

民俗村、影视城、主题公园之类旅游景观也可以说是一种印象与符号的生产与消费。图为作家张贤亮一手打造的宁夏银川镇北堡西部影城,2014 年 4 月

于不同目的的形形色色的"私货",其旨归在地方文化形象,而最终总要指向经济利益的获得。

在我所做过的此类调研中,几乎所有受访的人都提到这些"印象"演出投资的巨大和给当地经济带来的明显改观:门票收入增加、解决就业压力、衍生产品的出售,乃至附带的文化名片宣传效果。作为一种方兴未艾的经济现象,这种生产还在继续,像我曾经数次造访的河北承德,前几年还没有类似演出,2013年梅帅元的团队已经完成了《鼎盛王朝·康熙大典》这一据称是"史上最大投资、最大规模、全球首部皇家文化主题的大型实景演出"。

因而,不能简单地批判此类空洞的符号化演出的性质,它实际上已经演化为特定时代的现实生产和民众生活的一部分——必然有数百乃至成千的当地人、家庭和相关部门牵涉到这种文化经济活动之中。但是随着批量化地模仿复制,大型山水实景演出的市场空间也正在萎缩,2010年陈凯歌导演完成的《希夷之大理》就并没有取得很好的效果,当地的居民抱怨光污染严重还在其次,主要是迁走了许多原住民,破坏了原来的社会生态。视听印象符号的生产反过来蔓延侵占原来"真实"的空间,带来的是文化和生活方式的深刻变迁:它们既是表演,也是生活;既是虚构,也是真实。如何适应并且向切合民众利益的方向引导这种"印象"生产和消费,才是我们时代真正的文化命题。

哈密的文化融合

从地理交通来说,哈密地区并不利于发展旅游业,因为一般旅客如果到新疆,一般就坐飞机直达乌鲁木齐;如果乘列车,从这里下了车,就不便下一步的行程,毕竟这里离自治区首府还有七八百公里的路程,到任何其他的著名落脚点的列车都没有那么便捷——新疆实在是太大了。然而哈密无疑是值得一去的地方,作为丝绸之路上的要冲,是联结东西的关口,所谓西域门户,阳关锁钥,"足以扼沙漠之险,而为外护

哈密木卡姆传承中心,2013 年 6 月

之金汤"。

因为地域的特殊性,哈密历来与汉地和中西亚交往颇多,最迟从汉代开始,商人们就开辟了丝绸之路的北道,经过哈密将货物运到地中海。古代这里曾是塞人、呼揭人、大月氏、匈奴、乌苏、沙陀人生活过的地方,唐设立过伊吾州,元征服西州回鹘后建立别失八里行省,称巴尔库尔(蒙古语"虎爪"的意思,从地图上看,确实神似)。清平定准噶尔汗国后,哈密回王归附,满洲人建立了满城,乾隆帝采纳陕甘总督杨应琚的建议,从河西甘州、凉州、肃州大规模移民实边。从 1755 年到 1773 年,以大西北各省为主辅以全国的移民陆续到来,东天山下的巴里坤移民竟达 20 万。这里的居民涵括了新疆的二十多个少数民族,文化上的最大特色无疑就是民族文化融合。

晚清及近代以来,从日本间谍日野强、芬兰探险家马达汉的记载中可以知道,俄国的货品充斥于哈密。如今这里北边与外蒙接壤,通过这些历史沿革的简单梳理,可以看到从古至今,哈密都是一块多元文化融合的地方。

从乌鲁木齐出发,沿着天山北线的公路经过昌吉回族自治州,到达木垒哈萨克自治县,在一个农庄里,我亲历了一场维吾尔族的麦西来甫。在向哈密的巴里坤行进的途中可以看到隔不远的路程就是一座倾颓的烽火台,记载了曾经的悲欢离合、烈烈狼烟。

巴里坤是新疆汉文化流传最系统完整的地方之一,大宛风味汉家烟,古风胡韵今犹存,同时也保留了相当多的维吾尔族、哈萨克族、回族、蒙古族等各民族交往的遗迹。军马场就在巴里坤大草原上,我的同事杨镰先生年轻时候就在这里做知青,这个地方可以说形成了他后来一生的学术路向。他编译的《西域探险考察大系》《探险与发现》丛书,编写的《中国西部探险》丛书,都与新疆有着密不可分的关系。2016

年 3 月 31 日，杨先生也正是在从吉木萨尔返回伊吾，行至快到巴里坤哈萨克自治县时出车祸去世。当时，我们正在编辑跟他约的文章《元代葛逻禄诗人廼贤与中华文学》，没有想到那是他一生中最后一篇文章。他的一生可谓传奇，是文化融合的一个鲜明例证。

2013 年 6 月 16 日，我从上海飞抵乌鲁木齐，从乌鲁木齐租车绕昌吉，过阜康，经吉木萨尔，在木垒住了一晚，去巴里坤，走的路大约也是杨镰先生走过多次的路线。正午烈日灼人，强烈的阳光照在空阔辽远的大路上，发出金属的光泽，让路呈现出河流的模样。路的尽头就是大河镇，大河镇的唐城经过一千三百多年，仍然留下了岁月磨蚀不去的印记。我在镇东渠头村看到一些农民艺人自发组织而成的曲子戏团，就是移民此地的汉族留下的曲艺形式，如今与时俱进，内容上多与现实生活有关。中原许多地方已经失传的社火在巴里坤可以找到，正印证了"礼失求诸野"的古训。如今列入非物质文化遗产的就有新疆曲子、汉族脑阁和抬阁、哈萨克族动物模拟舞阿尤毕、蒙古族长调等。

再往东一点的伊吾是给我印象最深刻的地方，它可能是中国最小的县城，面积大约只有一个大学校园那么大，为东天山余脉与阿尔泰山环抱，中间是莫钦乌拉山，接壤外蒙，城中即可见到喀尔里克冰川。人口只有五千，环境非常好，空气中满是蔷薇和青草的气息。我走访了两个乡，下马崖有一百多户人家，只有四户是汉族，那几户的汉族孩子在学校里也是学习用维吾尔语教学的课程，汉语反而倒不会了。此地还有一个清军城堡垒，已倾颓。这里每年都会举行维吾尔族的清泉节，哈萨克族、蒙古族、汉族的村民也会一起来吃"大锅饭"。下马崖的甜瓜是世界上最甜的瓜，熟透的瓜挂在藤蔓上，因为太脆，采摘的时候，会在手中裂开并发出轻微的响声。瓜汁馥郁黏腻，流到手上能把手指粘住。没有到当地的人根本吃不到这种瓜，因为它无法运输出去。

哈密回王城后面老街遇到的两位维吾尔族老叔，2013年6月

我在苇子峡乡里卫生院的后面看到一棵巨大的桑树，此时正是桑葚沃若时节，地上星星点点的紫色印记是落下的桑葚被踩踏的痕迹。有一个护士穿着白裙在桑树下用维吾尔语打电话，吃吃地笑着，另一只手顺手有一搭没一搭地摘桑葚吃。四野无人，清风和畅，此情此景，让我想起《诗经》中的"于嗟鸠兮，无食桑葚。于嗟女兮，无与士耽"。这个自然而然的场景，生发出悠远而永恒的情绪也是自然而然的，丝毫不会因为那是一个维吾尔族姑娘而让诗意变得不合时宜。

与喀什那个名寺相同，哈密市内著名的回王城里也有一个艾提尕尔清真寺。但这个寺并不全然是伊斯兰文化特色，而是融合了满族、蒙古族、汉族、维吾尔族四个民族的建筑风格，实在是最直观生动地体现了民族文化融合的历史线索。这不由让我想到在伊宁、临夏、北京、兰州、西宁等地方都曾经见到过的传统汉式清真寺。伊斯兰教进入中国一千多年，早已经本土化了，在西南一带还有民族建筑风格的清真寺，如拉萨市河坝林清真寺，整体建筑结构和细部装饰为彩画，主殿及邦克楼外的石砌和色彩、线条、花式，完全采用当地藏式建筑艺术手法；云南西双版纳地区的回族清真寺，采用傣族的竹楼形式。如今出现的值得注意的现象倒是新建清真寺几乎无一例外采取了阿拉伯、波斯建筑风格，反倒失去本土意味。是否有必要如此，究竟这是大多数穆斯林的意愿还是极少数人的意见呢？这倒是值得研究的话题，因为通过形式的特异标榜出差异性固然不错，但走向极端反而容易陷入文化孤立。

如果说陶家宫镇是哈密汉文化遗产的典型地，五堡则是维吾尔族文化遗产的代表。我到该地一个叫作博斯坦村的地方看到了阔克麦西来甫的传习所，了解诺鲁孜节、诺茹孜节和艾捷克艺术的传承情况。博斯坦地理位置偏僻，这些文化遗产保存得相对完整，就像我在路边摘的杏子，保留着阳光与大地的原生滋味。然后几天，从东天山的南麓经过鄯善、吐鲁番返回乌鲁木齐。这么一圈下来，对于哈密地区最大的感受不是"早穿皮袄午穿纱，晚间围着火炉吃西瓜"的气候特色，也不是涵盖了天山南北的不同地理风光，而是真切的不同民族文化和谐共处的状态。这种状态是经历了悠久历史变迁打磨的结果，尽管就在我离开的次日鄯善发生了一起暴力事件，但显然不能仅仅从民族或者宗教冲突的角度去理解。面对复杂的现实情境，民族文化融合的遗产或许能够给人们一些积极的启示。

在喀什遭遇"香妃"

喀什是南疆重镇,也是最能体现维吾尔族文化的地方。它东临塔克拉玛干大沙漠,南依喀喇昆仑山与西藏阿里地区,西靠帕米尔高原,东北与阿克苏相连,西北与克孜勒苏柯尔克孜自治州(有名的阿图什拌面就是出自此地)相连,东南与著名的墨玉产地和田相连。喀什地区西部与塔吉克斯坦相连,西南与阿富汗、巴基斯坦接壤。有人曾经说,如果没有到喀什,那等于是没有到过新疆,由此可见喀什在新疆的文化地位。

一般人所知道的维吾尔族的传统文化,在精英的层面就是玉素甫·哈斯·哈吉甫和他的《福乐智慧》、穆罕默德·喀什噶里和他的《突厥语大辞典》,而在大众的通俗层面则无疑要属耳熟能详的香妃的传说和阿凡提的故事。除了阿凡提,前面的几个都是出自喀什。因此,喀什的老城、艾提尕尔清真寺、玉素甫·哈斯·哈吉甫墓、穆罕默德·喀什噶里墓以及香妃墓可以说是构成了喀什最根本的文化记忆。其中,香妃无疑是最让人感兴趣的,一是她那绮艳哀婉的故事足以引发人们种种浪漫的幻想,二是她那扑朔迷离的身世足以勾起人们的好奇之心。

香妃墓远比它的正名阿巴克霍加麻扎(麻扎在伊斯兰语中是墓的意

思）更有知名度，大众文化与民间口传文化的影响由此可见一斑。这里是历史上喀什地区伊斯兰教白山派首领阿巴克霍加及其家族的群体墓地。传说，在阿巴克霍加后裔中，有一位叫伊帕尔汗的女子，曾被乾隆皇帝封为香妃，死后运回喀什也安葬在这里，因为香妃的传说在民间的流传影响超出了对于政治家族的关注，所以人们更习惯于称之为香妃墓。

阿巴克霍加麻扎位于喀什市东北郊约 5 公里处的浩罕村，缓缓开车过来，还没有到目的地，树木丛荫中的维吾尔族风格的民居就让人有异族情调之感。阿巴克霍加麻扎是一个构筑精美宏伟的古建筑群，具有典型的伊斯兰特色。游人并不多，门口有维吾尔族大婶在兜售香妃蝴蝶，精致可爱。

一般现在汉族人心目中的香妃往往来自于金庸小说《书剑恩仇录》

阿巴克霍加麻扎，2007 年 9 月

中关于回部（这里的回部并非回族，实是信仰伊斯兰教的西域民族的混合族群）首领之女"香香公主"的描写。小说最后写到香香公主自杀后埋入坟冢，霍青桐不愿意妹妹葬于异乡，带人打开坟墓。众人刨开坟墓，只闻到幽香扑鼻却空无所有，只见到一摊碧血。这时候有一只玉色的大蝴蝶在坟上翩翩起舞。陈家洛于是题了"香冢"两个大字，又写了一首铭文："浩浩愁，茫茫劫，短歌终，明月缺。郁郁佳城，中有碧血。碧亦有时尽，血亦有时灭，一缕香魂无断绝！是耶非耶？化为蝴蝶。"

传奇在浪漫激素的催化下总是凄美绝艳，现在阿巴克霍加麻扎门口卖的香妃蝴蝶就是根据这个忧伤的情节造出来的。当然，此香妃并非彼香香公主。而小说主人公陈家洛写的那首铭文其实是刻在北京陶然亭旁边的"香冢"墓地石碑上无名氏的作品。外面的墙上有清代宫廷画家郎世宁画的香妃肖像，确实很漂亮，不过却不是此地维吾尔族女人典型的相貌。

维吾尔族少女跳起即兴的"赛乃姆"舞

如今，从外观看，阿巴克霍加麻扎已经在岁月中剥蚀了最初的光彩。不过，依然可以看到当年的光华美丽，两侧有高大的砖砌圆柱和门墙，表面镶有蓝底白花的琉璃砖。进入里面，顶部是琉璃砖贴面的穹隆半圆顶，上有一筒型小楼和一弯新月，气势恢宏，庄严宏伟。墓室的四周墙上，罩以绿色琉璃砖和黄蓝相间的瓷砖镶嵌，显得圣洁晶莹。内部的墓台上，按照辈分、性别，严整地排列着大大小小58个坟丘，每个前面都有名字，上面覆盖着彩色斑斓的锦缎和丝绸。被称为香妃墓的石棺坐落在墓室的东南角上，并没有丝毫显眼和特殊的标志。

有关香妃的传说很多，后世的演义更多，清宫戏中比比皆是，比如《还珠格格》《风流才子纪晓岚》中都有相关情节。在这个版本的传说中，香妃是回部首领霍占集的妃子，生来有异香。乾隆知道后心生向往，嘱咐将军兆惠去访查。兆惠率军平定新疆，掳获香妃回到北京。乾隆惊为天人，宠爱异常。可是，香妃抵死不从，身上暗藏匕首，保护自己的清白，有一次竟然刺伤了乾隆。太后知道后，乘乾隆不在宫中，把香妃赐死了。

然而，小说家言，不足为据；传说口碑，鲁鱼亥豕。那么真正的香妃究竟是谁，她的经历究竟如何呢？

1979年10月，在河北省遵化县马兰峪清东陵的裕陵（也就是乾隆帝陵）的裕妃园寝内，发现了真正的"香妃墓"。当时，位于宝城东侧第二排第一号的容妃地宫前踏垛塌陷，在清理修补时，发现地宫内积水很深，石门敞开，一具红漆棺木的棺侧被砍开一个大洞，棺内已空空无物，墓室不知何年曾经被盗掘。在杉木红漆棺头，有手书的金漆行文字迹，是伊斯兰文的《古兰经》；棺外西侧发现一具头骨和一条花白的发辫，上面结有红色的头绳；西北角的棺木下压着一些绣花、缂丝袍褂的残片和袍料，一条黄色八宝花绫织成的"哈达"；其他各色的宝石、猫眼石、钻石、珍珠等。

从清宫档案及香妃生前遗物来看，容妃就是香妃，是乾隆帝41位后妃中唯一的维吾尔族女子，生卒年为公元1734—1788年。她是秉持回教的始祖派噶木巴尔的后裔，其家族为和卓，故称和卓氏。容妃之兄图尔都曾因配合清军平定大、小和卓叛乱有功，被清朝政府召入京都封为一等台吉。乾隆二十五年（1760），容妃入宫，最初的封号是和贵人，时年27岁。入宫后，因很得乾隆宠爱，两年后，被册封为容嫔，又六年，著升为容妃。容妃进宫以来，一直穿着回族朝服，遵守伊斯兰教的习俗，一直由回族厨师侍候。容妃曾多次随乾隆帝南巡和东巡，观赏苏杭美景，游历泰山、曲阜风光，拜谒盛京祖陵等，得到乾隆帝的格外善待。乾隆五十三年（1788），55岁的容妃去世，奉安裕妃园寝地宫。大

香妃果园中翩翩起舞的维吾尔族少女，2007年9月

量的史实和物证表明，容妃就是传说中的香妃，既不是霍占集的妃子，也没被皇太后赐死，更没有埋葬在新疆喀什。

  墓室旁边贴在墙上的说明基本认同香妃就是容妃的说法，说是因为她体有异香，所以被人们称作"香妃"。不过墙上的介绍写的是，容妃去世后遗体迁回来埋在了这里，这可能是个以讹传讹的误笔。

  主墓室东面是普通人的墓穴，有一大群。讲经堂后面还有一个建于1873年的加买清真寺，现在一到主麻日（礼拜的日子），还会用作信徒的会场。这个已经有一百四十多年的老建筑排水系统很不错，上面有挖成槽的木头，下面则是一个个小洞。厅堂中间有个四级的阿訇座椅，据说是阿巴克霍加实现了政教统一之后，认为自己功德超人，所以在一般君主的三级椅子上再加了一级。出门右边的高低礼拜堂没有什么东西，因为伊斯兰教不讲偶像崇拜，所以没有雕塑也没有壁画。其宗教装饰艺术也多以植物为主，因为他们认为有两只眼睛的东西会带来争战，所以动物画像几乎没有。门外还有一个圣水池，是信徒礼拜前净手净脚的地方。

  墓室的隔壁就是一个果园，进去可以自己动手摘葡萄和梨子吃。竹篾覆盖的凉棚下有一个舞台，维吾尔族少女和男孩不时上台表演舞蹈。喀什被称为"歌舞之乡"，一千年前喀什歌舞就传到了中原，隋唐时代，喀什的音乐和舞蹈誉满长安。现在喀什的民族歌舞更是独放异彩，成为中华民族乐舞艺术不可或缺的一部分。能歌善舞是维吾尔族人的天性，他们无论男女老幼，情之所动，兴之所至，都会翩翩起舞，引吭高歌。维吾尔族舞蹈有的质朴短小，富有乡土气息；有的规模宏大，具有现代色彩；有的以粗犷豪放、鲜明跳跃见长；有的以浓郁雍容、深沉悠长显胜。

看到舞台上那些或深情缱绻或英姿飒爽的女孩子，不禁让人浮想联翩：二三百年前的香妃，是否也曾经这样在北京的红墙绿瓦之下翩翩起舞呢？

重返喀什

2007年9月，我和北京电视台的几位编导一起，沿着新疆边境线从北往南拍摄记录专题片，在喀什逗留了几天。除了匆匆到老城的民居采访了维吾尔族几位文化层次不同的人，抽空参观了《福乐智慧》的作者玉素甫·哈斯·哈吉甫的墓和作为景点的阿巴克霍加麻扎之外，去往克孜勒苏路上经过穆罕默德·喀什噶里的陵墓也没有时间去瞻仰。留下的印象仅限于深夜抵达时灰蒙蒙的道路和烈日下灼人的阳光。

喀什是中国西部最大的城市，它以前是东西交通、各种文化碰撞往还的重镇，如今更是扼制南疆边境的紧要关口，中国同内亚各国经济交流的枢纽。但是，关于喀什我能说些什么，我又知道什么？它本身的历史承传、文化积淀已经厚重渊深，难道不是深厚到让任何一个走马观花的过客都只能识趣地闭上嘴吗？所以那次喀什之行尽管感受颇多，却无以言说。

2012年10月18日，因为到喀什参加第九届中国多民族文学论坛，我又一次来到喀什。临行的时候，我带上了《重返喀什噶尔》作为飞机读物。这是瑞典外交家、东方学家贡纳尔·雅林的著作，他于1929到1930年间作为一个研究生骑马越过帕米尔高原，来到喀什收集研究维

喀什老街，2012年10月

吾尔族语言的材料。1978年，已近暮年的雅林受中国政府邀请回到年轻时候生活过的地方，进行了半个多月的访问，回国7年后，写下了这部回忆和反思的著作。就喀什而言，他用了近50年才旧地重游，我则是在5年之后。虽然就喀什地方维吾尔族语言文化研究的学养来说，我无法同雅林相比，但是随着中国改革开放的步伐加速之后，我再次看到喀什时倒是有着和他相似的强烈的今昔对比之感。

这种观察也许可以为处于急剧变动时代的喀什留存一张快照，以备多年以后再次回眸时，可以发现此刻它栩栩如生的面容。因此，我决定记下此行的观感。

喀什与北京标准时的时差有2小时40分，在我到达的时候已经接近20点，但是天色没有全暗。从机场往宾馆去的路，明显比几年前拓宽了，散落的小白杨树立在道路两边，让人想起茅盾笔下写到的《风景谈》。在南疆这样干旱、贫瘠的土地上，人们就像这些白杨，挺拔、茁壮，不屈不挠地展示自己的生命力。这些人是维吾尔族、是汉族、是满族、是柯尔克孜族、是回族……浮光掠影地看，不同的民族，人民的差别并没有那么大，除信仰、习俗差别之外，更多的是在这块土地上交融共生的坚韧生活。

喀什的面貌似乎没有变，当我走在几年前走过的艾提尕尔清真寺后面的小巷时，那些玉器店、铝匠铺、衣帽摊、木器作坊还在那里，卖馕与烤串的小伙子笑眯眯地招呼着外来的朋友，骑着小摩托车的维吾尔族大爷淡定地从身边掠过。香妃墓几乎一点也没有变化，在门口遇到卖工艺品"香妃蝴蝶"的小孩甚至给我一种错觉，好像还是5年前我遇到的那一个。时间似乎凝固在这个安静的地方。

对于时间的错觉一向是观光客的错觉和隐秘期待，在导游的解说词中也一再强调了这一点，以突出它与中国东南"发达"地方的不同之处，后者是匆忙的、工具理性的、追名逐利的，而喀什则是悠闲的、慵懒的，是最后的牧歌田园。但是任何一个人都不能忽视街头那些匆忙走过的行人，他们脸上也不乏焦躁、挣扎、奔波的印记——如同雅林三十多年前重回喀什时看到的，在类似于"中世纪风格"的城市中忙碌嘈杂的众生。

雅林写到在20世纪20年代的喀什噶尔，已经可以买到各种各样俄国产的欧洲货和印度货，他敏感地意识到这是一个新时代即将来临的信号，也是喀什噶尔会很快现代化的标志。社会发展的脚步超出他的意料，改革开放时代的喀什无论是在教育、工业、农业、医疗保健，还是在宗教、文化与文学、科研等方面都发生了天翻地覆式的裂变，人到中年的维吾尔族干部还在自学英语，希望能跟外部"世界"对话。今日我见到的喀什，又是另一轮的变化，这种变化很有可能达到或超越过去任何时代的广度和深度。景物依旧在，人事却有了不同，旧梦已无法寻回，前行的是可感的现实。

喀什普通人家，2012年10月

从表面看，喀什和5年前相比似乎并没有太多的改变，但其实变化已经悄然发生。2010年新疆工作会议之后，仿照援助西藏的方式，中央政府及各地的援疆方案和行动全面展开。喀什是上海、广东、山东、安徽的对口援助地区，我所居住的宾馆就是安徽某个商业集团投资兴建的，出了宾馆，沿着建设路、艾尔斯兰路可以看到各种工程纷纷上马，像在其他三线城市一样，喀什成了一个方兴未艾的大工地。东湖一带，晚上的霓虹灯亮起，映照在水面之上，会让一个游客有不知身处何处之感。享名久远的大巴扎，熙来攘往的人群生气勃勃，如同任何一个城市的闹市区和大卖场，显示了平凡人充实琐碎的欲望和生存。再到巴扎附近的高台土城，会发现它已经在近年来的城市改造中被拆得所剩无几，只留下了一些做旅游景点的观光项目，制作土陶和特色食品的手工艺人的家庭分布在土城的角落，成为可以展示和买卖的文化。

这些还只是直观的表面，技术援疆、干部援疆、人才援疆、教育援疆等带来的全方位的经济、文化、社会乃至生活方式的转型，已经在潜移默化地改变着这个边城。它还是一个进行中的过程，效用何在，结果如何，外来者如何定位，本地人什么态度……都还有待时间和实践的检验。吐故纳新、扬弃上升，则是基本的法则。可以断言的是，再过5年，如果我再次回到喀什，那时候又当是另一番景象。

哈萨克的人与歌

"我叫吐依拉,生在天山下,从小爱爬山哟,采来雪莲花。"

这个童年挂在嘴边的儿歌,成为我后来对天山魂牵梦绕的缘起。在遥远的地方,总有许多美丽的故事和传说,年深日久,它们就成了这个地方的不可或缺的一个部分,寄托着游人心头的憧憬。天山就是这样一个地方,儿歌中唱到的"弹起冬不拉"的民族就是哈萨克族,而他们所唱的曲艺称作"阿依特斯"。

哈萨克人热爱自由,"哈萨克"的词根是"天鹅与自由"的意思,这些在广袤草原上自由迁徙的勇敢人们的祖先,可以追溯到里海边岸和高加索山顶上生活着的一些人。《史记》《汉书》中记载的乌孙、康居、奄蔡,是原先就在中亚草原活动的塞种、月氏、大宛、匈奴,欧罗巴人种的梅里安人、欧亚大草原中部的斯基泰人,都是哈萨克族的族源。西汉武帝时期,公主细君和解忧先后嫁给乌孙王,所以哈萨克人又自认是乌孙人的后裔。2009年夏天在那拉提草原我遇到一个哈萨克人,一起喝酒的时候他就开玩笑说:"我们哈萨克人是汉人的外甥。"

哈萨克族除了少数在甘肃和青海之外,绝大部分都聚居在新疆伊犁哈萨克自治州,也就是伊宁、塔城、阿勒泰3个地区。新疆总体的地形

2013年夏天在那拉提草原遇到的一对哈萨克族兄弟

是"三山夹两盆",北边是阿尔泰山,南为昆仑山,天山横亘中部,其南北分别是塔里木盆地和准噶尔盆地。新疆地貌丰富,包含了盆地、草原、森林、湖泊、雪山、戈壁、沙漠,而哈萨克族聚居之地就是常说的北疆,常有"塞外江南"之称,多是水草丰美、牛马满山的情形。

作为游牧民族,哈萨克人几乎个个善饮酒、能歌舞,有豪气干云的气魄。哈萨克族毡房与蒙古包大同小异,铺着毯子,大家围绕着低矮的案几盘腿而坐。但是男女是分坐在两边的,男尊女卑的格局比较明显。吃煮全羊是有仪式的,宰羊的时候需要先由一个尊贵之人领头做祷告,然后,羊就被拖出去,用刀抹脖子。我仔细观察过宰羊的过程,和内地宰羊捅一刀放血不同,这里是割头。

羊肉没上桌的时候,会有奶茶、奶豆腐、炒肉串、土豆以及包尔萨克之类的面食摆上来,这个时候就开始喝酒,酒杯是轮换的,这个习俗据说源自早期部落争斗阶段,为了体现信任,彼此换用酒杯。哈萨克族牧民认为如果在太阳落山的时候放走客人,是奇耻大辱。喝酒要一杯一

伊犁河谷草原上的人家，2008年仲夏

杯地干，不把客人喝醉，他们会觉得过意不去。等羊肉上桌后，由最尊贵的客人负责解羊头，先将羊腮帮的肉割食一块给长者，再割食左边耳朵给儿童，将羊头回送一半给主人，表示大家共餐。这时候，就着生洋葱吃着鲜美的羊肉，确实能让人酒量大增，酒酣耳热之际，就要开始唱歌了。

我第一次接触到哈萨克人的歌声是2007年在阿勒泰地区的喀纳斯湖，哈布拉德大叔坐在图瓦人的帐篷前弹着冬不拉，随口就唱了起来：

阿勒莱好似月亮洁白丰满，
前额明亮小嘴圆又圆，
唱起歌好像夜莺悠扬婉转，
说出话让我心里又暖又甜。

其歌词优美，曲调悠扬，在白桦林上空盘旋婉转，让人不由得骋心畅意。这种即兴的民间小调经过千百年来的打磨，一般都非常悦耳动听。不过，哈萨克人最著名的民间曲艺还是阿依特斯。

"阿依特斯"一词含有彼此诉说、争讼、相互盘诘问答的意思。有人认为，阿依特斯作为一种歌唱形式是由古代的裁决诉讼、排难解纷方式演变而来。因此，阿肯弹唱也保持着比赛、竞争的意义，引申为用诗歌进行智慧的较量或诗艺的比赛。阿依特斯另一个常用的名字叫作阿肯弹唱，阿肯就是哈萨克人对于诗人、歌手的称呼。

阿依特斯在哈萨克人的生活中占有很重要的地位，这同他们"逐水草而迁徙"的生活方式有关。一年四季，哈萨克族牧民要跟随草原的变化搬十来次家，赶着畜群从一个牧场到另一个牧场。在长途的跋涉中，烈酒和歌声是他们驱赶疲劳、战胜困难的伙伴。七八月份，当水草丰美、牛羊肥壮、气候宜人之时，是一年中的黄金季节。这时，人们从四面八方来到夏季牧场，夜晚点起一堆篝火，阿肯们弹起冬不拉，敞开歌喉，开始了对唱。这既是阿肯们显示技能、比较才艺、相互切磋的好时机，也给人们带来了欢声笑语，让人们增加了交流的机会，增长了聪明才智，使他们在奔波流徙的岁月中对未来充满希望。一代又一代的哈萨克人就是这样伴随着歌声从过去走到今天。

阿依特斯与单独的吟唱还有所不同，它是一种高层次的规范化的对唱。一般由两名阿肯上场一对一地较量，也可以四人对唱（以两人为一方）。他们彼此间你来我往，互不相让，竞相炫耀自己的才华，尽力从气势上，从即兴赋歌的技巧、才智上，甚至从品质上压倒对方。一旦有一方服输，对方就会表现出君子风度握手言欢。胜者彬彬有礼，夸赞败方；败者也不以为耻，并以纪念品馈赠胜者，这是一种传统。比赛者没有性别之分、年龄差异、门第之见，所有的人都可以同台竞技，一决雌雄。初出茅庐的后生可以向须发斑白的老者挑战，名手败在小将手上的例子也并不罕见。赛场上，听众既是欣赏者，也是评议者。

阿依特斯进行初期，主要通过这种形式解决部落与部落之间的纷争，从而达到和解的目的，也就相当于君子动口不动手的"文战"。因此，能够入场应对的必然是部落中聪明过人、才华杰出之人。在伊犁的奎屯、新源县等地的调查也证明，真正的阿肯在全疆也就十来个，哈萨克人都认为要成为一个阿肯，光靠自己的努力是不行的，更需要天赋。

比如哈萨克族历史上著名的女阿肯萨拉，出生于1878年，父亲去世得早，她和母亲、哥哥依附于叔父生活，17岁那年的夏天因为和歌手布尔渐的一场对唱而声名大振，成为著名的阿肯。另外一位德高望重的阿肯比尔江是1834年出生的，他弟兄3人，两个哥哥都是富豪，唯独他是一个游吟歌手。当时，比尔江慕萨拉之名，千里迢迢赶去挑战，"骑垮了六匹马，奔波了十五天"。二人对唱，留下了脍炙人口的佳句，至今还被当作哈萨克古典对唱的学习范本。

比尔江一开始挑战唱到：

> 论我的见识四座俱惊，不须夸口，
> 既然来了，不获胜绝不罢休。
> 今天碰上了阿勒泰的猎手，
> 小白鹿啊，我看你怎样逃走。

萨拉也不示弱：

> 我父塔斯坦别克我叫萨拉，
> 多少男人都败在我的手下。
> 十五岁上手拿琴四处对唱，

从未叫人抓住过半点错话。
我是伊犁花园的一朵鲜花,
生来专为众姐妹鸣冤说话。
老兄才尽到这里专来出丑,
我早就想把你的威风煞煞。

最后比尔江胜利了,但是他反倒由衷地钦佩起萨拉:

从小我在草原上四处游唱,
见过多少好歌手比试锋芒。
对答如流唯有你不露破绽,
千里戈壁没有人比你更强。

暮色将近,牛羊归家,2008 年夏

这种君子之战中间充满了许多妙趣横生的段落，从形式上看有些像壮族的刘三姐对歌。就算两个阿肯互相钦慕、表达爱情，也要采取调笑的方式。

对唱比赛的中间，也会有些游艺的插曲，比如叼羊或者"姑娘追"。"姑娘追"如今已经成为少数民族特色运动的一种，原先是由不同部落或地区的男女青年交错组合进行，一男一女两人一组。活动开始时，男女二人骑马并辔骑向指定地点，途中小伙子可以向姑娘逗趣、调戏、开各种玩笑，甚至可以强吻、拥抱姑娘。按照风俗习惯，小伙子怎么嬉闹也不会被指责，姑娘也不会生气。但是到达指定地点以后，姑娘追小伙子就开始了，小伙子立即纵马急驰往回奔驰，姑娘则在后面紧追不舍，如果追上了，便用马鞭狠狠教训他，以报复他的调戏，小伙子不能还手。不过如果姑娘喜欢上这个小伙子了，那她就会把马鞭高高举起，然后轻轻落下。这时候，你会理解王洛宾根据哈萨克族民歌改编的《在那遥远的地方》中的歌词"我愿她拿着细细的皮鞭不断轻轻打在我身上"最初的含义。

安顺屯堡的想象和现实

大约在2006年,我曾经写过一篇文章,叫作《岁月的琥珀》,说的是贵州安顺县的天龙屯堡。那里居住着明代从南京迁徙过来的汉人屯军的后裔,他们至今还穿着明代风格的汉服,在周围苗、回、侗、布依等少数民族文化包围之中,依然保留着江淮一带的风俗和傩戏。因为历史偶然的机缘和地理封闭等因素影响,造就了如今被民俗研究者、人类学家所津津乐道的文化标本,就如同岁月的松脂无意中凝聚而成的一块琥珀。

不过,当时我就已经意识到,当地人对于自己汉人身份和识别标记的强调,以及媒体与旅游策划者对于天龙屯堡的形象塑造,存在一种将风俗去时间化、凝固化、静止化的问题。在种种表述之中,时光流转六百余年,那些汉人军户的后裔,却依然恪守传统,在黔中群山之间保留着大明时江南的流风余韵。这是外来者常见的异域想象,却无法深入到当事人的内心与文化的底部。

如果要了解各个族群的真实情形,那种风情化想象显然是不靠谱的。前几天,我亲身到天龙屯堡做了一番实地考察,发现几年的时间已经将这个安宁的小镇搅得乱糟糟的,而自己显然也是其中的一分子。作

安顺天龙屯堡的日常，2011年8月

为一个民族文化的研究者，我已经参与到对当地的改变之中了。

如今天龙屯堡的实际情形是这样的：一大拨人，包括对于民族文化有着研究热忱和尊重的学者，乘着一辆喷射着肮脏废气的大客车，顺着修葺一新的柏油山路，很顺溜地就从不远的贵阳赶到了这里。在路上，导游会通过渲染和夸张等种种修辞，勾勒出天龙屯堡作为"真正的汉族"的模糊而又充满吸引力的形象。

走在据说是14世纪修建的石头街道上，扑面而来的是鳞次栉比的银匠铺、牛角梳店面和旅游纪念品小摊。在一个叫作三教寺的庙中，儒道释三教各自的偶像雕塑并排端坐一起，共同享用着人世的烟火。一些穿着仿明代服饰的老太太坐在一起纳鞋底儿，据说是制作祖先从故乡凤阳那里传过来的尖头布鞋。游客们则不停地拍照，时不时同屯堡人交流几句有关当地新奇玩意儿的话题，老太太们心不在焉，只想尽快说服对方买下自己制作的小商品。

如果有人对天龙屯堡抱着寻访古老文化遗址的期待，那显然会失望，因为如今它已经同遍布各地、不计其数的旅游景点一样，焕然一新，充满了对于金钱的渴望，而人文的底蕴似乎丧失殆尽。

在天龙屯堡，出现了这样有趣的现象：对于金钱和物质的欲望，显然是现代商品化、市场化的一种共通，但某一特定文化群落为了达到这种目的，需要为自己建立一种特殊性或者差异性；而天龙屯堡只有成为少数民族聚居群落中的汉人孑遗，才具有自己的卖点。

差异性非常重要，因为具有差异特征的文化符号可以成为象征资本，这种资本能带来其他的利益。所以，有时候我不免要反思我们常常作为政治正确性提的"文化差异性"或者"多样性"，其实可能根底里恰恰表明了我们时代文化不可避免地走向了同一性。

这无疑是悲观的结论，然而无论悲观乐观，文化其实是波澜不惊的。从某种意义上来说，它从来都是兼容并蓄、圣凡合一的，有关它的任何一种叙述都是极为片面的。这时候，抢救、保存与合理开发文化遗产最后的夕阳晚照就显得尤为重要。

说到这里，想起布依族和壮族渊源，同为"贝侬"，广西和贵州仅仅隔着一条红水河，可能河岸两边的兄弟俩一个就成了壮族，一个则成了布依族。这种差异的制造，其背后的历史、政治、文化的蕴涵，又岂是几句话能说得清楚的？

第三部分

滋味中国

春夏秋冬的味道

我走过许多地方的路,喝过很多地方的酒,见过无数曼妙秀美的少女,然而只喜欢最为刻骨铭心的一种味道。

那是鲫鱼炖豆腐的味道。事实上,对我来说,它已经不仅仅是某道菜,也超越了一种汤,而上升为一种超验性的生命体验。在它飘荡的香气蒸腾之中,流动着永恒的乡愁冲动和纯粹而直接的关于纯真年代的回想,在它的温润鲜美中饱含着家庭的温馨、少年的乡土怀想、生命早期奠定的个人记忆。

这个汤非常容易做,原料只要大小适中的鲫鱼两尾,生姜一枚,小葱几棵即可。鲫鱼剖开取出内脏及附着在鱼身内壁的黑衣,如果鱼本身较大就在两侧各开几个花刀,或者整个囫囵放入有少许清油的锅中慢煎。姜片事先在油锅中擦一下,可以防止鱼皮粘锅。待到鱼皮微黄,直接放入白水中煮,同时放入老豆腐和姜片,一则去腥,一则入味。文火焖至鱼汤呈现出乳白色,再放入红椒、食盐,以及切碎的葱段,大火烧至沸腾,即可起锅。如果略加几粒胡椒和几叶芫荽,则就更加锦上添花。

小时候我曾经无数次看妈妈做这个汤,用的是土灶松柴大铁锅,靠

渔业养殖是一桩又脏又累的营生，2015年3月广西北海

的是松枝大火先沸水，然后松炭小火慢慢熬，盛汤前再用松针快火冲开葱椒的香味。揭开锅盖的一刹那，难以用言语表达的美妙气息弥漫在空气中，仿佛充斥了整个宇宙，乳白色的浓汤，让人有种但愿沉醉不愿醒的柔情。

我家就是养鱼的，各种鱼的各种做法我都吃过，白水㐱鲢、红烧大鲤、青鱼炒片、蒸鳙鱼头、清汤鳜鱼、煮甲鱼、青蒜鲥鱼、油酥梭鳅、泥鳅钻豆腐……各有各的妙处，最家常普通却最让我喜欢的还是鲫鱼炖豆腐。

因为太熟悉，所以我后来最常做的就是这道菜。工作后离开南方，在北京就很难买到很好的鲫鱼——外皮过于黑的，一看就是饲料喂出来的，而鲫鱼本是生命力极旺盛的野鱼，是不在家养行列的。电磁炉和煤气灶也没有松枝茅草燎燃着铁锅的那种粗粝与厚实感。可见即便是简单的一个菜也要讲究天时、地利、人和、食材、配料、火候的配合，相得益彰，才能尽显其妙处。

那种原乡的味道终究会成为一个甜蜜的忧伤,成为游子逝去而不可再得的遗憾。

《刀见笑》里面肥头大耳、刻薄寡恩的大公公,在漫不经心地吃了哑巴(安腾政信 饰)做的"七星伴月"之后,泪流满面,喃喃自语:"妈妈!"这是内心最柔软的地方被击中的感觉。

我曾经有一个文艺女青年朋友,当时我们都蜗居在通州的单身宿舍里。她的单位非常人性化,每个月都发放"单身补贴",以慰藉在物质、精神尤其是肉体上都备受煎熬的年轻人。这种富有菩萨心肠的领导可不是每个人都能幸运地遇到,所以每当单身补贴发放的日子,她都会约我去吃一顿——那笔钱主要是一种悲悯的象征,也就够吃一顿饭。

每次我点菜都会点鱼,北京的鱼有很多种做法,最常见的是水煮鱼、松鼠桂鱼或者烤鱼,我觉得鱼这样烹饪就失了它的水性。宋儒形容

大理郊区的严家民居,
2012 年 6 月

人性的生机盎然常用的比喻是"鸢飞鱼跃",鱼的鲜活与美味只有在汤中才能显示出来,而豆腐就是那个中和河流的朴野之气、触发出勃勃川水之味的楔子,就像禅宗里的棒喝——截断芜杂,独显意味深长的绵厚意蕴。只是北京饭店中几乎没有遇到我熟悉的那种味道。

后来我在大理郊区四方宏源白家食府吃过草鱼豆腐汤,在宜昌长江三峡边上的望江楼喝过白鱼豆腐汤,都让我想起妈妈的鲫鱼豆腐汤。但是总感觉少一些什么。

有一次放假,我邀请那个朋友到我老家玩。爸爸从池塘中网上来活蹦乱跳的鲫鱼,经过妈妈的手,端上桌子成了氤氲飘香的鱼汤。朋友吃了之后,感慨了一句。她说的是,仿佛是尝到了春夏秋冬的味道。

这是个文艺式的说法,我一直记得,是因为仿佛也只有这样文艺范儿的话才能朦胧地表达出那种说不清道不明但是又有着真切体验的感受。大美无言的感受。

春夏秋冬的味道,里面包含着诞生的幸运、成长的快乐、劳动的艰辛和愉悦、收获的痛楚与甘甜。沧海桑田就尽收在那一锅汤中了。它与母亲根源相连,在疲倦的人生旅途中带来慰藉,让所有的辛勤劳苦都有温暖的体恤。

滋味的真爱

呐,你知道的。这个世界上有时候会有突如其来的邂逅,就像不期而遇的一见钟情。比如你因为机缘巧合遇到某个人,TA让你忽然产生冲动,以至于离经叛道、不问訾誉,疯狂地迷恋。那是一种非理性的、超功利的、无法用常识来解释的情感,它是费洛蒙的契合,肾上腺素的偾张,多巴胺在短期内大剂量的释放,让人飞蛾扑火、不顾一切。

是的,这就是传说中的"真爱"。

然而我要说的不是男女之间的爱情,我想说的是某种让你出乎意料、狭路相逢的食物,忽然激发了口腔的爱情。在其他人看来可能毫不出众、并不起眼的食品,但是在一个特定时刻特定环境中的舌尖,变得貌美如花,妖娆动人,那是一条升起了爱情的舌头。

据说,一个人喜爱的滋味,大约在三岁的时候就已经形成,此后终身不会有大的改变,就如同初恋,即便另遇新欢,也不会忘却旧爱。衣不如新,食不如故,说的就是这么回事。

我在江淮之间的安徽小地方长大,那里的作物包容南北、兼顾东西,但主食以米饭为主,面食不过是零星的点缀。家乡的口味介于淮扬菜、豫菜、鄂菜之间,融合沿江菜的烟熏火功,加上金陵菜烹烩重汤的特色，并不属于正宗的徽派精致腌制一系，但少有面点倒是一致的。

因为没有吃面食的养成性培育的胃口，所以我一直对诸如馍馍、大饼、饺子、油香、包子之类不是特别感兴趣，街上烈火烹油的点心摊子架着柴火倒是繁花似锦，但是终归不入正餐。我们南方人吃起来，味道单一，口感简略，总归有些食不果腹之感。有一次在山西阳城住了一个月，每天都吃各种面食，简直快要把我弄疯了。

直到有一天我在黄河边上吃到了一碗酿皮，长久以来的滋味观瞬间崩塌了。

那是在青海贵德县。"天下黄河贵德清"，此处为黄河的源头，河水碧蓝，映衬岸边稀疏的绿柳黄山，唯觉得天高地迥，心胸开阔。那时我

位于青海海南藏族州贵德县的中华福运轮，是世界最大的转经轮，2012年7月

从河阴镇的玉皇阁徒步到黄河南岸的西河滩林。因为雨季刚过，四周的岔流汇入河中，水面呈现出半清半浊的异景。正是夏日炎炎的季节，烈日灼人，我感到口焦舌燥，疲惫不堪。

这时候，我在《黄河少女》雕塑的后面发现了一个摊子——卖酸奶和酿皮子的摊子。

如果不亲身经历，你永远无法想象在盛夏苦暑之中，在滔滔大河之边的树荫下发现一个酿皮摊的感受。这个场景非常重要，它是美味佳肴必不可少的佐料，重大感情发生的背景。我立刻坐下来，要了一碗酿皮子和一碗老酸奶。

这时候真爱发生了！

酿皮在陕甘青宁一带是常见食品，即便是在北京或者云南也并不稀见，虽然在细节上，比如是米面还是麦面，放不放麻酱蒜泥，颜色是黄还是灰，卤汁是加醋还是放辣子，略有些差异，大体也都差不多。但是，只有我在黄河边上吃的这个酿皮让我背叛童年时代就已经建立的品味系统。我爱上了这个酿皮。

于千万种小吃之中遇见，在时间无涯的荒漠和空间无垠的空荡中，没有早一步也没有晚一步，刚巧遇上了，那也没有别的话可说，唯有感叹一句："原来这么好吃啊！"

一个蓄着山羊须戴着白帽子的穆斯林老汉从水桶中捞起一片金黄色的面饼，飞刀切成方条，盛入粗瓷大碗，撒上褐黄的蜂窝面筋，浇上辣油酱汁，撒上细碎的韭叶，端上来，我正舀了一勺老酸奶上面亮晶晶的奶皮含在嘴中。咬一口酿皮，柔韧润滑、细腻清凉，那是一种什么感觉？冰火两重天，酸辣甜交织，一股舒心的绵软刚强直冲脑门，让人痒痒地只想喊一声："爽！"

"等闲变却故人心，却道故人心易变。"真爱就这么产生了，我就这么被征服了。

　　我那时候想酸奶配酿皮可能是世界上最搭的组合，一阴一阳，一柔一韧，一辣一甜，一酸一咸，刚柔相济，恰合互补，一饮一啄，莫非前定？

　　周星驰的《食神》中以一碗普通的叉烧饭胜过超级无敌海底佛跳墙，靠的是什么？是返璞归真，是直击肉身的情感，是见山还是山的大巧若拙。我在黄河岸边吃到的酿皮加酸奶就是这样的。那是来自朴素大地与草原的滋味，就像那个穆斯林大叔，是慈祥的舅舅，是稳固的依托，是坦荡清白的本色，是可以信赖的厚实感。

　　这是一种不事张扬的爱，金风玉露一相逢，便胜却无数。它是短暂的，却是永恒的，让人在日后长久的岁月中，无数次回想当时的情境与滋味。也许此后彼时彼景再无重现可能，如同两个偶尔交集的爱人终究交肩而过，但是心中永远惦记那如流星一样耀出炫丽光芒的时刻。

弗洛伊德之鲀

很少有像河豚这么极端的食物,集极美与剧毒于一身。世间让人沉迷之物往往如此,罂粟花也极为妖娆艳丽,其浆液却是毒品,据说就有不良商贩做卤味,也放入罂粟壳以提味,让人上瘾。

民间关于河豚的说法最著名莫过于"拼死吃河豚",按照唐人陈藏器《本草拾遗》中所言:河豚"入口烂舌,入腹烂肠,无药可解"。但是,它肌理柔滑、味同甘旨,"食得一口河豚肉,从此不闻天下鱼",是水中至馐,常让人无法割舍。懂鱼的食客尝言:一恨鲥鱼刺多,二恨刀鱼刺多,三恨螃蟹难剥,还是河豚好,味美刺又少!

宋人孙奕所撰的《示儿编》中记载一则轶事便道苏轼谪居常州时,有当地士人善治河豚,请他前来品尝,苏大学士埋首席间不语,躲在屏风后的那家人半晌没有听到评点,颇觉失望,忽听东坡停箸一叹:"也值一死!"

苏轼所食之豚正在好地方,世间产河豚最美之处一是在春岸杨花飞舞的江苏江阴,一是在二月河豚产卵前的日本山口县下关。日本人吃河豚有完整的一套体系,从火田烧、一夜干开始,到菊花盛的河豚刺身,有清酒鳍、脆炸河豚,最后还有钵满盆满的河豚锅和杂碎。

国人食河豚也由来已久，在历代笔记小说里，主流的吃法宋朝时是以荻芽做羹，明朝则是加酱红烧，民国时汉口的武鸣园是河豚百年老店，其大锅靓汤终年鼎沸，平素是煮鳝鱼，河豚行令时则是煮河豚。传闻宋子文每回光临都要连吃三四碗。抗战时期，日机轰炸武汉，武鸣园付之一炬，美味失传。新中国成立以后因为河豚有毒，有明文禁止餐饮单位炊作。不过，饮食男女，人之大欲，这种禁令似乎从来没有让食者却步。

这固然因为河豚本身的鲜腴肥润、湛然香暖，而禁果分外甜的隐秘心理可能更增添了它的魅惑之处。明谢肇淛的笔记《五杂俎》中称："河豚最毒能杀人，闽广所产，甚小，然猫犬鸟之属食之无不立死者。而三吴之人以为珍品，其脂名西施乳。"他将河豚比作倾国倾城之美女，倒是恰如其分。我想，河豚可能就像法国人所说的是 femme fatale（蛇蝎美人），尽管有蛇蝎毒性，却让人心醉神驰，不能自已。

这并不是对于身体的不能自控，而是欲望本身构成了肉身追求的最大化，它是根植于人性深处的内在依托。江户时代有俳句云"偷人家妻子，/惊心动魄又美味，/有如尝河豚"，完美地诠释了吃河豚与偷情之间的生理学和心理学上的相通。

其实，河豚是一种非常可爱的动物，体型就像巨大的蝌蚪，身上文斑如虎。它有个小名就叫"嗔鱼"，因为遇到敌害时，它就吸气膨胀腹部，全身上下棘刺怒张，如同一只在河流中发飙的加菲猫。并且万事万物相生相克，清人吴其浚《植物名实图考》中就记载：河豚上市时，遍地生长的蒌蒿可以解其毒。而正好"春洲生荻芽，春岸飞杨花。河豚当是时，贵不数鱼虾"，"蒌蒿满地芦芽短，正是河豚欲上时"。一物降一物的自然法则，给美味留下足够的生长空间。

我吃过蒌蒿炖河豚，那正是"竹外桃花三两枝"的时节，在张家港

无锡西郊的梅园始建于 1912 年,由民族资本家荣宗敬、荣德生用了十余年建成,2009 年 4 月

做生意的发小带着我在江阴、无锡一带游玩,听闻丹阳有精通此道的馆子,专门去一偿夙愿。那大厨用的是饲养的河豚,处理得很洁净,盛在白瓷碗中的河豚汤浓如炼乳,一人一条,分而食之,除了绵软细滑、入口鲜美之外,倒也没有欲仙欲死的感觉。可能因为期望值太高,难免有些失落,不过我想更多可能还是因为事先就知道安全无碍,少了慷慨赴死的悲壮,因而失了不少兴味。

也许我们需要的就是那种在生死之间的刺激和冒险,向往而不得的遗憾才是最美的。

所以说,河豚是一种弗洛伊德意义上的鱼,在爱欲驱力与死亡冲动之间。从精神分析的角度来看,爱欲与死欲、性冲动与杀人冲动、生存本能与死亡本能、生殖延续与死寂断绝……构成了每个人生命充满张力的内在状况。我们都是在本我和超我的两个极端中间寻求某个自我的平衡点，以维持正常的身份、活动、交往和生活。

河豚身上最味美的地方是雄鱼的精巢，也就是俗称的"鱼白"。有谚语称，"不食鱼白，不知鱼味。食过鱼白，百鱼无味"。2009年的奥斯卡金像奖最佳外语片《入殓师》中，有一个意味深长的段落：小林大悟因为妻子不同意他做入殓师，而打定主意要到佐佐木社长那里辞职。佐佐木请他吃鱼白，赞叹说："好吃得让人为难。"小林吃了鱼白，也咽下了要离开的话。鱼白在电影中就象征了生之欢愉，享受鱼白就是善待生命；而给死人入殓，维护死者尊严，也是善待生命的方式之一。

生与死在这里是一线之间，也是互为一体的，河豚之味，就是对于生命的探望。

羊大为美

我在读研究生的时候学的是美学,关于"美"的解释,其中之一就是"羊大为美"。汉代许慎释其字义就说:"美,甘也。从羊从大。羊在六畜主给膳。"华夏民族主流源于中原,在最早驯养的"六畜"中,羊在食谱中显然占据重要地位,这从"鲜"的字源学就可以略窥一二——它是口腹之欲的渊薮,舌尖口头最初的启蒙。

除飞禽游鱼之外,披毛戴角的走牲中,羊是我最喜欢的肉食。不过淮河、秦岭以南的羊多为山羊,而游牧民族的绵羊才是一般意义上的"羊"。北方人到南方吃山羊只觉得干硬腥膻,记得有一次在广西大新吃到一个菜名曰炒山羊,蒙古族的同事都拒绝动筷子,说难以入口。

豫东、鲁南、皖西、苏北山羊的有种做法为红焖,熟烂在锅,脱尽土腥,属于南北咸宜。我小时候常吃的却是烩山羊,工序则要复杂很多,羊肉先要风干数月,然后洗净清炖后晾干拆肉,再用拆下的肉加葱、姜、椒、蒜、粉丝回锅重烩,吃时随时放入菠菜,入味浓厚,用三毛的话来说,那味道美得你吃过后简直都不想漱口。

不过说到羊肉正宗,自然还是北方人更为精通。到了北京之后,我发现羊的丰富吃法,各种羊肉汤、下水锅就不说了,东来顺是老字号,南门北门涮肉也是好去处，羊蝎子到处都是，宣武门内的"烤肉宛"，什刹海东头的"烤肉季"则是烧烤的名店。"严冬烤肉味堪饕，大酒缸前围一遭。火炙最宜生嗜嫩，雪天争得醉烧刀。"光想想那个意境，你就能像巴甫洛夫的狗一样口水直冒。还有最简单平民化的呷哺呷哺小火锅，遍布在各种路边广场的烧烤摊子，想吃各种做法的羊肉都不愁没有去处。

在杨庄宿舍住的时候，常常和几个哥们深夜里到桃园山的夜市去吃烤肉串、羊腿、大腰子，那是最市井也是最浪漫的回忆。

这些羊自然都是大尾巴绵羊，但羊肉因为产地不同，味道差别很大。北京除了北边怀柔密云产一点点羊外，不从外地运进，显然满足不

吐鲁番"麦西来甫风情园"里的"天下大馕坑"约四层楼高，不仅能打出可供数百人食用的馕，还能同时烤制二匹骆驼、三头牛、十只羊，2008年9月

了它巨大的胃口。我后来到过不同地方,都听到类似的吹嘘自己地方羊的话:"住的是风景区,吃的是中草药,喝的是矿泉水,尿的是太太口服液,拉的是六味地黄丸。"这样的民间文学,东从科尔沁草原,西至帕米尔高原,北到喀纳斯湖畔,都在流传。

在西北大地的数次行走,我赫然发现,自己可能是一个游牧民族的后裔——很少有南方人像我这样嗜好羊肉。在克什克腾饱啖烤全羊,在吐鲁番大噬红柳条穿着的馕坑肉,在乌鲁木齐干一盘过油肉拌面,到西宁去莫家街喝一碗泉儿头羊杂汤,到了西安去北广济回民街来碗水盆羊肉……每当这样的时候,我的心中就充满了对于人类进化到食物链顶端的崇敬与感激。

而在这些五花八门、各有专擅的饕飨酢醋之外,手把羊无疑是繁华落尽见真淳的本色出演。只有在这样素面朝天中,才能见到羊肉本身的材质。草原上的蒙古族兄弟用一把极小的刀子轻轻割断羊的气管,很快就将羊皮子像脱衣服一样剥下来,再用一块羊油从羊肠的一端挤入,另一端挤出,羊肠就干净了,直接扔进锅里煮,整个过程也就是几分钟的事情,都不需要用水洗,保留了最完整的肉味儿。不多时,热气腾腾的手把羊就端进帐篷了。一人一把小刀,也没有别的东西,就着洋葱喝河套王酒,那时候你才会觉得自己活得像个男人。从甘肃临夏到青海循化一带的东乡族、撒拉族的手把羊是凉吃的,羊油凝固成奶酪一样点缀在整齐的肋排间,红白相间,就着新出的大蒜瓣和椒盐,那叫一个痛快。过后再吃几颗河州大杏儿,嘴里一点异味都没有,比你的"益达"她的"清嘴"还要强。

羊就是游牧民族的庄稼,寄托了广袤大地上所有的苦难和欢欣。它是干净的、温顺的、充满祝福的。宰杀之前西北穆斯林总是要先做一个祈祷,然后羊被拖出来,用刀抹脖子。我有一次在伊犁巴音沟哈萨克族兄弟的毡房外仔细观察了整个宰羊的过程，和我老家那里的捅一刀放血不同，这里是把头割下来。这个过程中，羊都一声不吭，我那时脑子中忽然明白了一个词的含义：沉默的羔羊。电影《永生羊》中宰羊之前那句经典的祷词相信很多人都记忆犹新："你死不为罪过，我生不为挨饿。"羊是天地间的大美而不言。

羊在各个民族的文化含义中多是作为献祭的象征，无论中西，好像都是如此。即便是汉人文化中也有进献之意。《说文解字》中说："羊，祥也。"它是祥和与牺牲的象征。

《诗经》中言"鸡栖于埘，牛羊下来"，我认为这是最美的句子。今日读来，承载了对于牧歌时代的怀旧情感，让我们在面对羊肉时身怀敬畏，如同面对一段连绵不绝、持续不断的历史。

哈萨克族题材电影《永生羊》改编自叶尔克西·胡尔曼别克的散文

大鹅豪放

以前看《水浒传》，印象深刻的一个段落是武松醉打蒋门神之后被发配恩州，施恩前来送行，把两只熟鹅挂在他的行枷上。武松双手被铐在枷上，就右手扯着鹅，左手撕着吃，也不理睬衙差，一路大嚼，走不到五里地，就把两只鹅都吃尽了。

现在回头再看这段霸气的饕餮，还是忍不住咽几下口水。武松吃的是水煮熟鹅，鲁智深大闹桃花村、打小霸王周通时也吃了一只。这是鲁东陕南的吃法，不比南方。鹅在我的故乡并不是稀罕物，水乡里家家都养上数十只，小时候我的杂务之一就是清早起来赶着鹅到河埂塘边散放。

不过皖西大白鹅很少有鲜吃的，一般都是用粗砂盐卤腌制，挂在梁上风干成腊鹅，年到如期之时，取下来清水浸泡，干柴炖熬，待满屋飘香，取出晾凉，切成大块冷却。可以佐酒，可以下饭，肥腻适中，咸香可口。

腊鹅的好处在于能放很久，在冷藏设备没有发明之前，是农家少数可以吃到六月的荤菜。这是一种接待宾客的菜品，以前交通不便，"提刀去割麦，家有拜年客；青草没马蹄，正是拜年时"，青黄不接之际，鸡仔尚幼，别无长物，腊鹅就显示了它的重要。

皖西白鹅成年后个头会很大,鹅绒的产量很足,成为六安的特产之一

再往南,出名的显然是粤菜中的烧鹅,不过它的用料是乌鬃小鹅,做法类同挂炉烤鸭,是把内脏掏空填料熏烤,蘸酸梅酱而食。广式的卤鹅和大鹅煲经过复杂工序,已经不再那么油腻,可能更"健康"了,但同时也失去了流脂满口的快感。

鹅肉的纤维比较粗,油才是它的精华所在。《红楼梦》第四十一回提到贾母吃的松瓤鹅油卷,就是用面粉加松子、鹅油烘焙出的酥饼,你可以想象那种金黄脆香的质感。至于肉也以肥而不柴为佳,如《红楼梦》第六十二回提到的厨娘柳嫂给芳官送去的胭脂鹅脯,大宅院里惯坏了胃口的事儿妈嫌道:"油腻腻的,谁吃这些东西。"

鹅本身是所谓的发物,温热内蕴者忌食。李时珍在《本草纲目》中称其"气味俱浓,发风发疮,莫此为甚"。有个流传很久的历史段子,说朱元璋平定天下之后,屠戮功臣,大将军魏国公徐达其时背部长了一个疽。朱元璋就赐给他一只蒸鹅,徐达见此,明白皇上意思,便满面流涕吃下，果然毒发而死。这未必是实际情形，貌似现代医学也并没有证实鹅肉真的就会引疮发作。但从侧面可以看出鹅的本性——它是一个豪放的食货。法式鹅肝那种高雅菜品吃的其实是鹅的脂肪肝，那才是真正的病态。

我以前总觉得家禽中，较之鸡鸭，鹅是最蠢笨的，俗语不是有"呆头鹅"的说法嘛。因此实在不理解王羲之为何喜欢鹅，这个史上最强的书法家认为执笔时食指要像鹅头那样昂扬微曲，提笔时需如"白毛浮绿水"，运笔则要"红掌拨清波"。但是，从鹅的体态、行走、泳姿中，我实在无法领会"飘若浮云、矫若惊龙"的妙处。后来，偶尔在佛经中也发现对鹅的尊崇，"世尊犹如鹅王，庠行七步"，这就是把佛陀比作鹅。大约鹅大智若愚，其悠闲从容的步伐有种隐约的帝王气象吧，而我之所以觉得鹅呆，可能是童年被鹅喙追击留下的阴影。

阴影归阴影，腊鹅还是吾乡每年冬春日子中的厨中必备，那是秋冬养阴的妙馔。我后来在海南、广东等地也吃过鹅肉炖萝卜、鹅肉炖冬瓜，甚至什么古法焖鹅之类，不过都不及齿颊间那一丝咸。

有一年春节回家，我给同事拎回一只大腊鹅，那个庞然大物估计有二十多斤，发出腊货常有的哈喇气息，提上火车的时候受尽邻座白眼。不过这个我含辱忍垢千里迢迢带到北京的家伙，充分显示了它欲扬先抑的内敛本色。同事在碍于情面接受之后，只能把它肢解成两半才能找到足够大的锅来炖它，但是炖好之后发现它洗去旧年纤尘之后的美味，就像某个粗服乱头的美女，用肥皂"咯吱咯吱"洗干净之后，露出了国色天香的本来面目——当然，这样说，有种鲁迅意义上的那种淫猥意味，其实大鹅是荡气回肠的粗豪范儿，正配鲁达、武松那样的大汉。

不过，营养专家、养生大师在电视上说，腊货咸肉不能多吃，亚硝酸盐致癌云云。每当听到这个话，我都会被这帮专家的拳拳爱心所感动,"生年不满百,常怀千岁忧"。吾等凡夫俗坯,注定是过不上优雅健康的生活啦。开吃!养生的事儿先放放,我要拿着油乎乎的腊鹅腿啃,去它的亚硝酸盐。

还记得吧,唐僧师徒四人走到南山大王的地盘,悟空先去打探斋饭消息,回来唬八戒说村菜盐重齁人,没法吃。八戒闻言,大义凛然道:"啐!凭他怎么咸,我也尽肚吃他一饱!十分作渴,便回来吃水!"

木瓜羹之味

路过昆明，深夜朋友邀请出去吃烧烤，啤酒、烤鱼、板筋、牛脚、茄子包肉，于微风中坐在香樟木叶下叙旧，真是人生一大乐事。云南菜的主味是咸辣，一会儿我们就吃得满头是汗。朋友就说，来碗木瓜羹吧。

没有想到十几年后，我会再次在陌生的街头又一次尝到暌违已久的木瓜羹。

那个电光火石的瞬间，往事如同受惊的蜜蜂，轰然飞起，"嗡嗡"地漫天舞动，翅膀掀动着积年的芬芳，直击我的心房。时空迅速闪回，兜兜转转，映现出来的场景却是1998年的江南小城。

是春夏之交的夜晚，晚风水气从镜湖蒸腾上来，随着柳条拂到身上，人的心也随着温柔起来，最是人间四月天。我和苑漫步在湖边，话剧比赛刚刚结束，我们没有得奖，但是心里都很高兴，因为身边的人。刚上大学，在异地，懵懂的年纪，几个月排戏的相处，两个人有一种心照不宣的默契。

校门左侧有个婆婆是卖木瓜羹的，我们一人吃了一碗，并不是一般的羹，而是像布丁那样的淡黄色亮晶晶的，上面浇上用糖腌制的紫色玫瑰花汁，清香中有一种纯净的甘甜。老婆婆的口音是外地的，聊起来才知道是云南人。不知道为什么会跑到这样一个离她故乡千里迢迢的地方来。大约每个人背后都有一些难以为外人所知的故事，那些生活的秘密，如同山涧中盛放的无人知晓的芙蓉，自在地绽放与凋落。

我们那时心思单纯，不会想到这么多，在无言的甜蜜中已经浑然忘记周遭的一切，街灯晕淡的光芒以温馨的方式带来岁月长久温情的幻觉。"投我以木瓜，报之以琼琚。匪报也，永以为好也。"这是多么简单的诗句和质朴的情感。

我们一起在化学楼中复习功课，在后山聊些天长海阔的废话。苑那时候还练字，我有时候陪着，在美术系一个空房子中看她凝神贯注。有一次中间忽然断电了，我清楚地记得薄暮时分的微光中她的眸子晶亮透彻。

我在安徽芜湖生活过 7 年，江南的风土已经浸润到骨子里，图为青弋江入长江口的中江塔

欢愉的时光总是稍纵即逝，就仿佛木瓜羹上面的玫瑰花汁，总是会觉得少，只薄薄覆盖在胶冻的表面。到暑假回来的时候，不知道怎么我们的交往忽然就无疾而终了。因为一开始也没有点破，所以倒也是自然而然的疏远，很长时间我都没有明白这中间究竟发生了什么事情——年轻时候连自己的心都无法把握清楚，更何况对于别人？

隔了许久的流年回想起青葱时代的往事，似乎都带有些沧桑的意味了。其实还来不及回味，惨绿少年的无名心事不久就会被汹涌而来的各种琐碎事情冲淡，烈火烹油、生机勃勃的青春才刚刚开始呢。几年后，各奔东西，天南地北，却因了当初的一点牵挂，我和苑居然没有断了联系，但是一直没有见面，一年中也就偶尔夜深睡不着的时候发个短信或者打个云淡风轻的电话。

数年后，我们再一次相遇却是我刚刚和谈了两年的女友分手的时候。之前女友在北大读书，我们经常会在蓝旗营一带活动。虽然她是山西人，却是南方人的性格和脾气。那里有个"彩云间"，我是在那里第一次喝到傣家的甜米酒。魏公村的"宝琴"和"金孔雀"也是常去吃的傣家菜，我很喜欢那里的"黑三剁"，是把西红柿、青椒、紫甘蓝、黑咸菜剁碎，和肉末炒在一起，色彩斑驳，味道酸鲜，总能让人舌底生津，食指大动。即便如今有外地的朋友来，我还会带着去。

后来女友去香港读博士。每天通过QQ或者电话联系，聚少离多，两个人异地一年多，还是分手了。她没有说分手的理由。我也没有问什么，常常深夜醒来，怅然无措，牙关都能绷得发酸，也终究挺过去，没有纠缠——感情这种事情有时候不是能挽回的，倒未必是出于自尊或者含蓄。剪不断理不清的事情，让它在岁月的长河中冲刷洗漉也许倒是最好的选择。

分手之后，我在西藏和新疆游荡了两个月，苑知道我回北京，就专门来看我。我那时候也在准备出国，用英语表达，苑应该算是 old flame，两个人见面却没有燃情岁月的激动。我带她去北海公园划船，聊到陈奕迅的《好久不见》，然后在旧鼓楼大街的"异旅云"吃饭——那也是个云南菜饭馆，融合了泰国风味，因为当年我们在喝了云南婆婆的木瓜羹时候，曾经说过要一起去吃云南菜的——一些奇妙的宿命总是在后来的人生中逐渐呈现出它们令人迷惑的面孔，比如，我为什么和女友会喜欢去云南菜馆，难道是因为最初对于木瓜羹的记忆沉潜在潜意识的深处？

香茅草烤鱼和巫山烤鱼不同，没有汁水和配菜，是天然的呈现；腊排骨炖山药则蕴藉着经年的陈香，菠萝饭也好，茶香虾也酥脆，一切都很完美。我们两个已经成年的老同学，坐在二楼露天的屋顶上，遥望后海两岸流离的灯火，体会长河大地，时日悠然。很久以来食不知味的味蕾，似乎在那时候重新恢复了生机。味觉的复活是一个人从沉寂中逐渐凝聚活力的开始。

苑已经结婚了，她和她先生都是漂泊异乡的游子，在陌生的都市相依为命、相濡以沫。我深深地为她祝福。各自经历许多之后，我们真的摆脱了红颜或者蓝颜知己的俗套，而有了自家兄妹的感觉，那是因为我们有着共同的青春。不过，北京的云南菜馆却似乎没有木瓜羹，直到两年后回国，我也没有在北京吃过木瓜羹，甚至都没有见过木瓜长得什么样。

第一次见到木瓜是在海南五指山的街头，当时和同事晚间无事闲逛，路边地摊摆放的果蔬中有新鲜的木瓜。我买了两个和同事分食，却干巴巴的没有什么滋味，就像一段清脆的木头。在云南，我走过许多地方，从香格里拉、丽江、大理到玉溪、普洱、西双版纳，吃过各种稀奇古怪的食物，油炸的蚱蜢竹虫，生煎的蜜蜂，捣碎的不知名野菜，凉拌

海南五指山下万泉河野趣，2012 年 3 月

的刺五加，当然还有那些脍炙人口，已经传到北京和全国各地的经典菜目，但是始终没有再尝到少年时代的木瓜羹，就像那青涩的朦胧感情再也不可复现——它本来在干柴烈火、咸辣入味的云南食谱中就是一道另类。

回到北京，某一日午后坐在窗前喝茶，无风的冬日天空明朗，远处的山峦远近浓淡，显示出从铁黑到银灰的层次，和云南的山脉颇为不同。大约在云南一直在山中行走，没有这样远远望去，看不见整体的轮廓，就像埋头饕餮的人，哪里有闲工夫细细辨别出木瓜羹那清淡的滋味？

越南导演陈英雄有部电影叫作《青木瓜之味》，在北方干涸焦躁的城市看这样的片子就是一种滋润。影片中那个如青木瓜一样的少女，慢慢学会写字，表达自己和生活的细腻和温馨："泉水流过，石头被拨动时闪闪发光……荡荡漾漾，汹涌没有休止，树影婆娑，和谐的一摇一动……"那是一种梦幻般的纯真，如同早年我们共有的情愫。

青木瓜之味，其实就是纯真的味道

我后来自己照着食谱做过一次木瓜羹，将木瓜切成碎丁，和打烂的番薯叶搅和在一起，放入藕粉一起熬炖。但是晾凉之后，并不怎么好吃。很多时候，过去的东西一旦逝去就很难再回来，时间带走的不仅仅是记忆，更多的是当时当地的心情。

是的，青木瓜之味就是我们爱情最初的滋味。像茨威格笔下那个终其一生矢志不渝的女人在信中写的："这是一种属于孩子的偷偷培养的爱情，有些卑微、娇弱，但与成年人的具有挑逗意味的欲望性爱情来比，这种爱情是虚无缥缈却炙热浓烈的。世界上有什么能与之相比呢？集中自己全部热情的只有孤独的孩子。不像其他人可以到社交场合宣泄自己的感情，在虚情假意的搂抱亲昵中发泄殆尽。关于爱情的事，他们读过也听说过许多，知道爱情是每个人注定都要经历的，于是他们视爱情如玩具。爱情仿佛又如男孩们抽过的第一支雪茄。是值得他们去炫耀一番的。"

如今的爱情已经和当年不能同日而语，那些清纯与梦想，太缥缈了。纵然有人信誓旦旦地宣称"爱之于我,不是一蔬一饭,不是肌肤之亲,是疲惫生活的英雄梦想",那倒正是证明了原本如水自然流淌、如花平静开放的爱,如今已经是多么不可得,非得要决绝才能得到似的。

去年情人节的时候,我曾经发过一个感慨:"爱"这个概念主要是由基督教背景的文化移译到现代中国的,中国传统讲的是"情",不过经过近代中国理性化的"心的革命"之后,如今的"爱"都把"心"简化掉了。爱侧重感觉,没有感觉就没有爱了;情更注重长久的相濡以沫,有心和义。真正的情是不需要情人节这样的东西去包装的。朋友说,爱情是一个现代性的发明,灵肉交融之爱(所谓浪漫爱情)成为不分等级、阶级的人们普遍追求的目标,是识字率提高、阅读能力普及以及文学、出版尤其是报纸普及的结果。那种能够被翻来覆去讲述、回味、放大、强化、酝酿、意淫的、被表现的爱情因此才有可能,《包法利夫人》就说明了这个道理了。在中世纪,这种灵性之爱原本只是存在于信徒和上帝之间的关系,后来被转化为信徒相互之间的关系(比如爱洛漪丝的故事所传递出来的信息),再后来则被世俗化为骑士和贵妇人之间的关系,这种爱,是一般只有温饱水平的普罗大众所无法想象的精神奢侈品。到了浪漫主义时代,才有可能将这种奢侈品普及为大众的精神消费品。我们的情感结构被改造后,每日上演的情感悲喜剧,都不知道是真是假了。

在解构了如今普遍接受的"爱"之观念的时候,我想说的其实是:爱情就是青木瓜之味,如果你没有尝过,那你就永远不知道疏散清淡中的绵长和悠久。

何味包容

满族作家赵大年写过一篇小说叫《西三旗》，说的是老派旗人佟二爷公母俩儿的故事。这老两口每年旧历二月初八，非得摆谱儿"当一回主子"；一天要把全年辛苦攒下的那点钱全花了，吃仿膳点心，雇小厮伺候，清水泼街，黄土漫道，拿着架子请客……这就是典型的北京人：有钱真讲究，没钱也要穷讲究。

那篇小说印象最深刻的就是佟二爷买的仿膳点心，但严格说起来北京的小吃也没有特别出奇之处。无外乎豌豆黄、驴打滚之类，差别就在于用料的粗细、做工的精巧上头。我第一次吃北京小吃，是一位土生土长的北京老哥带着去的隆福寺边上的"白魁"，点的是豆汁儿、焦圈儿、炒肝儿、爆肚儿、羊杂汤和门钉肉饼，都不是矜贵物色，用老哥的话来说，北京的小吃原本都是穷苦人吃的。

有清一代，北京城就是一个大兵营，城内住的都是旗人。旗人都是吃着皇粮军俸，律法规定不能从事他业，但是铁杆庄稼不到头，到乾隆年中后期就出现了旗人的生计问题。除了极少的贵族穷奢极欲，绝大部分普通旗兵都是穷哈哈的，又因为无他事可做，所以就把精力用在了消遣娱乐上头，提笼架鸟、玩票下海、斗蟋蟀、养金鱼，大部分是不花大

老北京的前门楼子

钱的玩意儿,却都玩得精细。所以才会出现满族大作家老舍说的那种典型的老北京范儿,但是有意思的是在吃上头,始终没有发展到极繁复细致的程度,这个可能跟蒙古族、满族曾很长时间在此统治有关。

北京的小吃无论从花样还是味道来说都没法和江南比如扬州、岭南比如潮州比,翻来覆去也就是那几样。我好几次在灯市口老舍故居的丹柿小院吃"京味儿",也就是前面那几色,外加一碗炸酱面。最初满族祭肉的正宗吃法是烧燎白煮:烧指的是油炸红烧,燎指的是烘烤一类,最多就是白煮肉了。祭肉一般都是直接切成薄片,不加任何调料,凉着吃。早先满洲皇帝祭祀,用白水煮猪肉,礼毕就赏赐臣下当场食用,但是那没味儿,大臣们往往只好偷偷在袖口藏一袋椒盐,蘸着凑合吃。后来据说有的大臣就偷偷揣怀里,带回家放酸菜一起煮,便是后世著名的酸菜白肉火锅。

这些可能仅仅是传说,酸菜白肉显然跟东北民族关系很密切,隆冬寒日,北方天寒地冻,只有大白菜和土豆能藏地窖子里储存,这种菜的诞生是文化地理的恰如其分。记得有一次在辽宁昌图参加满族作家端木蕻良的纪念会议，吃了非常地道的酸菜白肉。昌图属于铁岭，也是《红楼梦》的续者高鹗的故乡，这道菜算是满族家庭的保留菜目了。

酸菜白肉的汤头很重要，先是酸、咸、香的浅汤入锅，随着火锅铜颈炭火的加热，酸汤扑腾翻滚，菜味入汁醇厚，白肉中的油溶解在汤中，又被酸菜所吸收，油而不腻。肉片捞上来蘸着辣椒油、蒜末、韭菜花、红腐乳拌制的酱汁，吃完白肉再放入羊肉片涮二道，大快朵颐中，热汗顺着毛孔吱吱流出，大有荡气回肠之感。

酸菜白肉的变种是东北乱炖，正宗的东北乱炖，大白菜、宽粉条、猪肉片子，加酱油一呼噜，炖成稀烂就成了。除了酸菜之外，其他也差不多。李鸿章大杂烩从形式上来看，似乎也是一锅端，五花八门，但是缺的就是东北乱炖的那种粗放劲儿。堪与酸菜白肉、乱炖相比的在我看来就是卤煮火烧了。卤煮的起源据说还是起自宫廷，相传乾隆下江南，宿于扬州安澜园陈元龙家中。陈府家厨用五花肉加丁香、官桂、甘草、砂仁、桂皮、蔻仁、肉桂等九味香料烹制出一道御膳，就是传说中的"苏造肉"。当"苏造肉"传到民间，商家为了图原料省钱，用下水代替五花肉，倒是意外地发明了雅俗共赏的"京味之王"卤煮：用炖好的猪肠和猪肺放在一起煮，浇上蒜汁、腐乳和韭菜酱，加上死面饼的火烧，一碗在手，主食、副食和热汤就全有了。这种素朴而又丰盛的组合，称得上五味杂陈，包容大有。

前不久有同好传给我一个江湖传闻，胪列北京最好吃的卤煮，包括晴源天地卤煮小吃店、姚记炒肝店、北新桥卤煮老店、陈记卤煮小肠、卤煮吕。我一家一家尝试过去，各有所长，倒是东单四条的路口偶尔经过的一家卤煮店给我印象深刻。那家店的名字就是洗净铅尘的三个大字"卤煮店"，这个招牌透露出一种自信满满、大味无名的气派。我在北京

12月的寒风中坐下来,就着一瓶小二,"吸溜呼哧"吃完一碗之后,走出店门,顿有一种气壮山河、恨地无环之气概。

各个城市一般都有自己的市花、市树、市鸟啥的,不知道有没有市食。如果将来要给北京选一个市食,我一定并列选酸菜白肉和卤煮——它们大概最能体现"北京精神"中所谓的"包容"了,既有极尊贵的身世,又有非常亲民的现实处境;既收揽南方的繁复,又包罗了北方的粗豪;表面上不事浮华,内底里结实有料;吃着有味儿,还踏实管饱。

上得了正席

狗肉大概是最冤的肉了，人们一面满嘴流津地咂巴"狗肉滚三滚，神仙站不稳"，换换脸又说什么"狗肉上不了正席"。这才是真正的"挂羊头，卖狗肉"，心口不一的典型。狗辛辛苦苦看家护院不说，跟着主人抓狐猎兔，立下汗犬功劳，临了免不了一刀，"狡兔死，走狗烹"，奉献了自己的肉身，满足了人的口腹之欲后，还落不下一个好名声。就像那忙活了一辈子却没有扶正的姨娘，最后家族祠堂里连个牌位都没有。最关键的是，吃狗肉会被中产阶级认为是野蛮举止，是文明人所不为。

不过，"挂羊头，卖狗肉"这句话，倒是透露出一个肉食江湖排行榜的信息：狗肉显然排名比羊肉低，所以商贩才要借着羊肉的幌子，就像如今以蛏子、蚬子、海蛎子为主的海鲜店名字却叫个响当当的"燕翅鲍"。但是，狗肉未必就比羊肉差多少，从它的讳名"香肉"或"地羊"来看，它就算不胜于羊，至少也可以与之并驾齐驱。

虽然如今有不少动物保护组织和宠物爱好者受西来文化的影响，反对吃狗肉，但吃狗肉可是有着悠久的历史传统。西周时候狗肉就是宴席上的常馔，宫廷宴饮，祭祀典仪，它都是必备之物。《周礼》中所说的"八珍"中狗便是一味，《礼记·内侧》中列"八珍"是淳熬、淳母、炮豚、炮牂、捣珍、渍、熬和肝膋。这个"肝膋",就是用油包裹着用作料浸渍过的狗肝,用火烤炙而成。现在这种做法似乎失传了,但既是天子的食物,想必味道不错。

中国地方太大、民族太多,各地饮食风俗差别也很大。一般而言北方游牧渔猎民族因为狗在生产生活中的重要作用,很少食狗肉。狗肉不上正席,也有这方面的历史因素,五胡、十六国、南北朝、契丹、西夏、辽、金、元、清都是游牧渔猎民族控制北方,将这种习俗通行天下,食狗肉不合规矩,只有落魄无依之人或才会以狗肉充饥。

但是在南方许多地方,食用狗肉的习惯非常普遍。印象最深刻的就是广西,桂林人爱吃狗肉,方言中关系要好的朋友之间都互称"狗肉",这是一件很有意思的事情。桂林地区的狗肉又以灵川最有名,记得有一

冬季是德天瀑布的枯水期,依稀可见其秀美,2005 年 12 月

次在桂林开会，还专门有人去灵川买来著名的干锅狗肉。那是用香菇、红枣、姜和酱油煮出来的，还带着土腥气。狗肉是大热之物，"能滋补血气、暖胃祛寒、补肾壮阳，服之能使气血溢沛，百脉沸腾"，冬天吃最好，配上桂林本地的三花酒，吃完之后浑身发热，都可以赤身在雪地上撒点儿野。

还有一次是到与越南接壤的大新县去看德天瀑布，中午吃饭的时候，当地的宴席上自然而然出现了一个狗肉火锅。席上正好有一位满族老师，当时就不干了，愤怒地说："狗是人类的朋友，不能吃！"结果搞得满桌人都没好意思动筷子。平心而言，那位老师反应有些过度，毕竟不同的地域、民族，文化习俗不同，不能以自己的标准去要求别人。

满族忌食狗肉确有其文化渊源，民间传说中有黄狗救老罕王的故事。老罕王就是清朝的奠基者努尔哈赤，传说他少有异象，脚底生有红痣，明朝的辽东总兵李成梁心中顾忌，想杀了他。努尔哈赤骑青马带黄狗逃出，明兵随后追来，射杀了青马。努尔哈赤逃入河边芦苇丛中，因为过度疲劳而睡去，明兵找不到人，就放火烧荒。黄狗眼见火势蔓延，而努尔哈赤酣睡不醒，就跳到河中将全身的毛浸透，再跑到他身边，把苇草淋湿。狗来回奔跑湿草，努尔哈赤得救，狗最后却累死了。后来，努尔哈赤就发誓，再不食狗肉。满族人于是也就留下了这个习俗。历史学家解释说，狗是满族氏族制时期图腾崇拜之动物，所以部人不得服其皮，食其肉。更唯物主义的解释是，狗在满族先祖长期的渔猎生活中，起到了重要的帮手作用，人们不忍心杀之食其肉。

非常诡异的倒是与满族生活在同一块地域的朝鲜族，却是吃狗肉的大户，可谓无狗不成宴。从文化地理上来说，朝鲜半岛地处温带，靠山邻海，农林作物种类少，禽畜品种单一，这些贫瘠的自然条件估计是狗肉成为朝鲜族食谱中一道菜的根本原因。到延边，朝鲜族的朋友待客，

吉林延边的朝鲜族民居，2016 年 6 月

不吃个狗肉火锅似乎就缺那么点意思。

虽然南有闽粤桂黔，北有延边朝鲜族的狗肉知名，但我并不是很喜欢他们的做法。吃狗肉最有文化和渊源的其实是中原徐州，也就是历史上的丰沛一带。祖籍在此地的历史学家逯耀东就曾经详细考证了狗肉从周朝到汉代以降流行的情形，还描写过他家乡的狗肉吃法，简单用硝料去腥，大火猛料狂炖，冷却后手撕。

较之这种传承了两千多年的经典吃法，我老家的狗肉锅子则要讲究得多，狗肉是剥皮风干，清炖冷却后，手拆成丝，再加辣椒、生姜、料酒、五香粉烩炖，开锅后放入粉丝、菠菜，也是火锅，因为风干去除了土腥气，味道却要醇厚许多，让人回味无穷。查我家族的家谱，是彭城郡刘氏在明朝嘉靖年间从徐州至皖为官才迁徙过来的。三个世纪之后，越过淮河的狗肉在做法上加了不少工序，没有变的倒是——无论是徐州还是我的家乡，狗肉都是可以上正席的。

海纳百川腊八粥

偶尔看到一个同学在微信上发的图片,才知道今天原来是腊八节。她煮了一些腊八粥,用了十二种材料:黄豆、绿豆、红豆、黑豆、芸豆、红枣、花生、桂圆、薏米、芝麻、玉米、江米,取的是"月月吉祥"的彩头。

腊八节喝粥是由来已久的习俗,不过"腊八"和"粥"可并不是一开始就结合起来的。《礼记》中说"腊"就是"猎",意思就是打猎获取禽兽,用来祭祀祖先,称作"腊祭"。先秦的腊祭日在冬至后第三个戌日,因为佛教的传入,在南北朝以后才逐渐固定在腊月初八,因为传说释迦牟尼是在十二月初八成佛的。腊八粥就是源自当初佛祖修行时,一个牧羊女给他喂食的以杂粮掺野果煮成的粥。

冰心曾经写道:"从我能记事的日子起,我就记得每年农历十二月初八,母亲就给我们煮腊八粥。这腊八粥是用糯米、红糖和十八种干果掺在一起煮成的。干果里大的有红枣、桂圆、核桃、白果、杏仁、栗子、花生、葡萄干等,小的有各种豆子和芝麻之类,吃起来十分香甜可口。母亲每年都是煮一大锅,不但合家大小都吃到了,有多的还分送给邻居和亲友。母亲说:这腊八粥本来是佛教寺院煮来供佛的——十八种干果象征着十八罗汉,后来这风俗便在民间通行,因为借此机会,清理橱柜,把这些剩余杂果煮给孩子吃,也是节约的好办法。"这个解释颇合历史和现实。

最迟到宋朝腊八粥已经颇为普遍,从寺庙到宫廷都广开粥门施舍或馈赠,是赐福之意。吴自牧撰《梦粱录》卷六载:"八日,寺院谓之'腊八'。大刹寺等俱设五味粥,名曰'腊八粥'。"元人孙国敕作《燕都游览志》云:"十二月八日,赐百官粥,以米果杂成之。品多者为胜,此盖循宋时故事。"明朝《永乐大典》记述"是月八日,禅家谓之腊八日,煮经糟粥以供佛饭僧"。北京的雍和宫最能体现腊八粥的宗教与政治色彩。1725年,雍正帝将自己当太子期间的府邸改为雍和宫,每逢腊八日,在宫内的万福阁等处用锅煮腊八粥并请来喇嘛僧人诵经,然后

腊八粥的原材料:黄豆、绿豆、红豆、黑豆、芸豆、红枣、花生、桂圆、薏米、芝麻、玉米、江米等

将这种"御膳"分给各王公大臣食用。

最早的腊八粥没有那么多花样,就是简单地用红小豆来煮,至今我的家乡依然如此。这来自"赤豆打鬼"的风俗:传说上古五帝之一的颛顼的三个儿子死后变成恶鬼,经常出来惊吓孩童。它们唯独害怕赤豆,所以人们在腊祭之日即以红小豆熬粥,以祛疫迎祥。后来经过佛教传说和政治演绎,加上地方特色的改造,内容才丰富多彩起来。南宋时周密在《武林旧事》中说:"用胡桃、松子、乳覃、柿、栗之类做粥,谓之腊八粥。"这是杭州派。清人富察敦崇在《燕京岁时记》里则称"腊八粥者,用黄米、白米、江米、小米、菱角米、栗子、去皮枣泥等,和水煮熟,外用染红桃仁、杏仁、瓜子、花生、榛穰、松子及白糖、红糖、琐琐葡萄以作点染"。这是京城范儿。我同学做的"月月吉祥"则是湖南常德的特色。

平常百姓家的腊八粥庆丰家实,透露出红红火火的意思。腊八过后,春节的序幕就拉开了,杀年猪、打豆腐、腌腊肉、制风鱼、办年货,年到如期,年味渐浓了。从养生角度来说,秋冬进补,喝粥也确实是个好选择。清代曹燕山撰《粥谱》对腊八粥赞誉有加,称其调理营养,易于吸收,和胃、补脾、养心、清肺、益肾、利肝、消渴、明目、通便、安神,简直是居家旅行、款亲待友之必备佳品。

金庸在《侠客行》中有一章写侠客岛上有江湖人闻名色变的腊八粥:"只见热粥蒸汽上冒,兀自一个个气泡从粥底钻将上来,一碗粥尽作深绿之色,瞧上去说不出的诡异。本来腊八粥内所和的是红枣、莲子、茨实、龙眼干、赤豆之类,但眼前粥中所和之物却菜不像菜,草不像草,有些似是切成细粒的树根,有些似是压成扁片的木薯,药气极浓。"面对这种另类腊八粥,各路绿林豪客都不敢轻易动箸,倒是便宜了石破天,稀里哗啦喝了几大碗,内力大增。可见只要是腊八粥,甭管它颜色如何,总之错不了。

有个老中医的顺口溜说,若要皮肤好,粥里放红枣;若要不失眠,粥里添白莲;腰酸肾气虚,煮粥放板栗;心虚气不足,粥加桂圆肉;头昏多汗症,粥里加薏仁;润肺又止咳,粥里加百合;乌发又补肾,粥加核桃仁;若要降血压,煮粥加荷叶;健脾助消化,煮粥添山楂;梦多又健忘,粥里加蛋黄。真可谓一粥在口,百病无忧。腊八粥更是海纳百川,融合各种五谷杂粮各家所长。

杂忆杂嘎

北京到山西长治北的 K2163 次列车是我记忆中最后一次乘坐那么慢的"快车",从下午 3 点多在赵公口上车,经过一夜折磨,第二天快 6 点才能到晋城。再走近一个小时的高速,经过了牛王山等好几个隧道,到达阳城时候,正是日出时分,阳光明媚地洒在晋南大地上。这是 2005 年盛夏的一天,我和女友去她老家玩。

我们下车来并没有着急回家,她做的第一件事是带我找了一个路边店吃早饭。辰光尚早,她和店主说着那种听上去特别憨厚卖萌的方言,要了一种叫作杂嘎的小吃。其时我并没有弄懂这种古怪的名字背后到底是什么,只见端上来的是一种巨大的海碗,乳白色的浓汤下时隐时现的不知是什么动物的内脏,附带一张薄脆的酵面饼。

我喝了一口,立刻被它的醇厚鲜美吸引了,再捞起汤中干货,原来是羊肺、百叶、肝脏、下水之类,配着丝丝缕缕的芫荽。这一顿吃得额头冒汗、两颊泛红。一夜不得休息的疲倦,几乎一扫而光。

虽说当时是饥渴之中食不知味,却留下极其深刻的印象。此后许多年我再也没有尝过比它更让我记忆深刻的早点,因为我没有再去阳城了。不过,我倒是得知它的名字也叫杂割,杂嘎是方言的音转,原先是一种北方民族的小吃。"杂"即杂碎，动物下水。"割"是一种动作，因为这种煮熟的杂碎以血管、肚、肠等形状似丝的东西居多，食用的时候多需要割断。

这是一种朴素的食物，就是白汤加下水。白汤是用大块的牛、羊骨以及猪骨长时间炖，直到汤腻味浓。然后将煮好的牛羊下水放入熬好的白汤中，加入辣椒、红油等各种调料以及牛、羊油等助色增味。杂割中用到的羊肉一般是山羊肉，比绵羊肉的味更为浓重。食用的时候，起锅时加香菜，蒸气缭绕中浓香便扑鼻而来。

每一种地方小吃总有它的渊源和传说，并且喜欢附会到名人身上。杂割就据传始于明末清初山西的著名士人傅山。明朝灭亡后，傅山"朱衣土穴，拒征入京"，胸怀反清复明思想，甚至在饮食上也发明了"头脑""杂割清和元"等颇有异志的食品，"杂割清和元"慢慢就在民间被简化成了杂割。

不过此种说法颇为牵强，显然是经过了文人的加工改造。另有说最迟到元朝时山西人就开始吃杂割了，这名字还是忽必烈之母所赐。据说元世祖忽必烈由晋地入中原，路经曲沃县时，其母庄圣太后染疾，曲沃名医许国桢为其诊治痊愈。许母韩氏善主厨，随其子侍奉庄圣太后。韩氏看到蒙古人吃羊肉，把下水丢弃了，觉得有些可惜，于是发挥山西人的节俭和精明，将羊下水拾回洗净煮熟，配以大葱、辣椒，味道不错。太后品尝后，也赞誉不止，即赐名"羊杂酪"，从此逐渐流传，成为一道独特的民间风味。

山西与蒙古接壤，为中原农耕文明与北方游牧文明交通之地，以前晋商在口外做生意的都会说蒙语，两地人口习俗多有濡染。杂割由蒙汉文化交融产生的说法倒是颇为可信。杂割说白了，其实就是如今在很多地方都能吃得到的羊杂汤。山西各地也都有这种小吃，我在阳城品尝的算是南路风味。而中部太原一带的杂割会加上粉条、豆腐之类，另有一番踏实感。北边大同的杂割吃法和制法则要简单粗犷得多，就是大锅置火上，连汤带料一锅烩煮，随食随留，不拘形式。

尽管羊杂汤很多，我也吃过很多不同地方不同餐馆的羊杂汤，但那种留存在我记忆深处的味道却再也没有浮现过。第一次的印象太深刻了，就如同那日初升的烈日，光华灿烂，炫丽再难复现。

回想起那次阳城之行，夜里去女友以前读书的阳城中学操场跑步，访皇城相府，到蟒河看猕猴，在炎炎烈日下的仙女湖划船……然而一切都如同云烟，只晓得这些事情发生过，全然没有任何细节。只有一碗热气腾腾的杂嘎横亘在忘川之上，如同一道截断遗忘河流的桥梁，勾连起青春和爱情的片断。

后来，因为无可奈何的人生流转，女友和我平静分手了，从此我再

皇城相府（原名中道庄）前每日例行进行皇帝巡幸的表演，康熙曾在此地驻留两次，位于阳城县北留镇，2005年7月

也没有踏足过山西。阳城清晨的杂嘎宛如神秘莫测的命运印记，标志了匆匆而过的时光。那时候，我仍年少，满眼白日，青春做伴，高枕无忧，对于世事与情感不明就里，行走经停一往无前，没有幽怨与后悔，倒也畅快淋漓。

偶尔在这样寂静的夜晚忆及当初的杂嘎，心头涌起的是一如当初额头的微汗。只是遗憾囫囵吞枣，没有细细品咂其味。若过些日子有时间，当再去晋南，旧地重游，专门去尝尝睽违已久的杂嘎浓汤。

桃花雨中尝鳍花

鳜鱼是一种难得的没有文化口味差异的食物,早在晚清时候,曾出使英、法、意、比四国的洋务重臣薛福成,就曾在《庸盦笔记》中描述过中西交通往来日盛之时,东西鱼味在口感中的差异:西方国家所产的鱼类,多数是怪鱼,面目可憎,不甚可口,唯鳜鱼系中国品种所移植,故滋味相仿,而肥腴有过之而无不及。薛见过世面,但未通生物学,西方本土水产,倒未必是移自中国。不过薛的记载却至少表明了一点:鳜鱼的味道,中西咸宜,具有普适性。

鳜鱼之名最早出现在《尔雅翼》,即俗称的桂鱼或者鳌花鱼,岭南地区所说的鳜姑、牡豚鱼,吾乡又称鳍花,大约因其截形尾鳍颇为嚣张且硬棘有毒素之故。它身长扁圆,尖头大嘴,巨眼细鳞,身体呈暗青果色又带金属光泽,体侧有不规则的花黑斑点,一眼望去就知它与青、草、鲢、鳙、鲫、鲤、刀、鳅不同——它有一种剽悍狰狞之美。

它也确实凶悍,刚从鱼卵中孵化出的鳜鱼就以别种幼鱼为食,并且吃得仔细,吞下鱼、虾以后,会吐出鱼刺和虾壳,只把肉留在腹中。这种独特的特点,与其他粗放型的食肉鱼类截然不同,所以除了专门放养,它算是水中"害鱼"。我家以前养鱼,每在塘中放入鱼苗前,都会清干池水，将鳍花、黑鱼之类猛物清除一遍，即便如此，也仍然阻止不了漏网之徒为祸一塘。

然而，害归害，家鱼总不如野鱼香。鳜鱼属于分类学中的脂科鱼类，刺少而肉多，其肉呈瓣状，细嫩丰满，肥厚鲜美，内部无胆。同样清蒸，鲈鱼的肉质显得粗松，鳜鱼则紧实细密，故而它一向是鱼中佳品，与黄河鲤鱼、松江四鳃鲈鱼、兴凯湖大白鱼齐名，同被誉为中国四大淡水名鱼。李时珍称之为"水豚"，意指鳜鱼之鲜可与有剧毒却让人宁可冒生命之险去品尝的河豚相媲美。

《本草纲目》中还有一则吃鳜鱼医好肺病的故事："越州邵氏女，年十八，病劳瘵累年，偶食鳜鱼羹，遂愈。"对此，国医大师陈存仁点评说，可能是因为鳜鱼产于山溪石涧清流之间，具有清润的作用，可为肺病者的辅助食物。这种万物有灵、众生和谐、相克互生的观念是中国传统中包打天下的"天人合一"理念，鳜鱼润肺，就像核桃补脑、韭菜壮阳一样，取的是弗雷泽所说的"相似律"思维。

在桃花时节，江鲥未上市，鲫鱼已瘦瘪，鳜鱼正得其时。张志和广为人知的《渔歌子》道："西塞山前白鹭飞，桃花流水鳜鱼肥。青箬笠，绿蓑衣，斜风细雨不须归。"这种境界当然不是鳜鱼本身滋味就能完成的，它集合了天地山水风雨人神，讲究的是得鱼忘筌，味外之旨。口腹之欲在这里更多的是体现为意境。

十里一乡风，百里不同味。鳜鱼并不稀见，各个地方都有自己的鳜鱼代表作，安徽有臭鳜鱼，江浙有松鼠鳜鱼，四川有干烧鳜鱼，广东有清蒸鳜鱼……徽菜名品臭鳜鱼在北京的"徽州故里""徽园"等各种安徽菜系和江西菜系乃至湘菜馆一般都有。喜欢归喜欢，但我无法置议，因为迄今还没有亲身在桃之灼灼的时节在皖南当地吃过，总觉得妄加评断，有失公允。松鼠鳜鱼倒是常吃的。这是一道江浙经典菜式，据说是

张志和写到的西塞山在今天的浙江湖州

乾隆微服私访时从苏州松鹤楼传出来的。就是将清洗干净的鳜鱼，用刀切出兰花纹，裹粉后连头尾整条下油锅氽炸，起锅后淋上酱汁，鳜鱼能够立起，仿佛一只金黄色松鼠。要旨在酱汁的烧制和淋汁时间，才能让味道完全地吸收到鱼肉当中。这道菜用的是茄汁酱，甜中带酸，糖和醋的比例对半，矫情的厨师还强调唯有加入上海老牌番茄沙司，才能调配出"正宗的江南口味"。

其实这种"江南口味"是近代洋泾浜口味，对于鳜鱼的天然之美而言是暴殄天物。在饮食上最讲究的还是粤人，他们注重食材本身的原汁原味，所以清蒸鳜鱼，放几丝小葱，滴几滴酱汁，便恰到好处了。薛福成当年吃的西餐"白汁鳜鱼"，便类于此。四川人反其道而行之，则有干烧鳜鱼、豆豉鳜鱼和回锅鳜鱼等鲜香浓重的烹饪方式。豆瓣酱和泡辣椒酱是四川人烧制豆豉鳜鱼的特色调料。将鳜鱼嫩煎之后，迅速出锅，再淋上同时烹调好的豆瓣酱、豆豉和泡辣椒酱，直接淋在鱼身上即可。

豆豉鳜鱼的口味特色就在于豆豉和豆瓣酱的味道鲜香，却掩盖不住鱼肉的鲜嫩，当两种口味融为一体，也算别具一格。

鳜鱼在这清淡与浓烈之间，允文允武，正如妙龄少女执红牙板唱"寒蝉凄切"与关西大汉持铜琵琶、绰铁板歌"大江东去"之间的况味，风格不同，都有自己的意境。

麦地和光芒的情义

有个波西米亚风格的朋友是做西域研究的,每次从新疆回到北京总会给我带一块硕大无比的"艾曼克"馕。作为稻作地区长大的孩子,我对面食一向并不"感冒",但馕是例外。刚出坑没多久的馕,松脆清香,带着田野和炭火的洁净清香,入口就让人感到一种原野的温暖;放置几天,水分脱略殆尽,它就变成了焦脆坚实的干粮,带在身边是漫漫长途中的依靠,嚼在口中有一种艰难岁月中的踏实感。

库车街头卖的大馕,2012 年 9 月

馕可能是浩瀚无比的新疆大地上最普通而又最日常的食物了，它的原料是大江南北、秦岭东西都遍布的麦子。"三山夹两盆"（北为阿尔泰山，南为昆仑山，中部的天山山脉把新疆分为南北两半，南部是塔里木盆地，北部是准噶尔盆地）的新疆处处是强烈的日光，赋予了馕独有的那种素朴中隐藏灿烂的感觉。

这种经久不衰的食品可能和农耕民族的历史一样长久，就是用发酵或不发酵的面粉，放或不放少许盐或糖烘烤而成。但并非所有面饼都称作"馕"，只有从馕坑中出来的才是。馕坑一般就设在庭院或家门口，在无花果树或者杏树之旁，用和入麦草或羊毛的黏土做成的烤炉，形状很像一口倒扣的宽肚水缸。烤馕时，先将干柴放在坑内燃烧，把坑壁烧得烫热，然后将擀好的饼形湿面坯贴在坑壁上。有时候在面坯上还会撒些芝麻之类增香，如果宰了羊，将整羊分解后，用鸡蛋、姜黄、孜然、胡椒、面粉等混合在一起搅拌成糊状，在羊肉块上均匀地涂抹，然后将其贴在烤热的馕坑内壁，烤炙好后就是焦黄油亮、鲜嫩可口的馕坑肉了。

据说馕最初源于波斯语，流行在阿拉伯半岛、土耳其、中亚西亚各国。《突厥语词典》中记载维吾尔族原先把馕叫作"艾特买克"或"尤哈"，直到伊斯兰教传入新疆后，才改叫"馕"。史载在汉时就传入中原，称之为"胡饼"或者"炉饼"，唐诗人白居易在《寄胡饼与杨万州》这首诗中言："胡麻饼样学京都，面脆油香新出炉。寄予饥馋杨大使，尝看得似辅兴无。"说的就是现在常见的烧饼的前身——说是前身也未必准确，因为除了炉子的材质略有不同之外，做法千余年来几乎没有大的变化。

馕虽然是维吾尔族、哈萨克族等族的主食，却是新疆各个民族共有的食粮。馕普通日常，却也能花样百出，大的如我那朋友带的直径有半米大的"艾曼克"馕,小的只有一般的茶杯口那么大,又薄又松,做工精细,叫"托喀西"馕。有一次到喀什开会,一个藏族朋友买了几十个背回老家送人。还有一种"格吉德"馕,有一拃那么厚,中间有个孔,仿佛donut(甜甜圈)面包。另外,添加羊油的即为油馕,用羊肉丁、孜然粉、胡椒粉、洋葱沫等佐料拌馅烤制的则是肉馕,将芝麻与葡萄汁拌和烤制的叫芝麻馕,各有各的滋味。

所有滋味中,馕的本质还是在于麦子的那种高天厚土的情意感。海子在《麦地》中写道:"吃麦子长大的/在月亮下端着大碗/碗内的月亮/和麦子/一直没有声响 和你俩不一样/在歌颂麦地时/我要歌颂月亮 月亮下/连夜种麦的父亲/身上像流动的金子 月亮下/有十二只鸟/飞过麦田/有的衔起一颗麦粒/有的则迎风起舞,矢口否认。"我想馕给人的感觉就是这种在艰苦生活中的感恩,它不仅仅是粮食、生存的根基,还是与土地紧密联系在一起的生命力。尽管可能不会有太多的人会在吃馕时生发这样的畅想,然而每当我因为工作需要,漫行在西北边疆,在绿洲的农舍、草原的毡房甚至旷野的树荫下拿起一块馕时,都会不由自主地想到这块土地上的顽强的民众。他们像馕一样,简单纯朴,却默然无语地给我们奉献着滋养,无论是身体的还是心灵的,这是一种麦地和光芒的情义。

"泉水白白流淌/花朵为谁开放/永远是这样美丽负伤的麦子/吐着芳香,站在山冈上。"落地的麦子不死,有馕的地方,人民阜盛。

在鄂温克旗吃牛排

前两天看一个文章写到《水浒传》第三十八回"及时雨会神行太保，黑旋风斗浪里白跳"中的情节，宋江、戴宗、李逵三人在江州琵琶亭喝酒，宋江吩咐酒保切二斤肉来请李逵。酒保道："小人这只卖羊肉，却没牛肉。要肥羊尽有。"李逵听了，便把鱼汁劈脸泼将去，淋那酒保一身。戴宗喝道："你又做甚么！"李逵应道："叵耐这厮无礼，欺负我只吃牛肉，不卖羊肉与我！"这段李逵的神逻辑让人莫名其妙，不过通过宋代社会史的考察就会明白，羊肉在宋朝是高端大气上档次的菜肴，不是平常人随便吃得起的，而牛肉则平常得多。即便酒保按照平常心端上牛肉，但李逵这个"屌丝"还有一颗玻璃心，所以就恼了。

时至今日，羊肉还是比牛肉贵，人们一般也会认为羊肉无论从口感还是营养上都胜于牛肉。但凡事都有例外，到了内蒙古鄂温克族自治旗，这个普遍感觉就未必通用了。在海拉尔时，当地朋友都跟我推荐本土牛排，说此地牛排有着超过羊肉的声名。

鄂温克牛排以水煮、烤为主，用当地散养的肉牛为原料，这种牛肉质鲜嫩，肥瘦相间，在其他地方很难找到，区分的关键是一般牛肉的脂肪都是颜色发白，但此地的牛肉脂肪呈淡黄色。水煮牛排以清水煮熟，

巴彦托海的鄂温克博物馆，2013年6月

不用添加任何辅料，保持了牛肉的天然原味。吃的时候，根据口味蘸食野韭菜、葱蒜青椒末、辣酱即可。

烤牛排则是用特制的圆形烤桶，底部生起炭火，将生牛排悬挂在桶的四周，慢火烧烤，直到肉质呈深红色。这样的牛排外焦里嫩，肉香浓郁，肥而不腻，因为汁液浓缩在肉内而没有外来汤水拔味，所以更显醇厚。西餐中的牛排我们吃得多了，都知道分几成熟，讲究的人喜欢带着血丝汁水、半生不熟的，觉得那样才有牛肉本色。我在云南也吃过牛脊肉刺身，说老实话，除了佐料味儿，觉得实在没有什么特别的好。

鄂温克的牛排大多熟烂松软，入口轻快，在牙口肌肉本身的松弛状态中，牛肉经过加工后的香味才可能细腻散发出来。这种貌似简单的烹制手法，因其大巧若拙、返璞归真，倒是能最大限度地让牛肉本身呈现其本真的一面。我吃过几次，如果非说一个感受，那就是它能让你体会到什么叫"大快朵颐"却又无法精确地表达出来。

呼伦贝尔草原上的牧民人家，
2007年8月

这种民族风味牛排的必备伴侣是奶茶。鄂温克人的奶茶以鲜牛奶、红砖茶、稷子米或小米为主要原料。貌似简单，制作的程序却很复杂。熬制时候，先将清水放入锅内烧，待水稍稍有温度时，把红砖茶捣碎放入。待到水开，清水已经显现出浓郁的酒红色时，再放入适量的食盐，随后舀出装入茶桶，用纱布将茶沫滤出。锅内残渣涮掉后，在烧热的锅里抹几片羊尾巴肥油，将稷子米倒入炒至微红，这时候它会散发出一股糊香，再将滤净的红茶水倒入五分之一左右一起煮，水煮十分钟左右再注入新鲜牛奶，继续煮片刻，让稷子米的香味和牛奶味混合。最后，将剩余的茶水全部倾入，稷子米煮烂，奶茶就算成了。"烧旺炉火迎贵客，献上牛排表真情。"牛排和奶茶吃喝到肚子里，用鄂温克人的话说，最后都"变成了汗水和智慧"。

除奶茶之外，如果再配上柳蒿芽羹才算完美。说起来柳蒿芽这种鄂温克族自治旗各族民众都喜欢的山野菜，也是除了在当地其他地方无法触及的美味。在达斡尔族的民间故事中有很多关于柳蒿芽的传说，三百年前达斡尔人在黑龙江北与沙俄入侵者作战时,清政府下令将达斡尔人南迁至大兴安岭和嫩江流域,在最初的艰难岁月,是柳蒿芽伴随他们度过了饥荒。在楚罗和希兰的传说中,齐齐哈尔的达斡尔人举办敖包会欢聚,猎手楚罗吃了未婚妻希兰做的一大桦皮桶柳蒿芽,吸取了无穷的力量,击败了部落最强悍的对手。

柳蒿芽的做法是采集晾晒后,用开水焯后剁碎,清水冲洗掉苦味,放入锅内熬煮,可以放入葱、肉丁、饭豆等辅佐。成品就如同西湖牛肉羹或者更细碎的蔬菜羹,颜色翠翠莹莹,清爽可人。饱餐牛肉、痛饮奶茶之后,再来一碗柳蒿芽,荤素搭配,更能清火消暑,养生健胃,即便是一个从来没有尝过这类食品的外来人如我,也觉得妙不可言。饱餍之后,精力旺盛,似乎也能跃马草原,力雄万夫。

冷雨烈火坨坨肉

坨坨肉的名字有一种蠢萌感，不过我第一次接触的时候印象并不好。那是 2007 年的秋天，我作为一个观察者去参加四川凉山彝族自治州喜德县彝族的一个节日活动。在一个中学操场举行群体活动，乱糟糟的满山遍坡都是人，中午吃饭也不是桌餐，而是发放馒头和肉。我裹挟在人群中，领到了一大坨肉。当地的朋友告诉我，它叫坨坨肉！

生平第一次吃到坨坨肉，可费了我一番功夫。它就是一块方方正正、煮熟了的猪肉，缺滋少味并且是冷的，关键是它还硬得像个橡胶轮胎。没有别的可吃，我也不能辜负主人的美意，浪费食物，就一路走一路努力地撕咬咀嚼，腮帮子肌肉都快抽搐了才把这块坨坨肉吃掉。路上看到一个本地小孩也拿着一坨在啃，半个小时后他还在那里"滋滋"不倦，就好像游牧地区的小孩拿着坚硬的奶豆腐慢慢吮吸咂摸一样。

后来到成都一个彝族朋友开的酒吧玩，也端上了坨坨肉，我就没有勇气去尝试了。但是，这种印象其实只是个错觉。这个世界上没有不好吃的东西，只有做得好不好的差别。

再次吃到坨坨肉时，果然大为改观。那是在格萨拉。

从攀枝花的盐边县西北往云南泸沽湖须经过格萨拉。格萨拉位于横

格萨拉山顶上彝族大姐们就着土豆吃坨坨肉，2013年8月

断山脉深处的这个高山草甸是个让人意外的所在，这个被虬曲低矮的盘松和高山杜鹃覆盖、松柏和草场交错的地方也生活着彝族的同胞。我走到山顶的时候，偏巧风云变幻下起了小雨。海拔三千多米的山顶，一下子就感觉冷了起来。

我跑到一个山头小店。屋子中央是一个火塘，正架着柴烧得烈焰烨烨，火上支了个铁丝网，网上散放着切碎的鸡块。我还是第一次看见这么明火燎鸡的，问了才知道这就叫"烧鸡"，杀的时候都不用刀的，直接把鸡脖子扭断，放在火上烧去鸡毛，再抠出内脏切块大火烘。这种做法应该是比较古老的，不过看到鸡肉在火中"嗞嗞"地响，油和香味从皮肉之间漾出来，寒冷之中倒让人感到暖和。

因为预先打过招呼，小店后面树杈下的几口海锅早已经在煮坨坨肉。火猛锅大，青烟缭绕，咕咕冒泡，一时间倒让人忘了还在落的细雨。彝族朋友阿库乌雾说坨坨肉彝语称"乌色色脚"，意思就是猪肉块块。

但彝族坨坨肉并不限于猪肉，牛羊肉都可以。彝家习俗，大凡有客人到来，主人须让砧板沾血——现杀牲畜待客方为有礼。杀牲畜不用刀,而是用斧背或木棒击打它的头部,据说是因为这样的话不用放血,肉味会更浓郁。传统的做法是选用二三十斤左右重的崽猪,杀后用清水浇透全身,再用晒干的厥鸡草覆盖,然后点燃。适当时用木滚去掉草灰,用刮片或刀刮猪身。皮毛湿透又经烧烤后,一刮猪身就能去掉毛屑和污垢。然后用厥鸡草再次烧烤,使其呈焦黄色脆皮并再刮洗干净,然后剖开砍成拳头大小的肉块,最后用冷水下锅煮。

坨坨肉要用强火,切忌文火。煮至血水泡沫全部消尽而肉汤翻滚清白后,过两三分钟,即可捞起坨坨肉放在用竹子编织的簸箕内。我看的时候,煮肉的老哥就已经在簸箕内趁热给肉撒盐搅拌。等到汤水滴尽,肉也不冷不热了,他把簸箕端到松针铺着的草地上。雨这时候也停了,太阳从云层中探出头来,真是抓肉大嚼的好时候。

老哥还给端上一碗用木姜子根粉、辣椒粉、花椒碎末拌在一起的调料,和一大盆肉汤。这种肉汤值得一提,因为加入了土法腌制的干酸菜,所以能够克油去腥。我一共吃了四块坨坨肉,两个土豆,喝了两碗热汤,汗都出来了,通体舒泰,心满意足。这才知道,那次在喜德因为是大锅饭,坨坨肉又最讲究火候,所以炖的时间没有掌握好,并且它最好是趁热吃。犯了这两条,难怪不好吃。

在一个"食不厌精脍不厌细"的人看来,坨坨肉可能会显得有些"野蛮"和粗糙,但是我很喜欢,也许我的适应能力比较强吧,细腻精巧的东西我也吃得,粗放鄙陋的东西我也吃得。如果从地理环境考察的话,坨坨肉之所以这么做,显然和高寒地区的生产与生活方式有关。如果换个环境,比如挪到成都的酒吧,可能就是吃它一个民族风情,但是在格萨拉高山顶上的凄风冷雨中,你真会觉得这是最恰当的食物:就地取材,原汁原味。

欢乐杀猪菜

朋友间约饭一般都会先问喜欢吃什么，以便投其所好找馆子。对于一个吃货来说，这种问题其实很难回答。我遇到这种情况总是会说我不喜欢吃什么，这其中包括我从来不吃也不会想念的三大样：锅包肉、松鼠桂鱼和京酱肉丝。它们的共同特点就是调味料掩盖了食材本身，并且还很重口。

锅包肉是东北菜里面的一道名点，我有一对夫妻朋友是吉林人，每次吃饭必点这个，与它配套的是"大丰收"，就是一盆子红萝卜、白菜、生菜、大葱切碎配上肉酱的凉菜。我曾经开玩笑说，这就是东北菜的两极：要不就是最简单的生切，要不就是特别复杂的上糖包面加油炸；一边是极清淡，一边是极油腻。它们共同点倒是实在，盘儿大，分量足。

东北菜在外地给人的一般印象就是酸菜炖粉条、小鸡炖蘑菇、大腔骨之类，走的是家常的路子，透着股子殷实饱满的劲儿，但终归够不上筵席的层面。因为花样不多，谈不上精致，也没有主打的高端大气上档次的菜品。不过，从另一个角度看，它反倒是平民路线的代表。前段时间我因事到黑龙江，中间抽空去了一趟阿城看金上京历史博物馆，途中自然要找找当地的美食，算是吃上了正宗的东北杀猪菜。

黑龙江阿城火车站，始建于 1901 年，图为 2013 年 8 月我与毛悦同游时所见

阿城原先是一个工业城市，如今已经并入为哈尔滨的一个区，到离哈尔滨市中心打车大约 100 元钱了，但是如果坐火车就只要 11 元钱，也就四十多分钟的事。值得一说的是，阿城的火车站建于 1901 年，车站前面坑坑洼洼的石板见证了一个多世纪的风雨，很有些怀旧的意味。车站前面的出租车也很靠谱，司机既幽默又热情，20 元钱想去哪儿都行。就是在司机的介绍下，我和同伴参观完博物馆后找到了一家叫"1＋1 杀猪菜"的饭馆。这是一个略显空荡安静的小城，仲夏时节，外来人很少。据司机说也没有什么特色美食，也就是炖鱼和杀猪菜，两家以杀猪菜闻名的馆子，中学旁边的"老韩家的"去的人多，"1＋1 杀猪菜"距我们从博物馆回来的路近一些，味道也不差，出租车司机去得多。于是我们就听从了他的建议。

广义的"杀猪菜"，其实是由多种菜品组合成的系列菜的总称，猪身上所有部位包括猪骨、头肉、手撕肉、五花肉、猪血肠、下水做成的菜都算在内。不过狭义上的杀猪菜显然是指那种用酸菜炖出来的热气腾腾的火锅。取五花肉切成片，讲究点儿的再加些骨头肉、血肠、猪肚，切成块，与酸菜细丝、冻豆腐片及开水泡发好的粉条同煮。煮也有个程序，先把锅里放入油烧热，投入姜片、葱节炸香，下入酸菜丝炒出味，掺入猪骨头汤，再下入上述那些材料。汤烧沸后撇净浮沫，调入盐、胡椒粉、料酒、酱油等，用小火炖约几分钟后，就可以连锅上菜了。

我和同伴两人点的就是这个狭义的杀猪菜，内容很丰富。上菜的时候，服务员还端来了一个装满蒜泥的碟子，是让我们蘸着锅里捞出来的白肉吃的。就着酸菜汤，一道菜就涵盖了好几种吃法，让人感到物超所值。另外，我们还点了炒三样和鱼子酱豆腐。炒三样就是把从大骨头上剔下来的纯瘦肉，与苦肠、肥肉片加大蒜一起炒，做法和名字一样朴素——东北人真实诚。鱼子酱豆腐要素一点，没有特别的地方。不出意料的是，所有菜的分量都很多，旁边的服务员高声大气地聊天，锅里"噗噗"地冒着泡，吃饭的整个过程洋溢着一种欢快的氛围。

对，欢乐，这大概就是杀猪菜让我想到的关键词。它原本就是年关时候杀大猪喜庆丰年的产物，一大桌人热热闹闹围坐一起，喝酒猜拳，满嘴流油，才对得上屋外面风雪连天的寒意。大热天吃杀猪菜，时令似乎有些不对，但是我和同伴在满头大汗中依然感受到那种欢乐。

这是一种久违了的欢乐，我记得小时候我们南方村里几乎家家户户都养猪，不是用来出售，而是留着家里过年用的。春节快到的时候，会请屠夫来宰杀，杀猪的当天照例晚上会请村里男人来吃饭，被请的人一般会带上酒赴席，在家乡方言中这叫"打平伙"，其实就是一种互助式的 AA 制。从过小年开始，村里人家彼此这么轮上一圈，就到除夕了。天天酒足饭饱，村庄弥漫着一种富足充实的气息，一年来的辛苦似乎也就值得了。

如今村社共同体在城镇化的进程中日益解体消失，打平伙吃杀猪菜的风俗渐渐也就淡化了，在异地异乡饥肠辘辘时能吃到杀猪菜，不禁让人怀想起那已经过去的人事，东北菜于是也变得可爱起来，像我们那无忧无虑、没心没肺的童年时光。

恩施乡味

2008年春天我曾经跟随玛拉沁夫、叶梅老师带队的多民族作家团从宜昌出发,经过野三关、巴东和建始,到达恩施土家族苗族自治州,在利川至万州一线考察。那次的旅行非常愉快,因为叶老师是本地人,曾经在建始和恩施土家族苗族自治州都从过政,风土民情谙熟于胸,所以行程安排紧凑全面,让我们零距离接触了巴人文化在当代的风貌。

清江秀美,武陵奇崛,大峡谷和腾龙洞都让人赞不绝口,而印象最深刻的无疑还是那热情善良的民众,敢爱敢恨,奔放直率。《六口茶》这样几乎人人都会唱的民歌就是直观的体现:

男:喝你一口茶呀问你一句话,你的那个爹妈(噻)在家不在家

女:你喝茶就喝茶呀哪来这多话,我的那个爹妈(噻)已经八十八

男:喝你两口茶呀问你两句话,你的那个哥嫂(噻)在家不在家

女:你喝茶就喝茶呀哪来这多话,我的那个哥嫂(噻)已

经分了家

男：喝你三口茶呀问你三句话，你的那个姐姐（噻）在家不在家

女：你喝茶就喝茶呀哪来这多话，我的那个姐姐（噻）已经出了嫁

男：喝你四口茶呀问你四句话，你的那个妹妹（噻）在家不在家

女：你喝茶就喝茶呀哪来这多话，我的那个妹妹（噻）已经上学哒

男：喝你五口茶呀问你五句话，你的那个弟弟（噻）在家不在家

女：你喝茶就喝茶呀哪来这多话，我的那个弟弟（噻）还是个奶娃娃

男：喝你六口茶呀问你六句话，眼前这个妹子（噻）今年有多大

女：你喝茶就喝茶呀哪来这多话，眼前这个妹子（噻）今年一十八（耶）

这其实是一对青年男女相互之间彼此相悦的试探与挑逗、追求与接纳，在《六口茶》的问答之间，情思流转，茶香与风情称得上情物交融。恩施产茶，玉露就以富含硒著称，而恩施土家族最具代表性的待客饮食油茶汤也与茶有关。油茶汤先以少量猪油炸焦茶叶，再加水煮沸，添入盐、姜、葱、蒜、胡椒，配入炒米、豆腐粒、花生米、核桃仁等。这茶醇醇有料，除提神解渴之外，还颇能助饱腹。土家族民谚称："不喝油茶汤，心里就发慌；不喝三大碗，脚杆就发软。"

湖北利川大水井的老院子，
2008年2月

叶梅老师还介绍了另一个特色，是土家族传统食物合渣。合渣又叫"懒豆腐"，顾名思义，这个和豆腐多少有点亲缘关系。它是将黄豆浸泡后磨浆，不滤渣就入锅煮沸，放进萝卜缨、青菜叶、韭菜末或嫩瓜苗后做成的汤菜。"合渣过年，辣椒当盐"，可见它在当地人心目中的地位。我吃到的合渣已经精致化了，掺入了肉末和鸡蛋，色泽橙黄鲜艳，口感恬淡清香，是非常绿色的乡味土产。

因为是春天去的，还吃到一种社饭。这是一种古老的食物，《诗经·小雅》中有"春日迟迟，采蘩祁祁"之说，那个"蘩"就是蒿芝。春日悠长，采来蒿芝嫩芽切碎焙干，加入野蒜、地米菜、豆干粒和糯米同煮，"万家午后炊烟起，白米青蒿社饭香"，整个村庄都洋溢着一种岁月悠长、生活甜美的祥和氛围，再饮一点咂酒土酿，就更有桑柘影斜、合村醵欢的意思了。

后来，我再次去恩施宜昌一带调研是 2011 年的秋天。同事分别去了来凤、咸丰、鹤峰和宣恩，我则去了武落钟离山腹部的长阳都镇湾。武落钟离山是"佷山故地，夷水名疆"，是土家族先民巴人的发祥地，相传巴人的祖先廪君就诞生在这里，此地还是他掷剑称王的地方。

夜宿在十五溪的农民家中，傍晚时分暮色四合，四周在重重叠叠的山峦包裹下，小小的村落安静异常，鸡栖于埘，牛羊下山，一派宁谧的景象。我到屋后坡地上的柚树上摘柚子，看到房东老妈妈和她儿媳妇一直在院前的水井边洗洗涮涮，跑下来发现他们在用菜刀刮一个黝黑的猪坐臀，原来那就是土腊肉。这是去年冬天杀的年猪，因为山里本来就不热，也没有冰箱，农家长期以来就是将吃不完的肉用盐腌制后上炕用苞谷芯、山胡椒枝烘干存放，那像石头一样硬的腊肉经年都不会变质。我过去帮着用笊篱擦洗涮油灰，记得那天用松枝火一直炖到深夜才将那个坐臀煮烂，配上酢辣椒，真是香飘四野。汤上面是一层明晃晃的油，但是肉吃起来一点儿也不腻，在秋意渐浓的山中夜里，这就是最好的下饭菜。

恩施当然还有各种其他美食，但油茶汤、合渣、社饭和土腊肉应该是其土味的精粹，它们可能不那么精致，却本真淳朴、原汁原味，就像那个土家老妈妈和她儿媳妇给我留下的印象。

晋南吃面

到太原开会,当天就吃了饸饹,我同事说"饸饹"应该是来自北方民族古语的音转,不知确否。元代农学家王桢的《农书·荞麦》中记:"北方山后,诸郡多种,治去皮壳,磨而为面……或做汤饼,谓之河漏","以供长食,滑细如粉"。据说这个"河漏"就是饸饹,是将那些没有小麦面黏性大、不能按普通方法做成面条的杂面类,比如豌豆面、莜麦面、荞麦面或其他杂豆面和软,用饸饹床子(一种木制或铁制的有许多圆眼的工具),把面通过圆眼压出来,形成的小圆条。它比一般面条要粗些,但更坚软,食用方式和面条差不多,配以熟羊肉、葱花等熬制的羊肉汤,营养非常丰富。

栲栳主要是晋中及晋北如大同一带的常见食品。不过我们此行是从太原往南部走,一路的面食之旅就开始了。临汾吉县的黄河大鲤鱼非常有名,活鱼垂钓上来的市价一斤就是二三百元,不过因为水流急进,鱼肉就比较粗糙,更适合红烧。相比之下,白丸子则是当地特色,是以馒头碎屑揉入猪油搓成丸子,放入滚汤煮开,加入盐和香菜叶,比较管饱,就是有些油味儿,受不得荤腥的人估计难以入口。

再往历山方向走,翔山下、浍水边,是被称为"唐之源,晋之国,

历山舜王坪，
2013年10月

霸之都"的翼城，油坨是偶尔发现的特产，据说以前只有新姑爷上门才有得吃，可见其珍贵。它是用发面油炸而成，面的揉制过程等同油条，但是下锅油炸时是用筷子头挑一点点，香甜松软，比油条香甜绵软，又比发糕紧实，有嚼劲，却又入口即化，是我吃过的最好吃的点心。当地人习惯加上蒜泥，觉得更增味道。

在晋南各地行走，每天似乎都能遇到新的面食。进入运城的绛县，有一种石子烤饼是在烙饼时底下铺上圆形小石子，这样烤出来的饼就具有一个个的小圆窝，它分甜、咸两种口味，微咸中间加入小茴香，趁热吃很增食欲。当地自诩是尧帝的故乡，所以附会这种石子烤饼为尧帝出征时士兵携带的军粮。虽然显系杜撰，但这种东西做干粮倒是最适合不过，轻巧耐久，充饥最佳，只是它干了之后非常硬。这时候，配合一种用生姜末做底料的酸汤面，在秋风萧瑟中，可以让人肚腹发热，提神醒脑。永济（也就是张生和崔莺莺的西厢故事发生以及王之涣登鹳雀楼的

永济五老峰上残存的吕洞宾庙，2013 年 10 月

地方）蒲沙饼也与之类似，不过它用的是沙子垫在底下而非石子。另外还有一种油茶，一般是做早餐，就是一种咸的面糊。

运城市里吃到一种叫作"拌面菜"的东西，乃是以蔬菜裹面烘烤而成。这种拌菜看似简单，做起来却并不容易，因为面过多则成面团，裹少了却又失去嚼头。在芮城吃的茼蒿丸子也是野菜拌面后搓制而成，只不过是用油炸的。有一种"风葫芦"颇得同行女同事的青睐，那是用面和鸡蛋搓捏而成的小丸子，油炸后滚入蜜饯，撒上奶油末。因为鸡蛋的比例比较大，所以吃起来有点像蛋糕。

主食里面，我个人最喜欢的是西红柿鸡蛋炒刀削面，说是炒面，和我原先印象中的干绷绷的炒面不同，晋南的炒面带有少许的汤汁，但是因为经过炒制，比汤面入味。西红柿鸡蛋炒面酸甜厚实，对比肉丝炒面来说，更加生津可口。馍馍当然是最主要的面食，山西馍馍以闻喜最为有名，春节时候在北京的山西同事都成箱成箱地买。去年山西大学的姚奠中教授百岁寿辰时候，贺寿的门生弟子就专门从闻喜请人做寿馍。普通的面在巧手中花样翻新，令人忍不住要尝尝，我这样对面食毫无兴趣的人，到了这里几乎每天都要吃很多。

关于馍馍，我这一路听到最经典的莫过于万荣县椒盐馍馍的故事。万荣在晋西南颇为有名，按照山西其他地方人的说法，此地人思维非同一般，往往别出心裁，所以许多笑话总是以万荣人作为主角。椒盐馍馍的故事是一个研究民俗的朋友的亲身经历，她去万荣做关于民俗的调查，住在一户农民家中，天天只有馍馍和辣椒可以吃，这倒不一定是吝啬，据朋友观察，是因为勤俭已经作为一种集体无意识存在于万荣人内心深处，他们觉得这就是很自然的待客之道。过了几天，因为水土和气候的原因，朋友生病了，卧在床上，房东老妈妈特别真诚地给她做补身体的食物——一个椒盐馍馍。老妈妈真心认为椒盐馍馍就是最好的食品。

除面食之外，晋南人的肉食并不多，常见的可能就是羊肉泡馍。到关羽的故乡解州的时候，当地朋友带我去最有名的王剑羊肉泡馍吃了一次。王剑这个品牌其实也就做了二十多年，但在本地已经开了好几家连锁店，店中张贴了许多书法作品，其中有一副写道"驰名河东十三县，味压三晋第一家"，口气很大。果然也是店大欺客，服务员态度很不好，朋友解释说此地人的脾性就是如此，说话比较冲，心倒是古道热肠。羊肉泡馍上来，羊汤羊肉也不必说它，倒是泡饼和陕西的羊肉泡馍差别很大，后者是死面厚饼，前者是薄皮发面饼，泡一会儿就柔滑细腻，如同情人温柔的抚摸。

秋风响,蟹腿痒

丹桂飘香、金菊盛放的时节,九月团脐十月尖,正是螃蟹最肥美的季节。前两天,同学周打电话来邀请我去苏州玩,"是吃大闸蟹的时候了"。我们同学七年,本科与硕士都住在一起,毕业之后南北奔走,我到北京,他则去了苏州,离阳澄湖不算远。

李渔说:"蟹之鲜而肥,甘而腻,白如玉,黄如金,已造色、香、味三者之极,更无一物可以上之,和以他味,犹之以爝火助日,掬水益河。"这种天生味美的东西,做法最简单,调料也不复杂,黄酒仔姜酱油醋即可。陆游诗云:"蟹肥暂擘馋涎堕,酒绿初倾老眼明。"馋涎欲滴之状可掬。《世说新语》中记东晋的毕卓言:"一手持蟹螯,一手持酒杯,拍浮酒池中,便足了一生。"

不过我倒有一次吃大闸蟹的惨痛经历,那是2011年10月去上海师大开会,顺便去看住在杨浦的阿姨。她老人家心疼我,不让我吃会议餐,非要给我补一补,买了6只硕大无比的中华绒螯蟹,清蒸了让我一个人吃。蟹膏嫩汪汪的,就像冒油的腌鸡蛋黄,肥美富腴,我吃了3只就吃不动了,喝了一碗紫菜汤,大腹便便地回去,第二天就感冒了。估计是螃蟹性太凉,口腹贪多,身体却受不住。司马光的《涑水记闻》卷八中记载仁宗"多苦风痰,章献禁虾蟹海物不得进御,章惠尝藏弄以食之,曰:'太后何苦虐吾儿如此。'上由是怨章献而亲章惠,谓章献为大娘,章惠为小娘"。太后待子严厉这固然是让他不喜欢的原因,不给吃螃蟹似乎也算是一条罪状。

当然,也有非常快乐的记忆,那是2008年的中秋节,同事带我去河北乐亭的海边玩,大家租了个驳船出海,自己撒网捞上来一大堆海蟹。找了个饭店自己动手,先过水洗涮,将泥沙淘尽,再砍成方块酱烧。与清蒸的原味鲜甜不同,这种做法香辣入味,因为刚出水的新鲜,加上辣椒的烈性中和了螃蟹的寒气,所以可以胡吃海塞,也不用担心闹肚子或者感风寒。吃完饭,到沙滩上溜达,"海上生明月,天涯共此时",真是良辰佳时难再得。

大闸蟹和海蟹个头大,不是我南方家乡的那种小河青蟹可以比拟——后者顶多长到小孩子拳头大小。东汉郭宪的《汉武洞冥记》卷三

河北乐亭的海边,2008年中秋节

载:"善苑国尝贡一蟹,长九尺,有百足四螯,因名百足蟹。煮其壳胜于黄胶,亦谓之螯胶,胜凤喙之胶也。"这种庞大的百足蟹,后来文献少见记载,也许本身就是杜撰出来的,也有可能是后来生态环境变了,就灭绝了,只剩下些小毛毛头,正应了那句成语"一蟹不如一蟹"。

小青蟹无论水煮还是清蒸都吃不到什么东西,往往剥壳掏肉忙活了半天,入口的也不过是一丁点儿,还不如河虾来得实在,牙口好一点的连头带尾囫囵着咀嚼咀嚼就吞下去了,而螃蟹的壳未免厚了点儿。不过南方人发挥智慧,因物制宜,洗净以醪糟焖泡个十天左右,就成了醉蟹,是最好的下酒菜和佐餐小食。

不过,螃蟹这个"无肠公子""横行介士",因为形貌甚寝,从外表上来看是难窥其旨的。所以,鲁迅才会说"第一个吃螃蟹的人"是勇士,不过我想螃蟹最初显然是不受待见的,第一个吃它的人肯定是没有鲜鱼羔羊可吃,抱着神农尝百草式的念头尝试的,谁知道一试之下便发现了此种人间美味。古代神话中讲到水族世界,总要提到虾兵蟹将,它们往往都是不堪一击的,从一个食客的角度来看,它们出去排兵布阵与敌人开战,估计命运就是被吃,所以"虾兵蟹将"才会成为有去无回的代名词。

除了清蒸,我喜欢的一种螃蟹做法是红焖,将其撕去底脐,劈成四瓣,去掉肺叶,摘去肠胃,在刀口处蘸上淀粉。然后锅置火上,倒入炼猪油烧热,下锅炸至外红里透。滗去油,放入姜片、醋、酱油、盐、料酒和鲜汤,盖锅焖烧五六分钟,勾水粉芡出锅。原先我住单身宿舍的时候,有个邻居是研究马克思主义的,某次不知道谁送了他十几只螃蟹,因为他一时吃不完,又没有冰箱,就放我冰箱里。临走时客气地说,你只管吃。我心眼实,根本不知道他只是说说,就老实不客气地拿了一半做了一大锅红焖大蟹,和二弟、表弟三人吃了个不亦乐乎。第二天这哥们来拿，发现已去了大半，脸都黑了，赶紧都拿走了。现在想起这件趣事，我那时候真也算是个"无肠公子"。

九十月间，菊黄蟹肥秋正浓，螃蟹是秋冬进补的首选之一。有一种养生的说法认为，在进化链上距离人类越远的生物营养越丰富，对人体的养生越好。飞禽不如走兽，披毛戴角的不如水底遨游的，挂鳞代鳍的又不如无骨腔肠的。螃蟹这种节肢动物之所以被人认为营养丰富，大约也与这种认知有关。不过，我喜欢螃蟹倒并不是在意它有多么滋养，而是在于它勾起的有关友情与欢乐的点滴。南朝刘义庆的《世说新语》中记张季鹰在洛阳为官，见秋风响起，思念家乡吴中的菰菜羹和鲈鱼脍，索性挂冠而去，命驾归吴。苏州同学的电话，也让我颇有鲈鱼之思了。

江右厨房

去南昌看朋友，她准备出国了，算是走之前去送行。早晨起来她带我去吃早点，开着车七拐八弯，到了闹中取静的豫章后街，是她原先刚从女校毕业工作时租房子的地方。她说这里原先叫蛤蟆街，因为离八一大桥近，江边渔民多在此交易鱼虾等水产。

当然要先来一个瓦罐汤，这是将炖好的小罐汤放在一人高的大缸中，慢火接着煨，客人点了，随时取出，滚烫浓香。我要了一罐莲藕排骨，又要了一盘炒米粉。说起这个米粉，挺有讲究，与云南的过桥米线、广西的桂林米粉、"两湖"和广东的宽粉、福建的细粉比起来，它更像是炒面。据说是晚米收割上来之后，经过浸米、磨浆、滤干、采浆等工序，做成一摞一摞，晒干后的米粉捆扎成束方便携带，所以又叫扎粉。干米粉用水发湿，以手捏不易断、抓一把竖起来不易软倒为最佳。再将猪油烧至六成热时，倒入肉丝煸炒，依次加入蒜苗、小白菜，再加入少许汤料、酱油、红椒末，成金黄色后，再放进米粉拌炒。最后放入姜丝、胡椒粉，浇上少许香油拌匀起锅。这种做法与我大学时候学校食堂的炒面做法一模一样，只不过主料用的是米粉。

米粉易饱腹，吃一碗半天都不饿。逛了半天民俗博物馆、省博物馆，回到滕王阁对面朋友开的茶艺馆已经一点多了。在榕门路和棕帽街之间的一条小巷子吃午饭，我才知道原来南昌人把那种私人小饭馆都叫作"两室一厅"，大概是因为很多都是用住宅改造的，也意味着它一定不大，家常的口味是特色。"小厨房"是朋友特别熟悉的一家，没有菜单，每天老板就买一定量的原材料摆在案板上，某样菜卖完了，只能等下次，这倒确实有一种私家小厨的意味。两个人要了三个菜：烧萝卜、烧鳜鱼、烧鲜鸭。菜都入味很深，色泽润亮，让人胃口大开。

第二天，我们到新洲路，半条街都是这种"两室一厅"，选了一家"好味坊"，吃的是皮蛋烧猪尾、蒜叶肥肠、青菜以及著名的藜蒿腊肉。藜蒿是鄱阳湖内的一种野生植物，俗话说：鄱阳湖里的草，南昌城里的宝。它的制作简单，把藜蒿除去根后的嫩茎切成半寸长一段，腊肉切成丝，外加一些葱段。先炒腊肉，后加入藜蒿和葱段煸炒，加入汤料，片刻起锅，淋上小麻油即成，腊肉金黄，藜蒿青绿，脆嫩爽口，有一股特

庐山芦林湖，2013年11月

别的清香味道。另一道风味是井冈山烟笋，干锅烧制，为下饭良品。

深秋夜里容易感到饿，半夜突发奇想到酒店楼下找吃的，出门就是民德路，可能是因为旁边有个娱乐会馆的缘故，红男绿女络绎不绝，路边的烧烤摊也兴旺得很。5元钱四条小鱼，烤得松脆合适，满肚子的鱼子。麻辣藕片鲜亮的颜色、油汪汪的色泽，一口咬下去，首先感觉到了莲藕的水灵和生脆，辣椒末带来的刺激由舌尖蔓延到舌根，仔细嚼嚼，最后又能品尝到隐藏在调料下莲藕本身的清甜。就是猪肉串太小，十串才约等于一大串新疆羊肉串。不过，它原本就不是为了果腹，而是为了聊天时杀时间，坐我旁边的两个男子大约就是刚加班结束的白领，慢条斯理地边胡吹海侃边就着烤豆腐喝啤酒，也是一大乐事。

从南昌赶到九江，上得庐山，从牯岭街往大林路走，夜里在朋友的指引下找到一个貌不出众的"姐妹酒店"，这是本地人常来的地方。要了牛杂锅和菜白丸子锅，山上秋夜有些寒意，正适合吃这种火锅。这样的锅子无法上得了任何酒席，但只有吃过的人才知道它的滋味。以庐山为名的菜有"三石"：石鱼、石鸡和石耳。石鱼蒸蛋略同银鱼蒸蛋，石鸡则是一种山蛙，炸石鸡外脆里嫩，佐酒方好，不过我没有喝酒，所以对红烧缩项鳊更感兴趣。鳊鱼从中剖开过油出来再红烧，味道在入红汤之前就已经进入鱼肉之内，我没有见到如何做的，猜想可能是在炸鱼肉之前已经事先用作料腌制过了。石耳与黑木耳同科，野生在人迹罕至的悬崖峭壁上，它形状扁平如人耳，附着在岩上生长，《本草纲目》中记载："气味甘、平、无毒，久食益色，至老不改，令人不饥，大小便少，明目益精。""山僧采曝馈远，洗去沙土，作茹胜于木耳，佳品也。"

说起来山僧，从庐山下来，朋友决定转往云居山真如禅寺，因为那里的和尚种稻植茶，力耕而食，是曹洞遗风。路上经过星子县，鄱阳湖数月未雨，沙洲芳草萋萋，远远可见落星墩矗立在水畔滩涂，像一个寂寞的南国孩子。到云居山脚沿着盘山公路绕了半个小时才上来，半道遇路边野店，停车觅食。秋日和煦，气温正好，阳光照在树枝叶上，有一种暮春景象。点了烩河刀鱼、鸭血豆腐、酸马齿苋，午后的山间寂静无人，默默地在从窗口照进的光芒中吃饭。看江右草木，初冬不凋，一只土狗徘徊于乡径，几只乌龟在池塘边的石头上午休，便觉得世事繁杂可以休矣。

每个好孩子都有糖吃

广西崇左的甘蔗林,2005年4月

第一次见到如丛林般的甘蔗地是在南宁到凭祥的路上,星罗棋布的喀斯特小山丘之间甘蔗郁郁葱葱地见缝插针,有着亚热带的生机勃勃和密不通风的溽湿。

甘蔗原产地可能是新几内亚或印度,后来传播到南洋群岛。大约在周朝周宣王时传入中国南方。先秦时代的"柘"就是甘蔗,到了汉代才出现"蔗"字,"柘"和"蔗"的读音可能来自梵文 sakara。10 世纪到

13世纪（宋代），江南各省普遍种植甘蔗。如今中国已经是仅次于巴西和印度的甘蔗产地，广西则是中国最大的甘蔗产地。1979年，壮族作家周民震作为编剧的电影《甜蜜的事业》，说的就是甘蔗园的故事。

中国最常见的食用甘蔗为竹蔗。王灼在《糖霜谱》中云："蔗有四色，曰杜蔗，即竹蔗也，绿嫩薄皮，味极醇厚，专用作霜。曰西蔗，作霜色浅。曰芳蔗，亦名蜡蔗，即荻蔗也，亦可作砂糖。曰红蔗，亦名紫蔗，即昆仑蔗也，止可生啖，不堪作糖。凡蔗榨浆饮固佳，又不若咀嚼之味隽永也。"我的老家还有一种甜芦秸，外形类似于高粱，只不过汁液是甜的，也是竹蔗的一种，不过产量较低，一般只是乡民在菜园埂头随手播散一些，供家中无赖小儿溪头卧嚼。

抱根甘蔗大嚼实为童年乐事，我小学时候同学间流行一种"劈秸子"的游戏。打赌的两人，取一根甘蔗竖在地上，持长刀刀背抵在蔗头，然后反手快速从甘蔗横截面的当中劈下，劈得越深入越好，最好一剖两半。刀入蔗身略浅的，或者斜劈出来的算输，需要付甘蔗的钱。这样的游戏我从来没有赢过，它需要臂力、准头和当机立断。

过了少年时代，我就很久没有吃过成根的甘蔗了，去年春偶至广东中山市翠亨村的孙中山故居。虽是二月天气，一个人却走得有些燠热，孙中山纪念馆门口正好有些小贩拖着板车卖甘蔗。我也没有细看，买了一根甘蔗拿着就一路嚼，在园中四处找扔渣滓的垃圾桶，吃得嘴角起泡，等到出门才发现人家的甘蔗根本就无须自己嚼，都是买了直接榨汁。为了弥补刚才受到的苦楚和尴尬，我又买了一根，让小贩给榨出汁来装在杯中，橙黄香甜，沁人心脾。

"两广"制糖颇有传统，Bob Dye 在 *Merchant Prince of the Sandalwood Mountains*：*Afong and the Chinese in Hawaii* 中写道："流动的糖师携带锅罐、滚压磨和烘干垫，乘着小船来到溪畔河边的村落。他

们将村民们刚砍下来的新鲜甘蔗填充进两块巨大的石头中间,这两块石头由人力或畜力推动运转,磨碾甘蔗,榨出原汁。在锅炉中煮开这种液体,快速搅拌的同时继续蒸煮。然后,滚热的糖浆薄薄地散铺在垫子上冷却。晚些时候,干脆的糖片被切成小方块,储存在罐子里。"19世纪末,福建、广东的糖师带着家伙什儿漂洋过海到檀香山和太平洋西边的种植园中,用土法熬糖,这是现代制糖业的先驱。

一般在中国人的印象中,江浙上海一带饮食嗜甜,其实这有着深刻的历史文化根源,因为对饮食的偏好很大程度上是由社会性决定的,而非生物性。糖在这些地方的菜肴中主要是作为调味料,因为胡椒、辣椒、咖喱等从西域或海外传来的调味品还没有大举进入此地的香料系统。

西敏司(Sidney. W. Mintz)在其《甜与权力——糖在近代历史上的地位》中就写道:英国人嗜糖,绝不是因为他们天生就爱吃,而实际上是在人们相互影响,甚至是当年低收入阶层艳羡富人可以吃糖而形成的习惯。好的食物在吃之前是让人向往的。虽然人们很早就接触甜食(无数的水果等),甜也成为人类味觉之一,但是食糖在1650年之前的欧洲是稀有品,在1650—1750年是奢侈品,在1750—1850年才成为必需品。日本人川北稔的《砂糖的世界史》中记载:日本人到战后初期,仍普遍认为根据糖的食用量就能了解一个国家的生活水平和文化水平。甘蔗、土豆、茶和鸦片是四种堪称改写历史的植物,甘蔗这种甜蜜的植物成为糖之后却有着悲伤的历史,涉及殖民与资本主义大工业生产方式的全球扩张。

甘蔗的生长需要热带环境,因此,只有在地理大发现之后,才能设法满足欧洲市场对糖的需求。葡萄牙人在非洲海岸外的圣多美岛开发出大规模种植园,这最终被证明是大西洋历史的里程碑——欧洲人第一次在那么遥远的地方生产供欧洲市场消费的商品,而且黑人奴隶劳动与制糖业的关系在此得以牢固确立。更大规模的种植园和制糖工业，随后在加勒比海和南美洲发展起来。这就是糖在近代人类历史中起到的改变社会结构的作用。

如今我们也学会了像欧洲人一样享受饭后甜点，但切不可忘记在香酥可口的饼干蛋糕那几乎要融化味蕾的甜蜜背后的忧伤往事。在这个味感与权力的辩证历史中，我所期待的恰如棉棉的一篇小说的名字所说的：每个好孩子都有糖吃。

大国小鲜

几日前我在云南昭通调研,此地是著名的"南丝绸之路"要冲,与四川、贵州相连,人称"锁钥南滇,咽喉西蜀"。"金沙水拍云崖暖,大渡桥横铁索寒",知道这句诗的人很多,但因为山势险峻、道路崎岖,也并非被广泛开发为旅游景地,所以来此地的外地游客并不多。这里的

云南昭通大山包的黑颈鹤保护区,2012 年 11 月

人口结构可以从俗语中看出：苗大哥、彝二哥、汉三哥。

我们来到昭阳区大山包的黑颈鹤自然保护区，虽然不是冬天，黑颈鹤还没有从西伯利亚返回，却见到了骇人惊魂的大峡谷，比湖北恩施大峡谷或者美国的科罗拉多大峡谷还要险峻，壁立千仞的奇绝又有重庆武隆天坑的意味。语言无法形绘这样的景观，而它也只是湮没在大众媒体的旮旯角落当中。

中午在一个叫作炎大段的地方用餐，吃到一种叫作稀豆糊的食品，尽管西南地区我跑了多次，这却是我第一次听说的食物。它是用豌豆磨成粉熬制而成的，佐以炸制的荞麦饼，令人胃口大开。高原土地贫瘠，主要农作物是苦荞、燕麦、土豆、魔芋，乌蒙马和乌金猪也颇有名气。居民的食物就地取材，不外在有限的材料中腾挪辗转。苦荞茶自不必说，用它煮的饭倒颇觉新鲜。炒土豆是最家常的美味，而更原生态的彝族吃法是火烤，配合猛火煮的乌金猪坨坨肉，足以让人豪情顿生。在盐津县一个叫作豆沙关的地方，我看到黑乎乎的巨大熏制火腿，乡民用水泡开，刮去覆盖在后臀上的油灰，与魔芋同锅炖煮许久，咸香不腻，是下饭良品。行走旅行往往能让人大开眼界、开阔心胸，了解世间物华天宝未知事物，美食作为其中最为切身的一项，尤为如此。

这让我想起《舌尖上的中国》，它无疑是一种诉诸身体感知的国族叙事，通过对中国境内纷繁多样的美食记忆的链接，塑造了一幅味觉地图，让无数人勾起乡愁般的情感。《舌尖上的中国》（第二季）则在前作基础上进一步提炼出了不同的主题。《脚步》重点讲述了各种美食在不同地域的演变和食物对乡愁情结的演绎；《心传》讲解了美食文化中的血脉传承和师徒衔接的历史；《时节》讲的是关于食物与季节演变的关系，透露的是"天人合一"的传统哲学理念；《家常》表达了家中的"酸甜苦辣"，是对中国人基本日常食物的解释；《秘境》则介绍了一些隐匿山野大川中乃至大隐于市的不为人知的美味；《相逢》表达了文化交流的另一条通道——以食物为核心的聚会交汇的文化氛围和模式；《三餐》回归到最平常的三餐中寻找"味道"。

就像《舌尖上的中国》（第二季）开篇所说："不管是否情愿，生活总在催促我们迈步向前。人们整装、启程、跋涉、落脚，停在哪里，哪里就会燃起灶火。从个体生命的迁徙到食材的交流运输，从烹调方法的演变到人生命运的流转，人和食物的匆匆脚步，从来不曾停歇。"饮食男女，人之大欲，食物贯穿于人类文化的始终，也是个体须臾不可或缺的生活组成部分。作为一部讲述最细微生活方式的纪录片，它却以宏大叙事的方式呈现出中国美食的驳杂风貌。尤为值得注意的是，它涵盖了中国的酸甜苦辣咸、东南西北、中原与塞外、边疆与腹地，把主食、糕点、酱菜、日常饮啄、奇珍异味统统囊括进来，又在历史与变迁、流动与传承、创新与坚守的动态系统中凸显出包含不同族群的中国人最原初的欲望与激情、辛苦与欢欣、劳动与感悟。

西藏林芝的波密，在印度洋暖湿季风中孕育出来的"藏地江南"，少年冒着生命危险爬上高耸入云的水杉采摘蜂蜜，只为了最美妙的酥油蜂蜜。昼夜温差巨大的火焰山所在地吐鲁番，老汉则用本地丰产的葡萄混合烘烤后的核桃仁，做成焦香酥脆的玛仁糖（也就是切糕）。不同的食品，是一样的甜味，有一种共同的追求。

同为菌类，在阿佤山横跨中缅边境的深山中，白蚁培植的鸡枞，可以熬制浓烈美艳的鸡枞油。苍山洱海间唤作"见手青"的红网牛肝菌，却是炒菜的好材料。香格里拉肥硕鲜嫩的松茸，干烤就是美味。锡林郭勒草原上质地细腻的口蘑邂逅江南的冬笋，则形成了有着300年历史的美食"烩南北"。地不分南北，人不分族别，口腹之美是相似的。

贵州省东南部最偏僻的村庄，苗族女孩兴奋地与父母一起捕捉吃饱

黔东南苗寨，2016 年 10 月

了稻花的鲤鱼，用甜米混合盐和辣椒一同塞进鱼腹中熏制，制成酸甜可口的稻花鱼。而以辣椒、木姜子与爬岩鱼为主料的雷山鱼酱，盛满了云贵高原的自然馈赠予人力创造。在相似的季节，内蒙古达里诺尔的渔民在河道上游扎下竹桩，铺设羊胡草把，帮助逆流而上的华仔鱼排卵繁衍，以便初冬时候捕捉。中国南海上的兰屿，世代生息的达悟人则精心选取 13 种木材做成拼板舟，出海捕捞会飞翔的鱼。不同环境中的鱼，有各种别致的吃法，既体现了风土的差异，也是民俗的多样。

  同样的蕨菜在不同的地域发展出因地制宜的创作。湖南莽山的"过山瑶"从蕨根中获得原料，加热，起糊，搅拌，直到表面形成凝胶，再裹上晒干的淀粉扯成小团，就是蕨根糍粑。中朝边境长白山中的朝鲜族居民，采摘刚发芽的蕨菜，用开水焯去有害成分，揉制、挤压水分，同时折断表皮中的粗纤维，脱水后形成餐桌上常见的凉拌蕨菜。而云南建水，蕨菜的烹调奉行极简主义，只需水焯，佐以云南特有的糊辣就是一道清爽的小菜。

宜宾蜀南竹海的丛林中,盛产的当然是竹笋,2012年6月

事实上,在这些美食中可以看到中国。那些少数民族地区我大部分都走过,也吃过这些不同的食物,只是不曾留心。比如羊肉这种历史悠久而又分布广泛的食物,在中国的几乎每个角落都有着自己的故事。最常见的新疆吃法是羊肉清炖,放入擀制的面条,最后撒上洋葱,叫作纳仁。在塔克拉玛干沙漠,维吾尔族村民用羊肚作天然的烹调器皿,把浸透作料的羊肉填入其中,埋入沙下用炭火烤炙。黄河中游的宁夏平原,回族农民喂养的羊,只用文火清水炖煮出的手把羊肉,就不腻不膻,丰盈鲜美。而汛期的莫尔格勒河畔的草原上,蒙古族牧民把野韭菜的清香以酱的形式贮存下来,在吃羊肉的时候蘸用。羊肉加韭花酱这种古老的草原食风到了北京城里的涮肉桌上也不变其宗。虽然调料有十几种,但是韭菜花的地位始终难以撼动。长城绵延 5000 公里,曾经是游牧和农耕民族的分界线,如今长城内外皆故乡,吃羊肉在长城南北、大河东西都成为传统。和而不同之味,岂非于此可见一端?

在这样繁复丰富的各种食物中,可见中国之复杂,而火锅可能是最能反映中国特色的食物,"集中地体现了中国人对于热闹对于团圆的向往"。北京的涮羊肉火锅，羊肉细薄如纸，吃的是嫩。云南的菌子火锅，菌菇清甜鲜美，吃的是香。潮汕的牛肉火锅，牛肉丸筋道多汁，吃的是韧。最有影响力的当然还是重庆麻辣火锅，它将本土的花椒与外来的辣椒完美结合，使亚洲和美洲之间越洋聚首，碰撞出来的滋味之美，红遍了半个中国。在不同的火锅之外，如果要给中国不同族群文化的交融互补用一道菜来代表，我一定选新疆的大盘鸡。整鸡剁块，青红椒、土豆切块，糖炒至焦黄，放入鸡块，依次加入川味中标志性的辣椒，甘肃人钟爱的土豆，再用先炒后炖的中原做法，让肉和菜相互浸润。鲜美的鸡汤与土豆中的淀粉形成丰盈的汤汁，最后放入陕西特色的裤带面，五味俱全。大盘鸡随着移民的融合创制出来，满足了不同籍贯劳动者的味觉需求，正如片中所说，"不仅承载着香料和食材，还见证了各族群的智慧在美食上的碰撞"。这种将不同地域、族群、传统、滋味包容在同一个盘中的创造，显示了中国的"民族性"。

《道德经》言："治大国若烹小鲜。"调和鼎鼐，油盐酱醋要恰到好处，不能过，也不能缺，火候把握还要到位。从这个意义上来说，厨师和美食也是文化传统的重要遗产。像《心传》的结尾所说："传承中国文化的不仅仅是唐诗、宋词、昆曲、京剧，它包含着与我们生活相关的每一个细节……从手到口，从口到心，中国人延续着对世界和人生特有的感知方式。只要点燃炉火，端起碗筷，每个平凡的人都在某个瞬间参与创造了舌尖上的非凡史诗。"

后　记

18岁之前，我从来没有离开过故乡，但是那之后的岁月，我几乎一直都在异乡生活。在异乡时间已经超过了故乡，故乡就蜕化成一个记忆性、怀念性的存在，而走过的远方和道路却构成了实在的人生。大多数时候，我们都在重复相似的日常生活，行走于是成为生命自己变化的形态。人生逆旅是一句老生常谈，也唯其是老生常谈，倒是道出了真相。

原先有写日记的习惯，我相信没有叙述的经历终将消逝，不曾编码的土地缺少灵魂。记述下每天的经历和偶尔产生的想法，就像一个虔诚的基督徒每日睡前要告解一番，安慰的是自己的心灵。但随着年龄渐增，时间的速度好像加快了，你不得不像一个初学的乒乓球手，匆匆忙忙地应对着琐碎生活抛过来的密密匝匝的事物。这种自我的告解有时候就会忘记，就像那些曾经疯狂迷恋过的人与物忽然有一天已经走出了我们的生活。当你发现的时候，自己都会感到无比惊奇。

在最初不清晰的冲动中，我想以空间勾画时间，用道路书写记忆。记录下那些行走的记忆，其实也是在人生的旅途中踩下一个个印记，这里面有一种深入骨髓的悲观，因为记忆终究会淡去，我们只能寄托于文字,它们比人更长久。

这样的记录就是一首诗的产生,一种从凡庸的当下自拔的努力。它的情形就类似于里尔克在《马尔特手记》中写的:"诗并不是像人们所想的那样是情感(情感人们很早就有足够多的了)而是经验。为了一句诗,我们必须去看很多城市、很多人、很多事物;必须了解动物,必须感觉鸟儿如何飞翔;必须知道每朵小花在清晨绽放时的姿态。我们必须能够回想起那些在异乡走过的路,回想起那些不期的相遇和早已预见的离别。必须能够回想起那些懵懂的童年时光,回想起我们不得不惹其伤心的父母,他们带给我们一种欢乐,而我们却不理解这种欢乐。回想起童年的疾病,病症总是离奇地发作,带来那么多深刻而沉重的变化,必须能够回想起在安静沉闷的小屋里度过的那些日子,回想起海边的早晨,回想起海本身,回想起旅途中万籁寂静、繁星点点的夜晚。而就算是能够想起所有这些也还不够,还必须回想起许许多多爱情的夜晚,每一个夜晚都与另外一个不同,回想起女人临产时的叫喊和分娩后柔弱、苍白的熟睡。还必须陪伴过临死的人,必须曾经坐在死去的人身旁,在敞开的窗口边聆听一阵阵时有时无的嘈杂声。而仅有回忆也还是不够,如果回忆太多的话,我们还必须能够忘却,并且怀着极大的耐心,静静地等着它们再次到来。因为记忆本身并不真正地存在。直到它变成我们身体里的血液,变成我们的眼神和神态,无名无状地和我们自身不可分离的时候,才会出现一种情形,就是在一个罕见的时刻里,一行诗的第一个词从它们中间浮现,而后脱颖而出。"

是的,经验、记忆和心绪的糅合,成就了这本书现在的形状。这并不是我最好的文字,却记录了"原生态"的体验。我并不喜欢纯粹的自然风光,而更倾心于人文与历史的在场;我也并非善于抒情之人,倒总是沉浸在某个天机触发的瞬间。那样的时刻,体验的本然状态自己呈现，就如同一块石头在阳光下发热，溪水奔流冲刷到堤岸的水草，秃鹫飞过长空，列车远去，一个人的背影在万家灯火中踽踽独行。

这些文字可以说是散文随笔，更多可以看作田野札记，最后一部分还曾经以美食专栏的形式发表于某个刊物。当然，更多的仅仅存留在我的电脑里。如今它们从黑暗的比特空间来到纸上，就像封存在贫瘠岩峰间的种子，偶然飘过一片云彩，落下雨水，终于得见天日。因而，我要感谢那些让这些文字得以面世的云彩和雨露。

愿我们都远行万里，归来时依旧少年。

2017年4月5日于京北沙河